くじらな彼女に
俺の青春が
ぶち壊されそうに
なっています

KUJIRA NA KANOJO NI
ORE NO SEISHUN GA
BUCHIKOWASARESOUNI NATTEIMASU

プロローグ

これは、青一色の世界での話。

青い世界を人は海と呼んだ。

海と、人との関係は変わらない。

人は海からたくさんの恩恵《おんけい》を受け、海は広く深い姿そのままに、静かに人を見守ってきた。

それは、はるか昔から。

この国が創造された神話の時代から同じだ。

母なる海に対して、さしずめ人は、幼子のようだ。

幼子はどんなに月日が流れようともおぼつかない。

だから、ふとした瞬間《しゅんかん》、海に呑《の》み込《こ》まれる。母なる海に抱《だ》きとめられても、幼子はなすべがない。ただ青い世界に落ちていくことしかできない。

人は弱い生き物だ。

ひとたび海に沈《しず》めば水に侵《おか》され、呆気《あっけ》なくその命を落としてしまう。

哀《あわ》れな生き物だ。

『助けて』

たゆたう海の中。突然《とつぜん》、海の生き物達《たち》はその声を聞く。
水中に響《ひび》き渡《わた》ったその声に、耳を澄《す》ませる。
音のない世界にざわめきが広がっていく。
落ちてくる。落ちてくる。落ちてくる。
細かな泡《あわ》を散らしながら、小さな人が落ちてくる。
珍《めずら》しいことにそれは、淡《あわ》い輝《かがや》きに包まれていた。
それを見た海の生き物達《たち》のざわめきは、どよめきに変わった。
どこまでも青い色の中に、まるで太陽のかけらが降ってくるようだった。
ああ。
私はその光を知っていた。
それが持つ空気は変わっていない。
変わらない。
本質は何一つ。
だから、すぐに分かった。
『……しにたくない』
光をまとった小さな人は、そうつぶやいた。
もう決して届かない太陽に必死で手を伸《の》ばしながら、沈《しず》みゆく己《おのれ》に絶望を感じながら。

海の生き物達《たち》のどよめきは、もはや海の底深くまで届いていた。
私はそのどよめきの中を進み、それに声をかけた。

いつか思い出すその日まで。
この世界でのことも。
私のことも。
あなたは忘れたままでいい。

これは、青一色の世界での話。

四月といえば、入学式。

思《おも》い浮《う》かぶのははらはら舞《ま》う桜だが、ここ、鹿児島《かごしま》の四月に桜の花はすでにない。薄紅色《うすべに》の花はとうに散り、柔《やわ》らかそうな若葉が茂《しげ》る桜を見上げながら、登校する。二人暮らしの親父《おやじ》の転勤で関東から小さな港町に引《ひ》っ越《こ》してきたのが、去年の四月のこと。俺《おれ》、鳴瀬《なるせ》海人《かいと》が生まれ故郷に戻《もど》ってきたのは、実に七年ぶりだった。

鹿児島《かごしま》といえば、まっさきに思《おも》い浮《う》かぶのは今なお活発に噴火《ふんか》を続けている桜島《さくらじま》だろう。しかし、鹿児島《かごしま》県民の全《すべ》てが桜島《さくらじま》を目にできるわけではない。残念ながら、俺《おれ》の住む町から桜島《さくらじま》は見えない。風向きによってたまに灰が降ってくることで、桜島《さくらじま》の存在を思い出す。それくらいのものだ。

そんな町の風景は昔と特に変わったところはない。ローカル線の駅舎が新築され、やたらとおしゃれになったくらいだ。駅舎と東シナ海に面した港を中心とした小さな町は、半分以上が山である。

まだほとんどシャッターの下りている商店街を通りかかると、今まさに海からあげたばかりだと言わんばかりにいきのいい、大きな魚を手にした魚屋のおっちゃんが声をかけてきた。

「おう、おはよう。今日もよか魚が入っちょっど」

「おはようございます。すごい、でかいですね」

夕飯用に魚を買うせいで、すっかり顔馴染《かおなじ》みになったおっちゃんだ。いつも頭にねじり鉢巻《はちまき》をしていて、日に焼けた顔の中で、白い歯をむき出しにして笑う。

「大もんのブリよ。刺身《さしみ》にしてもいけるし、煮物《にもの》んしても、油であげてもうまい。また、さばいちょうけ。声かけろな」

「はい、そうします」

頭をさげて進む。商店街を抜《ぬ》けると、新しく建て直されたばかりの駅舎を通り過ぎて、遮断《しゃだん》機のある踏《ふ》み切《き》りで立ち止まる。

二両編成の電車が目の前を走り去るのを待って、緩《ゆる》やかな坂道を上っていく。目指す海宝《かいほう》高校は坂を上りきったところにある。坂を上っていけば、東シナ海と島々が見渡《みわた》せる。いい天気だ。去年の今頃《いまごろ》、コバルトブルーのきれいな海を見た瞬間《しゅんかん》、この坂の途中《とちゅう》で立ち止まって思わず見入ってしまった覚えがある。

長い黒髪《くろかみ》が風になびいていた。

坂の途中《とちゅう》、同じ場所に、少女が立っていた。

真新しい制服、リボンの色は赤。ということは、新入生だ。少女の大きな黒い瞳《ひとみ》は一心に海を見つめている。その横顔が誰《だれ》かに似てる気がした。

はて、誰《だれ》だろう?

少女は目を細めて、眉根《まゆね》を寄せる。

海に向ける眼差《まなざ》しは鋭《するど》く、まるで海を憎《にく》んでいるかのように見えた。

「おはようっ、海人《かいと》、こんなところでなにしてるの」

「うわぁ」

突然《とつぜん》、背中をどつかれた。

ぎょっとして振《ふ》り返《かえ》れば、何てことはない。

「とと！」

友人の笹美々《ささみみ》ととが立っていた。

ぱつんと切りそろえられた前髪《まえがみ》と同じ長さの髪《かみ》が、ぐるりと頭を覆《おお》っている。独特なきのこ頭が顔立ちのよさをぶち壊《こわ》しにしているが、気にする様子もなく維持《いじ》しているととは、ひょろひょろと長い腕《うで》をあげた。その手に持っていたのは、釣《つ》り竿《ざお》だ。

「やあ。今日から俺達《おれたち》も、ピカピカの二年生だね」

「お前、また朝から釣《つ》りなんかしてきたのか」

「うん？　心機一転。ピカピカの二年生になったから、たくさん釣《つ》れるんじゃないかって思ったんだけどね。全然だったよ」

あははと笑う、ととの趣味《しゅみ》は釣《つ》りだ。

しかし、釣《つ》りと言っても、本当に魚を釣《つ》る気はないらしく、餌《えさ》もつけていない釣《つ》り針《ばり》を海に落としているのが好きなのだ。

「ピカピカも二年生も関係ないだろ」

「何事も、新しい気持ちで取り組むことは大事だよ。二年生も楽しく過ごせるといいよね。海《かい》人《と》ともまた、同じクラスになれるといいな。神様仏様恵比寿《えびす》様、どうぞよろしく」

ととは、なむなむと手を合わせる。

今さら祈《いの》ったところで、すでにクラス編成は決まっているだろうに。

朝から気が抜《ぬ》ける。

「ところでだよ、海人《かいと》。君がこんな坂道の途《と》中《ちゅう》でぼーっと突《つ》っ立《た》ってたのは、なにか意味があるのかい？」

「うん？」

あ。

首を捻《ひね》れば、例の少女の視線はすっかり、海から俺達《おれたち》へと向いていた。じっと、射るような視線が俺《おれ》に注がれている。

海を見つめて、物思いにでも耽《ふけ》っていたところを邪魔《じゃま》してしまったからだろうか。それで、あんな恐《こわ》い顔をしてるのだろうか。

ここはやはりまず、謝《あやま》るべきだろうか。

「先輩《せんぱい》、くじらぶかですよね」

文句の一つでも飛び出しそうに見えた少女の桜色の唇《くちびる》から発せられた言葉は、意味不明だった。

「は？」

少女は不機嫌《ふきげん》そうに眉間《みけん》のシワを深める。

「先輩《せんぱい》はくじらぶかです。だから、マッコウクジラ団に入ってください」

「くじ……？　マッコウ？」

「絶対ですよ！」

少女は念押しすると、踵《きびす》を返してさっさと坂道を駆《か》け上《のぼ》っていく。

俺《おれ》は目を白黒させるばかりだ。

「なぁ、とと」

隣《となり》を見れば、ととは顎《あご》を指でつまんで小首を傾《かし》げている。

「今のあれは、なんだったんだ。くじらぶかって、なんだ。マッコウなんちゃらって、なんだ」

「うーん、よく分からないけど。まあ、とにかく、なんだか、楽しくなりそうだね」

「は？」

「意味の分からないことに意味を持たせていくのって、こう、わくわくするじゃない。未知なる発見ができるよ。世界不思議発見だよ」

「お前、面白《おもしろ》がってるだろ」

ととは笑顔《えがお》でのたもうた。

「人生、面白《おもしろ》いのが一番じゃないか」
俺《おれ》はがっくりとうなだれた。

新学期が始まって早々、謎《なぞ》の新入生女子にくじらぶかだのマッコウなんちゃらだの言われて、少しビクビクしていた俺《おれ》だったが、あれから一週間、特に表だって目立つような出来事はなく、平穏《へいおん》に過ごしていた。

ととは二年生でも同じクラスになった。他《ほか》にも一年生で同じクラスだった友人が何人かいる。そして、同じクラスに陸上部のツインタワーの片割れ、高跳《たかと》びの王子様こと、レオナルド・四《よ》方屋《もや》・ジュンがいたことが早くも話題になっていた。

王子様などと言われているが、四方屋《よもや》は女子生徒だ。

フランス人の血が混ざったハーフとかで、目鼻立ちがはっきりしている。ショートカットの髪《かみ》は見事な金色、深い森を思わせる緑色の瞳《ひとみ》。モデルみたいに背も高いのでそれだけでも十分目立つのだが、陸上部の高跳《たかと》びで宙を舞《ま》う姿が、誰《だれ》もが見惚《みほ》れるほどに美しいんだとかなんだとか。さらに四方屋《よもや》は男よりも男前。紳士《しんし》的振《ふ》る舞《ま》いをするようで、女性ファンが多い。その女性ファンが、四方屋《よもや》のことを王子様と呼んでいるのだ。

「四方屋《よもや》さんは今日も美しいな」

「ほんとほんと。せっかく同じクラスになったんだから、もっとお近づきになりたいよなぁ」

昼休み。

昼食がすんだ後の教室で、一年生からの友人、佐々木《ささき》と鈴木《すずき》が俺《おれ》の机の両脇《りょうわき》でぼやく。

話題の四方屋《よもや》は窓際《まどぎわ》の席で、女子達《たち》相手に話を弾《はず》ませている。あれに割って入っていく勇気がある男子は、そうそういないだろう。

「だったら、お近づきになればいいよ。四方屋《よもや》さん、気さくだしいい人だし、意外と天然だし、すぐに親しくなれるよ」

憧《あこが》れの眼差《まなざ》しを送るのが精一杯《せいいっぱい》な佐々木《ささき》と鈴木《すずき》に、あっけらかんと提案したのはととだ。

佐々木《ささき》と鈴木《すずき》の視線がうろんなものに変わる。

「お前と一緒《いっしょ》にすんな、笹美々《ささみみ》」

「そうだそうだ。お前みたいに、俺達《おれたち》のハートは図太くないんだ。繊細《せんさい》なんだ。ガラスでできてるんだ」

「そうかい？　二人とも運動部なんだから、運動好き繋《つな》がりで話しかけたらよさそうなものだと思うけどね」

誰《だれ》が相手でも物怖《ものお》じしないととは、わけが分からないという風に肩《かた》をすくめた。おかげで、野球部の佐々木《ささき》と水泳部の鈴木《すずき》の表情はいっそう仏頂面《ぶっちょうづら》に変わる。

できればやってる、と言いたげだ。

「まったく、シャイボーイさん達《たち》はしょうがないなぁ」

ととは言うと、あろうことか「四方屋《よもや》さーん」と、話題の彼女《かのじょ》を呼んだ。

「ちょ、おい」「うわっ、まじか」と、佐々木《ささき》と鈴木《すずき》がうろたえる。俺《おれ》だってぎょっとした。いきなり、当の本人を呼ぶ奴《やつ》があるか。だけど、ととは呼んでしまう奴《やつ》だし、呼ばれた四方屋《よもや》は会話を一度打ち切ってわざわざやって来る。

「どうした、笹美々《ささみみ》？」

にこりと笑うと、きれいにそろった白い歯が覗《のぞ》く。

「盛り上がってるところ、ごめんね。野球部の佐々木《ささき》君と水泳部の鈴木《すずき》君が、四方屋《よもや》さんとお友達になりたいらしいんだ」

「佐々木《ささき》と鈴木《すずき》？」

佐々木《ささき》と鈴木《すずき》は四方屋《よもや》に見つめられると、直立して口をぱくぱくさせている。

「ああ、いいぞ。佐々木《ささき》に鈴木《すずき》か、よろしくな」

四方屋《よもや》は爽《さわ》やか笑顔《えがお》で、右手を差し出した。握手《あくしゅ》を求められた佐々木《ささき》と鈴木《すずき》はといえば、ぎこちない笑《え》みを浮《う》かべてぎこちない握手《あくしゅ》をした。

「それと、帰宅部の鳴瀬海人《なるせかいと》だよ」

ととはさらに俺《おれ》まで紹介《しょうかい》した。俺《おれ》は別に、四方屋《よもや》と友達になりたいなんて言っていないというのに。いや、こんな美人と友達になれるならなってみたいが、そもそも同じクラスということ以外で接点がないのだ。話を振《ふ》られたところで、なにを話せばいいのか分からない。

「鳴瀬《なるせ》？」

四方屋《よもや》の瞳《ひとみ》が俺《おれ》に向く。その瞳《ひとみ》がなぜか、大きく見開かれた。

「な、鳴瀬《なるせ》海人《かいと》！」

四方屋《よもや》は俺《おれ》の名前を叫《さけ》ぶと、背を仰《の》け反《ぞ》らせた。なにか、とんでもない物を目撃《もくげき》してしまったかのような驚《おどろ》き方《かた》だ。

「どうした、四方屋《よもや》？」

思わず聞いてしまった。

四方屋《よもや》は紳士《しんし》の殻《から》を脱《ぬ》ぎ捨《す》てて、純粋《じゅんすい》な乙女《おとめ》のようにどこかもじもじしている。

「な、鳴瀬《なるせ》」

「うん？」

「鳴瀬《なるせ》は、その……」

「なに？」

「陸上部に入る気はないか？」

突然《とつぜん》の勧誘《かんゆう》だ。佐々木《ささき》と鈴木《すずき》が目をまんまるにしている。

「いや、入らない。俺《おれ》は運動が苦手だ」

「そうか……」

目に見えて残念だというように、四方屋《よもや》は肩《かた》を落とした。そのまますごすごと俺達《おれたち》から離《はな》れていく。しょんぼりとしたまま、自分の席についてしまった。

友達になるどころか、部活の勧誘《かんゆう》を受けるとは思ってもみなかった。

俺《おれ》は足も速くなければ、俊敏《しゅんびん》性も瞬《しゅん》発《ぱつ》力もなく、どこからどう見たって運動ができない人なのに、そんな俺《おれ》に陸上部のエースが声をかけてくるとは、なにごとだろう。

「どういうことだよ、鳴瀬《なるせ》」

「なんでなんで。お前なんかを、四方屋《よもや》さんが陸上部に誘《さそ》うんだ」

詰《つ》め寄《よ》ってくる佐々木《ささき》と鈴木《すずき》の目が恐《こわ》い。

「知るか。俺《おれ》だってわけが分からないんだ」

「よもやひゃんなりの、すふぃんしゅっぷだっしゃんじゃないきゃな」

ととは何かを食べていた。

「あ、食べる？　食後のおやつにどうぞ。味付けスルメだよ。おいしいよ」

どこから取り出したのか、ととが蓋《ふた》付きの透明《とうめい》なポットから手に取ったのは、串刺《くしざ》しにされているイカの菓子《かし》だ。あの、よく駄菓子《だがし》屋さんとかで見かける懐《なつ》かしいやつだった。

荷物にしかならなそうなのに、なんでそんなもんを学校に持ってきてるんだろう。ととは串《くし》刺《ざ》しのイカを差し出しながら、やる気のない笑《え》みを浮《う》かべている。

「佐々木《ささき》君と鈴木《すずき》君もどうぞ。二人とも、無事、四方屋《よもや》さんとお友達になれてよかったじゃない」

そういう問題か。それでいいのか。

俺《おれ》と佐々木《ささき》と鈴木《すずき》の思いは同じだっただろう。

とりあえず、串刺《くしざ》しのイカを受けとって口に運ぶ。甘辛《あまから》いタレが絡《から》めてあるイカは美味だった。

「まあ、陸上部はさすがに無理があると思うけど」

ととは串刺《くしざ》しのイカをふりふり言った。

「海人《かいと》もこれを機に、何か部活動に入ったらいいんじゃないかな。ほら、もうすぐ部活動紹《しょう》介《かい》もあるわけだし。検討してみるのもありかもね」

俺《おれ》が部活動に？

お前も帰宅部だろうが、という言葉を呑《の》み込《こ》んで、俺《おれ》は曖昧《あいまい》に頷《うなず》いた。

新一年生が入学して、半月。

卒業していった三年生に代わる、新入生獲得《かくとく》のために行われるのが部活動紹介《しょうかい》だ。約一時間ほどの間に、それぞれの部活が趣向《しゅこう》を凝《こ》らし、己《おの》が部活こそ最高なり！　と、訴《うった》える。

去年、一年生として、勧誘《かんゆう》される側だった俺《おれ》は、個性溢《あふ》れる部活の数々に魅了《みりょう》されたものだった。

しかし、魅了《みりょう》されつつも、どうにもぴんとくる部活がなくて、どの部活にも入らず帰宅部を貫《つらぬ》いた。

父親との二人暮らしだから、家事全般《ぜんぱん》をやっている。というのを部活をしない主な理由としていたのだが、かといって、空き時間を有効活用するわけでもなく、一年間をダラダラと過ごしていたのは本当だ。

今さら部活。されど、部活。

「部活をすれば、漏《も》れなく青春を謳歌《おうか》できちゃうよ」

部活動紹介《しょうかい》が行われる体育館に向かう途中《とちゅう》、ととは歌うように言った。

「そういうお前だって、部活してないだろ」

「え？　俺《おれ》、部活してるよ」

言い返したつもりだったのに、思ってもみない答えがととから返ってきた。

「まあ、俺《おれ》が所属してるのは、マイナーもマイナーな部活だから、海人《かいと》は知らないと思うけど」

風変わりなととが所属するような部活なんて、まともではないのは確かだろう。

「そんな話、初めて聞いたぞ」

「初めて言ったからね」

「マイナーな部活ってなんだよ」

「大丈夫《だいじょうぶ》」

「は？」

「今日の部活動紹介《しょうかい》では、大々的に紹介《しょうかい》されると思うから。海人《かいと》にもきっと分かるよ」

なんじゃそりゃ。

体育館はすでに熱気に満ちていた。舞台《ぶたい》に向かって前から順に、一年生、二年生、三年生で整列して座《すわ》っている。チャイムが鳴ると、生徒会長からのあいさつがあり、司会進行役の生徒によってさっそく部活動紹介《しょうかい》が始まった。

目立ってなんぼの世界だからだろうか、やはり部活動紹介《しょうかい》というものは個性に富んでいる。

バスケ部の部長が、舞台上《ぶたい》から奇跡《きせき》のフリースローを決め、書道部はライブ書道と称《しょう》して、大きな紙に『青春』という文字を書き上げた。ユニフォームに身を包んでエア試合をする野球部の中に佐々木《ささき》の姿があり、この寒い中、海パン一丁でダンスする水泳部の男子の中に鈴木《すずき》の姿があった。演劇部が竹から生まれた桃太郎《ももたろう》という劇を披露《ひろう》したかと思えば、軽音部《けいおんぶ》が激しいロックを奏《かな》でてシャウトする。

一際歓声《ひときわかんせい》があがったのは、陸上部だ。陸上部のツインタワーと呼ばれる、四方屋《よもや》と渡辺先輩《わたなべせんぱい》が身体《からだ》のラインがはっきりと分かるランニングと短パン姿で登場しただけで、体育館内はどよめき、黄色い声に包まれた。

この渡辺先輩《わたなべせんぱい》は三年生の部長で、実力もさることながら、四方屋《よもや》の隣《となり》に並んでも見劣《みおと》りすることのない容姿をしている。四方屋《よもや》がクールビューティーなら、渡辺先輩《わたなべせんぱい》は愛らしいベビーフエイス。長いポニーテールをなびかせて駆《か》ける姿は、本当に駿馬《しゅんめ》を思わせる、らしい。

取り立てて何かをすることもなく部活動紹介《しょうかい》が終わってしまったが、二人が立っているだけで十分な宣伝効果になるのだろう。

陸上部が去った後もその余韻《よいん》は続いているようで、次に登場したパソコン部が懸命《けんめい》にしゃべっているというのに誰《だれ》も聞く耳を持ちやしない。

見事な敗北感を背負ったパソコン部がすごすごとステージを降りていくと、三十近くある部活動紹介《しょうかい》は終わりだろうか。目立つ部活動はほとんど紹介《しょうかい》されてしまったような気がした。

結局、ととが所属しているというマイナーもマイナーな部活というものがどれか分からなかったが、後で本人に聞けばいいかと、そんな風に思っていると、司会進行を務めている生徒が次の部活の名前を読み上げた。

「次が最後の部活になります。海洋生物研究部《かいようせいぶつ》です。よろしくお願いします」

かいようせいぶつけんきゅうぶ？

何だそれ？

誰《だれ》もが頭に疑問符《ぎもんふ》を浮《う》かべたことだろう。

ステージに颯爽《さっそう》と現れたのは、女子生徒だった。彼女《かのじょ》はマイクではなく、拡声器を手にして、仁王立《におうだ》ちした。

「ただ今紹介《しょうかい》にあずかりました。海洋生物《かいようせいぶつ》研究部こと、マッコウクジラ団。一年A組、部長の笹美々《ささみみ》めめです！」

長い黒髪《くろかみ》。意志の強そうな大きな瞳《ひとみ》。間違《まちが》えようもない、あれは、あの女子は、俺《おれ》のことを「くじらぶか」とか言った少女だ。

「我々は、日常のささいな事件から大きな事件、こと、海に関する事件を何だって解決します！　ご相談はぜひ、校舎三階の生物準備室、マッコウクジラ団へ！　そして、二年C組、鳴《なる》瀬《せ》海人《かいと》！」

びしりと、指を差された。

周囲からいっせいに見つめられて、ようやく自分が名前を呼ばれたことを自覚する。

はい？

「あなたは去年の遠泳大会の時、小魚の群れを巨大《きょだい》なサメがいると勘違《かんちが》いして逃《に》げ回《まわ》ってコースアウトしたあげく、足をつって溺《おぼ》れ、周囲の人に多大な迷惑《めいわく》をかけましたね」

「なっ……」

一気に顔が赤くなっていくのを感じた。

確かに去年の遠泳大会で、俺《おれ》はコースアウトしたあげく溺《おぼ》れて迷惑《めいわく》をかけたが、その原因が小魚の群れをサメと見間違《みまちが》えたからだということは、誰《だれ》も知らないはずだ。

それを、なんでこいつが知ってる？

「サメなんかそうそう出るわけないでしょ。くじらぶかのくせに、サメを恐《こわ》がるなんて前代未聞《ぜんだいみもん》です」

少女はにやりと不敵な笑《え》みを浮《う》かべて言った。

「その他《ほか》にも、私はあなたの過去の恥《は》ずかしいアレコレを知っています。それらをバラされたくなければ、今すぐ、マッコウクジラ団に入部しなさい。以上！」

少女はぽかんとしている生徒達《たち》を前に、さっさとステージを後にした。

司会進行の生徒が我に返ったように言う。

「え、えーっと、これにて、部活動紹介《しょうかい》を終わります。みなさん、興味を持った部活動へぜひ見学に行ってみてくださいね。すぐに入部しなくても、仮入部もできますので、気楽な気持ちで大丈夫《だいじょうぶ》、なはずですよ。はい。それでは、後は担任の先生の指示に従ってください」

ざわざわとした熱気に包まれたまま、担任の教師の指示に従って体育館を後にする。

ぼうっと、熱に浮《う》かされたみたいな頭で、俺《おれ》はゆっくりと歩いた。

「あれは、何だったんだ……」

最後の最後。確か、海洋生物《かいようせいぶつ》研究部とかいう、マッコウクジラ団とかいう。

「部活動だったのか……」

あの少女の、拡声器で発せられた言葉が耳にわんわんと響《ひび》いている。

俺《おれ》は、つまり、なんだ。

「部活動に、誘《さそ》われたのか」

あの少女に、最初から。出会った時から。あの少女に。

「いやぁ、すごかったね、海人《かいと》。大、大、大ご指名だったじゃないか」

興奮気味で話しかけてきたのはととだ。

そうだ、俺《おれ》はととに聞かねばならないことがある。

「あいつはお前の何だ？」

「え？」

「あいつ、あの子、笹美々《ささみみ》めめって名乗ってた」

「ああ、めめ、ね」

ととはへらりと笑った。

「俺《おれ》の妹だよ。笹美々《ささみみ》めめ。よろしくね」

「よろしくね、じゃない。お前、なんで会った時に教えてくれなかったんだよ」

「何を？」

「あいつがお前の妹だってことをだ」

「ああ、だって、すぐに分かっちゃったら面白《おもしろ》くないじゃない」

「面白《おもしろ》くなくていいんだよ。びっくりするだろ」

「あはは」

笑ってやがる。その横顔を見て思う。そうか、めめを最初に見た時、誰《だれ》かに似てると思ったが、それはまさしく兄であるととだったのだ。

「それにお前、あのマッコウなんちゃらのことも、本当は知ってたんだろ」

「マッコウなんちゃら？」

「しらばっくれるな」

思わずネクタイをつかむと、ととは言った。

「わあ、暴力反対だよ。落ち着いて、海人《かいと》」

「お前が茶化すからだ」

ネクタイをつかんでいた手を離《はな》すと、ととは逃《に》げるように歩き出しながら口を開いた。

「マッコウクジラ団ね。本当は、海洋生物《かいようせいぶつ》研究部っていう、海の生き物を研究する、まっとうでマイナーな部活だったんだけど」

「どこがまっとうだ。わけが分からないだけだ」

「まあまあ」

まあまあ、じゃない。

「あいつは、なんであんなこと知ってたんだ」

「あんなこと？」

「遠泳大会での話だ。お前が話したのか」

「俺《おれ》が話さなくたって、あの時、海人《かいと》の周囲にいた人は少なからず知っている事実だし。でも、海人《かいと》がコースアウトした理由は聞いていなかったけど」

　確かに、誰《だれ》にも話した覚えはないが。だとしたらどうして、あいつが知っている？

ととは、そのきのこ頭のかさの部分をふわふわなびかせながら歩いている。

　両腕《りょううで》を組んで唸《うな》ったところで、答えは出ない。

「じゃあ、くじらぶかって何だ」

「かごんま弁だね」

「かごんま弁？」

「方言だよ。まあ、とにもかくにもだね、海人《かいと》」と、ととは、人差し指を立てて助言でもするかのように言った。「君はめめにご指名を受けてしまったんだ。おとなしくマッコウクジラ団に入るのが身のためだよ。めめはね、あの通り、なにをしでかすか分からない性格をしているから」

「なんで、俺《おれ》が……」

「それは、めめに直接尋《たず》ねたらいいよ。あの子だって鬼《おに》じゃないんだし、質問にくらい答えてくれるさ」

ととの笑顔《えがお》は胡散臭《うさんくさ》さぷんぷんだ。しかし、めめは言っていた。マッコウクジラ団に入らないのなら、俺《おれ》の過去の恥《は》ずかしいアレコレをバラす、と。何を知っているのかは知らないが、これ以上個人情報を漏洩《ろうえい》されても困る。せめて、抗議《こうぎ》くらいしてもバチは当たらないはずだ。マッコウクジラ団に入るとか入らないとかの問題は、それからでも遅《おそ》くはないだろう。

「分かった」と、俺《おれ》が大きく溜息《ためいき》を吐《は》き出《だ》しながら頷《うなず》くと、ととは満面の笑《え》みを浮《う》かべた。

「くじらぶかだからです」

聞いた俺《おれ》が間違っていた。

放課後になり、海洋生物《かいようせいぶつ》研究部こと、マッコウクジラ団の部室があるという、校舎三階の生物準備室を訪ねた俺《おれ》は、すでに後悔《こうかい》していた。

いや、生物準備室を訪ねたまではまだよかったのだ。

生物準備室はホコリ臭《くさ》かった。両方の壁際《かべぎわ》に備え付けられている棚《たな》には、グロテスクな標本やら小難しそうな分厚い本やらが詰《つ》まっている。縦に長い部屋には、長机が二つくっつけてあって、そこにパイプイスが五つ置いてあった。

俺《おれ》が生物準備室のドアをノックして開けた時、パイプイスに人影《ひとかげ》は一つしかなかった。窓が開いていてカーテンが揺《ゆ》れ、その人影《ひとかげ》が西日に照らし出された瞬間《しゅんかん》、思わず息を呑《の》んだ。

読んでいた文庫本からゆっくり顔をあげて、俺《おれ》を見る、その赤みがかった瞳《ひとみ》と目が合う。

めめ、ではない。

ふわりと揺《ゆ》れる、銀色の緩《ゆる》やかな長い髪《かみ》。文庫本に隠《かく》れてしまうほど小さな顔に収まる鼻も口も小さい。全体的に小さい。こじんまりしている。それなのに、その瞳《ひとみ》だけが大きくて、吸い寄せられた。

こんな美少女がいるものか。

まるでこの世のものとは思えないほど、少女は浮世離《うきよばな》れしていた。

「あなたは」

少女は一瞬《いっしゅん》、俺《おれ》の頭の上を見つめてから、不思議そうに言った。囁《ささや》くようなしゃべり方なのに、やけに耳に響《ひび》く声だった。

「鳴瀬先輩《なるせせんぱい》！」

「うわっ」

後ろから呼ばれて一気に現実世界に引《ひ》き戻《もど》された。

振《ふ》り返《かえ》らなくたって、それが誰《だれ》なのか分かってしまった。

「……笹美々《ささみみ》、めめ」

黒い瞳《ひとみ》が生き生きと輝《かがや》いている。めめは強気な笑《え》みを浮《う》かべて言った。

「先輩《せんぱい》、さっそく入部しに来てくださったんですね。ありがとうございます」

「ち、違《ちが》う」

「違《ちが》う？」

途端《とたん》にめめの黒い瞳《ひとみ》は半分になった。

「俺《おれ》はただ、お前が言ってた話の真相を聞きに来ただけだ。誰《だれ》も、入部なんかしない」

「全然、面白《おもしろ》くありません」

めめは吐《は》き捨《す》てると、俺《おれ》の横を通《とお》り抜《ぬ》けて生物準備室に入っていく。俺《おれ》はその後に続いた。

さっきの美少女は何をしているのかと見れば、立ち上がって壁《かべ》に向かっている。お茶の用意をしてくれているようだ。

めめはどかりとパイプイスに腰《こし》を下ろして、机に頰杖《ほおづえ》をついた。

俺《おれ》はその横に立ったまま尋《たず》ねる。

「率直《そっちょく》に聞くが」

「俺《おれ》の遠泳大会での話、あれは兄であるととに聞いたのか」

「入部してくれるなら話します」

「お前、人の個人情報をあんな公衆の面前で大々的に発表していいと思ってるのか」

「時と場合によってはいいと思っています」

「よくないだろ。俺《おれ》は恥《はじ》をかいた」

めめは伏《ふ》せていた目をあげると、俺《おれ》を睨《にら》んだ。

「この近辺の海に人を襲《おそ》うようなサメがいるなんて思う方が悪いんです。無知ならばぜひ海の生き物について知ってくださいい、マッコウクジラ団で」

「入部なんかしないぞ」

めめは口をへの字に曲げた。

重い沈黙《ちんもく》が降りる、かと、思われたが、めめは突然《とつぜん》立ち上がった。

「きゃっ」

それと同時に、小さな悲鳴があがった。

いつの間にか俺《おれ》とめめのすぐそばに、あの美少女が立っていたのだ。しかも間の悪いことに、左手におぼんを持ち、右手で湯のみを出そうとしているところだった。めめの動きに驚《おどろ》いて、美少女は手にしていた湯のみからお茶をこぼしてしまったのだ。

湯気を立てたお茶が美少女の手からぽたぽたと落ちる。制服も少し濡《ぬ》れてしまっていた。

「だ、大丈夫《だいじょうぶ》ですか？」

湯のみを受けとろうとして、うっかり美少女の手ごと湯のみをつかんでしまった。

「う？」

美少女はきょとんとして、俺《おれ》を見つめる。

「あ、すんません」

「2年C組の鳴瀬《なるせ》海人《かいと》は、むっつりスケベです！」

ぎょっとした。

なにが始まったかと思えば、めめが拡声器を片手に窓の外に向かって叫《さけ》んでいる。

「とっても美しい3年B組の潤芽《うるめ》先輩《せんぱい》を気づかうふりをして、その手をがっちりとつかみ、あわよくば我《わ》が物《もの》にしようと……」

「ばっ、黙《だま》れ！　黙《だま》れ！」

めめの手から拡声器を奪《うば》うと、窓から乗り出していたその身体《からだ》を引っぱる。窓の外では運動部が何事かとこちらを見上げていた。ぴしゃりと窓を閉めて鍵《かぎ》をかけ、カーテンをしっかり閉めてから俺《おれ》は言った。

「お前、なに勝手なこと言ってんだ！　俺《おれ》はなんもしてないぞ！」

「嘘《うそ》ばっかり。私は騙《だま》されませんよ。鳴瀬《なるせ》先輩《せんぱい》は、わざと潤芽《うるめ》先輩《せんぱい》の手を取りました。下心ありありです。痴漢行為《ちかんこうい》です」

「だ、誰《だれ》が痴漢《ちかん》だ。飛躍《ひやく》させるな。俺《おれ》はただ、彼女《かのじょ》が火傷《やけど》をしたんじゃないかと思って……」

「大丈夫《だいじょうぶ》」

ぽつんと、小さな声音《こわね》が響《ひび》いた。

「平気」と、美少女はにっこりと天使のような笑《え》みを浮《う》かべた。「私、潤芽鈴《うるめりん》」

「あ、潤芽《うるめ》、先輩《せんぱい》ですか」

「うん」

「ほら、鼻の下伸《の》びてる」

嫌《いや》な声に水を差された。

「嘘《うそ》発見器は騙《だま》せても、私の目は誤魔化《ごまか》せません」

「あることないこと吹聴《ふいちょう》するお前はなんなんだ」

「私は言いました」

「なにが」

「マッコウクジラ団に入部しなさい、と」

むちゃくちゃだ。むちゃくちゃにもほどがある。入部すると言うまで俺《おれ》の個人情報を垂れ流す気か。尾《お》ひれがついた作り話を披露《ひろう》する気か。

めめの目は本気だ。本気すぎて恐《こわ》いほどだ。完全にイっちゃっているように見える。

ありえないだろ。俺《おれ》がいったい、何をしたっていうんだ。

「なんで、俺《おれ》なんだ」

「くじらぶかだからです」

「くじらぶかって何だよ」

「くじらぶかは、つまり、ジンベエザメってことです」

ますます意味が分からなくて、頭を抱《かか》えた。

「ジンベエザメ。恵比寿《えびす》ザメである鳴瀬《なるせ》先輩《せんぱい》はつまり、私達《たち》の中でも秀《ひい》でた、選ばれた人なんです」

その後の俺《おれ》がどうしたかといえば、逃《に》げた。

脱兎《だっと》のごとく逃《に》げるに決まってる。

ヤバイ、ヤバイ、ヤバイ、ヤバイって、あれはマジで。


「とと」

翌朝、俺《おれ》は教室に入るとまっさきにきのこ頭を探した。しめじみたいな後ろ頭を見つけると、その前に回《まわ》り込《こ》んだ。

「お前の妹はヤバイぞ」

「おふぁよう。むぐむぐむぐ、ごくん。どうしたの、朝っぱらから」

ととは朝からなんか黒いものを食べていた。

「ああ、これ。いやぁ、飲み物を買おうと思ってコンビニに寄ったら気になって、ついつい一緒《いっしょ》に買っちゃったんだ。新発売のゲソドッグ。イカ墨《すみ》を練りこんだパンにゲソフライが挟《はさ》んであるんだ。斬新《ざんしん》だよね」

頼《たの》んでもいないのに、うれしそうな笑《え》みを浮《う》かべて説明してくれた。

「ゲソ……。うまいのか、それ。イカだろ」

「ふん」と、残りにかぶりつきながらととは頷《うなず》く。「意外と、いけるよ。俺《おれ》、今、イカブームなんだ」

イカブーム。妹が妹なら兄も兄、といったところかもしれない。わけの分からなさで言えばいい勝負だ。

「で、むぐぐ、めめがどうかした？」

俺《おれ》ははっとして、さっきの勢いを取《と》り戻《もど》した。

「そうだ、あの、マッコウクジラ団とかいうやつだ。あれはマジでヤバイ。昨日、あいつが俺《おれ》に何て言ったか分かるか？　俺《おれ》のことをジンベエザメとか言いやがって、私達《たち》の中でも秀《ひい》でた選ばれし者とか言いやがったんだぞ」

「それが海人《かいと》を指名した理由？」

「そう言ってた。俺《おれ》にはまったく理解できない。理解できなすぎて、こう、鳥肌《とりはだ》が立つっていうか、寒気がするっていうか。ぞっとした」

「ふぅむ」

ととはどこか考える素振《そぶ》りをしながら最後のひとかけを口に入れ、もぐもぐしてから飲《の》み込《こ》んだ。

「まるで、カルト教団の勧誘《かんゆう》みたいだね」

「なんだそれ」

「大丈夫《だいじょうぶ》。そこでぞっとできたってことは、海人《かいと》はまともだってことだから」

「お前までわけの分からんこと言わんでくれ」

俺《おれ》が呻《うめ》くと、ととは「あはは」と笑った。

「それで、海人《かいと》はどうしたの？　その理由を聞いて、マッコウクジラ団に入ることにしたの？」

「逃《に》げた」

「へぇ、逃《に》げたんだ」

それでどうしたの？　と、いう風に、ととは俺《おれ》を見つめる。

逃《に》げた、逃《に》げたとも。できることなら、もう絶対に近づきたくないというのが本心だ。だが、しかし。

「おっはよう、鳴瀬《なるせ》。お前、マッコウクジラ団とかいうヤバイもんに入ったんだってな」

突然《とつぜん》、背中をどつかれた。佐々木《ささき》だ。朝からハイテンションだ。なんなんだ。

「号外が配られて、廊下《ろうか》のあちこちに貼《は》ってあったから、もらってきちゃったよ」

鈴木《すずき》が楽しそうに薄《うす》い紙を手にしている。号外？

鈴木《すずき》の手からひったくって見た俺《おれ》は、唖然《あぜん》とした。

「おお、よくできてるね」と、紙面を覗《のぞ》き込《こ》んだととが文面を読み上げる。

「マッコウクジラ団通信。ええと、2年C組鳴瀬海人《なるせかいと》がマッコウクジラ団に入部。ジンベエザメは恵比寿《えびす》ザメともいい、海の神様です。そんな、海の神様であるジンベエザメの加護を受けている、鳴瀬海人《なるせかいと》が入部したので、マッコウクジラ団は安心安泰《あんたい》。あなたのお悩《なや》みをズバっと解決しちゃいます。事件解決の糸口は鳴瀬海人《なるせかいと》がいるマッコウクジラ団がつかみます。ぜひ、校舎三階生物準備室へ」

どこから手に入れたのだろう。ぼんやりとした顔の俺《おれ》の写真がでかでかと載《の》っている。俺《おれ》と同じくらいでかでかとジンベエザメの写真もある。タイと釣《つ》り竿《ざお》を抱《かか》えた恵比寿《えびす》様も一緒《いっしょ》だ。

後光が差している。神々《こうごう》しいこと、この上ない。

「なになに、追記。生物準備室を訪ねてきてくれた方には、漏《も》れなく、幻《まぼろし》の人魚姫《ひめ》・潤芽《うるめ》先輩《せんぱい》がお茶を出してくれます」

湯のみを両手で持ち小首を傾《かし》げている写真は小さいが、それでも潤芽《うるめ》先輩《せんぱい》の美少女っぷりは誰《だれ》が見ても分かる。

「幻《まぼろし》の人魚姫《ひめ》、いいなぁ」と、佐々木《ささき》がうっとりしながら言い。「うんうん。潤芽《うるめ》先輩《せんぱい》、いいよねぇ」と、鈴木《すずき》が頷《うなず》く。

「なんにも、よくない」

俺《おれ》は号外をぐしゃりと握《にぎ》り潰《つぶ》した。

「あ、海人《かいと》、もうHR始まるよー」と、ととが暢気《のんき》に声をかけてくるのを無視して、勢いよく

教室を飛び出した瞬間《しゅんかん》、教室を覗《のぞ》き込《こ》もうとしていた人とぶつかってしまった。

前なんか見ていなかったせいで、勢いよく激突《げきとつ》したあげく、派手に尻餅《しりもち》をつく。相手の方は、転ばなかったようだ。

「大丈夫《だいじょうぶ》、ですか？」と、差し出された手は大きかった。

「大丈夫《だいじょうぶ》、だ。悪い、ちょっと、前見てなくて」

俺《おれ》の手をつかんで引き起こしたのは、俺《おれ》よりも背の高い男子生徒だった。くしゃくしゃの黒《くろ》髪《かみ》に、切れ長の瞳《ひとみ》。赤いネクタイをしている、ということは、一年生だ。

一年の男子生徒は俺《おれ》の手を握《にぎ》ったまま尋《たず》ねてきた。

「あの、鳴瀬《なるせ》、先輩《せんぱい》、ですか？」

見も知らない一年生男子に名前を呼ばれた。

「あの、僕《ぼく》、一年の林《はやし》っていうんですけど、先輩《せんぱい》は本当に、鳴瀬海人《なるせかいと》なんですか？」

「は？　俺《おれ》は、鳴瀬海人《なるせかいと》だが……」

林《はやし》の、俺《おれ》の手を握《にぎ》る力が強くなった。

「本当に……？」

林《はやし》の切れ長な瞳《ひとみ》が微《かす》かに潤《うる》みを帯びる。

なんだなんだ。

「海人《かいと》、大丈夫《だいじょうぶ》？」

ととが近づいてくると、林《はやし》は俺《おれ》から手を離《はな》し、廊下《ろうか》を駆《か》けていってしまった。チャイムが鳴り、入《い》れ替《か》わるように教師が入ってきた。

HRが始まってしまうのに教室を出るわけにもいかず、結局号外を手にしたまますごすごと自分の席に戻《もど》った。

なにが、なんだか。溜息《ためいき》しか出ない。

視線が痛い。教室にいても、廊下《ろうか》にいても、校庭にいても、誰《だれ》かに見られてしまうことが、こんなに苦痛だとは思いもしなかった。もう登校拒否《きよひ》したい。

「海人《かいと》もすっかり有名人だね」と、移動教室で廊下《ろうか》を歩きながらととが言う。

「本当にな」と佐々木《ささき》が言い、「ほんとほんと」と鈴木《すずき》が続く。どいつもこいつも面白《おもしろ》がりやがって。

「あれあれ、またあの子だ」

鈴木《すずき》が廊下《ろうか》の角を指差した。

「どの子？」と、佐々木《ささき》が聞くと、「ほらほら、あの一年生の男の子。海人《かいと》を教室まで尋《たず》ねてきた子だよね。本当に知り合いじゃないの？」

「知らん」

「林《はやし》君、だっけ?」と、ととも話に乗っかる。

「そうそう。あの林《はやし》君さ、鳴瀬《なるせ》のことがよっぽど気になるのかな」

「……なんだ、それ。どういう意味だ?」

俺《おれ》が尋《たず》ねると、鈴木《すずき》は言った。

「うん。だってね、いつも鳴瀬《なるせ》のこと見てるんだ。僕《ぼく》が気づいただけでも、一日に三回は見かけるよ。鳴瀬《なるせ》のことを追いかけてるみたい」

視線の先には、確かに林《はやし》の姿があった。背が高いせいで、隠《かく》れてるつもりだろうが丸見えだ。目が合うと、林《はやし》ははっとした様子で逃《に》げてゆく。

「なにが楽しくて、男に追いかけられなきゃいけないんだ」

佐々木《ささき》と鈴木《すずき》はケタケタ笑った。

それもこれも、どれもこれも、あいつのせいだ。

笹美々《ささみみ》めめ。

こうなれば、とことん事の真相を納得《なっとく》いくまで聞いてやろうと腹をくくって、生物準備室を訪《おとず》れた放課後。驚《おどろ》いた。数日前までほとんど人のいなかった生物準備室に、人だかりができていたのだ。

何事かと近づけば、入部希望者。ではなく、相談者達《たち》らしい。

さらに言えば、相談者は全員男子生徒だった。

部屋を覗《のぞ》いて納得《なっとく》した。なるほど、号外の効果はあったらしい。相談者の大半の目的は、せっせとお茶を淹《い》れている、潤芽先輩《うるめせんぱい》だ。鼻の下を伸《の》ばしながら潤芽先輩《うるめせんぱい》を見つめている男子相手に、めめが相談を聞いていた。

めめの苛々《いらいら》した様子から見るに、どうせたいした悩《なや》みでもないのだろう。

「あ、ジンベエザメだ」「神様だ」と、茶化してくる男子達《たち》に「うるせぇ」と、小さく切り返しながら、部屋に入ると、めめではなく潤芽先輩《うるめせんぱい》に声をかけた。

「大丈夫《だいじょうぶ》ですか？　代わりますよ」

急須《きゅうす》に新しい茶葉を入れ、蒸《む》らしていた潤芽先輩《うるめせんぱい》は、はっとしたように俺《おれ》を見た。

「鳴瀬《なるせ》君」

その額にはうっすらと汗《あせ》が浮《う》かんでいる。

「助《すけ》かっ。ぽかっと忙《いそが》しゅうなって、びっくいしちょったの」

一瞬《いっしゅん》の間があって、潤芽先輩《うるめせんぱい》はかっと頬《ほお》を赤くした。

「う。えと、鳴瀬《なるせ》君、ごめん」

「え？　なんで、潤芽先輩《うるめせんぱい》が謝《あやま》るんですか？　こんなに急に人が来て忙《いそが》しくなったら、そりゃびっくりしますって」

「なんしゃべっちょうか、分かるん？」

「方言、えっと、かごんま弁ってやつですよね」

「そう、じゃっどん」

なぜか潤芽《うるめ》先輩《せんぱい》は大きな瞳《ひとみ》を不安そうに揺《ゆ》らしている。

「分かりますよ、大丈夫《だいじょうぶ》です。俺《おれ》、小学生の頃《ころ》まではこっちに住んでたんで」

「う……。笑ったり、せんの？」

「なんで笑うんですか？」

「う……」

潤芽《うるめ》先輩《せんぱい》は困り顔になると、俯《うつむ》いてしまった。

よく分からない。分からないが。

「とりあえず後は俺《おれ》がやりますから、潤芽《うるめ》先輩《せんぱい》は休んでてください」

俺《おれ》は勝手に急須《きゅうす》を取ると、湯のみを緑茶で満たした。淹《い》れたてのお茶を運ぼうとしていたその時だった。

「ああもう、そんなの、なんてことありません！　好きならさっさと告白してしまえばいいでしょう！」

手帳を広げてシャーペンを滑《すべ》らせていためめがキレた。めめなんかに恋愛《れんあい》相談をしていた片想《かたおも》い少年は、おっかなびっくりという顔で目を白黒させていた。

「まったくもう、どいつもこいつも、もっとまともな相談はないんですか。持ち物がなくなっただの、モテないだの、彼女《かのじょ》に振《ふ》られただの。赤点取りたくなければ勉強しなさいよ、スポーツができるようになりたければ練習しなさい。そんなことより、例えば、ひょうたん海岸で怪《あや》しい人を見たとか、妙《みょう》な物が漂着《ひょうちゃく》しているとか、昨日と今日で海辺の風景が変わっていたとかいう事件はないんですか！」

並んでいた男子達《たち》を指差してめめが叫《さけ》ぶ。

「そんな大変なことが起これば、お前なんかより警察を頼《たよ》るだろ、普通《ふつう》」

「鳴瀬先輩《なるせせんぱい》は黙《だま》っててください」

「俺《おれ》なんか、某《ぼう》一年女子に脅迫《きょうはく》を受けたあげく、嘘《うそ》も混じった個人情報を垂れ流されて、無断で写真まで使われて、大事件なんだが」

「残念ながら、鳴瀬先輩《なるせせんぱい》の相談は受け付けてません」

「めめちゃんが望んでる大事件、というわけではないかもしれないんだが、話を聞いてもらえないだろうか」

落ち着いた声音《こわね》は女子のものだった。

「四方屋《よもや》」

いつの間にか、すぐそばに四方屋《よもや》が立っていた。

麗《うるわ》しの王子様の登場に、それまで並んでいた男子達《たち》が圧倒《あっとう》されて道を開けている。生物準備室に現れたのは四方屋《よもや》だけではなかった。陸上部のツインタワーの一方である、渡辺先輩《わたなべせんぱい》も一《いっ》緒《しょ》だったから、周囲はどよめきに包まれた。四方屋《よもや》は俺《おれ》を見て小さく頷《うなず》いてから、めめに言った。

「私ではなく、渡辺先輩《わたなべせんぱい》が聞いてほしい話があるそうだ」

四方屋《よもや》にエスコートされて、長いポニーテールが一際目《ひときわ》を引く渡辺先輩《わたなべせんぱい》は、少しためらうように前に出た。

「ごめんね、笹美々《ささみみ》さん。たいしたことじゃ、ないのかもしれないけど。ちょっと聞いてほしくて」

めめは力強く頷《うなず》くと、生物準備室にいた男子達《たち》を追い出してドアを閉めてしまった。パイプイスに渡辺先輩《わたなべせんぱい》を促《うなが》し自分も座《すわ》ると、手帳を開きシャーペンを握《にぎ》る。それからめめは真剣《しんけん》な面《おも》持ちで言った。

「どうぞ、聞かせてください」

四方屋《よもや》は渡辺先輩《わたなべせんぱい》の隣《となり》に座《すわ》っている。二人にお茶を出した俺《おれ》と潤芽先輩《うるめせんぱい》はその様子を見守っていた。

やがて、渡辺先輩《わたなべせんぱい》がおもむろに口を開いた。

「陸上部の話なんだけど、最近、みんな調子が悪いの」

「調子が悪い、というのは」

「うん。記録が伸《の》びないってことなんだけど、でも、それまでの自己タイムを大幅《おおはば》に下回ってしまってて。調子が悪い時期っていうのは誰《だれ》にでもあるものだけど、みんながみんな同じ時期に記録が落《お》ち込《こ》んでしまうっていうのは、さすがに今まではなくて」

「確かに、集団的に同じ状況《じょうきょう》に陥《おちい》るってことはおかしいですね。何か、思い当たりませんか？　陸上部全員が何かしたとか、何か食べたとか」

「いや、特にはなにも。練習メニューはずっと変わらないし、みんなで同じ物を口にした覚えもない」と、答えたのは四方屋《よもや》だ。

「そうですか」

めめはシャーペンを止める。

「あの、でも」と、渡辺先輩《わたなべせんぱい》が四方屋《よもや》をちらりと見て言った。「ジュンは、いつもと変わらないの、よね？」

話の矛先《ほこさき》を向けられた四方屋《よもや》は曖昧《あいまい》に「まあ」と、頷《うなず》いた。

「四方屋先輩《よもやせんぱい》だけが、なんともない、と」

めめがメモを取る。

「いや、でも、みんなが感じてる、なにかが絡《から》み付《つ》くような感覚っていうのを、私が感じないだけで。私は、鈍《にぶ》いからな」

四方屋《よもや》なりにフォローしたのかもしれないが、鈍《にぶ》さを感じないだけに、フォローになっていない。

「絡《から》み付《つ》く？」

めめがシャーペンを止める。

「絡《から》み付《つ》くって、なにがなにに絡《から》み付《つ》くんですか？」

めめの質問に表情を曇《くも》らせた渡辺先輩《わたなべせんぱい》を、四方屋《よもや》が心配そうに見つめている。

「脚《あし》、に」

渡辺先輩《わたなべせんぱい》はぼそりと言った。

「脚《あし》に、なにかが絡《から》み付《つ》いてる感じがするっていうか、重い気がして。妨《さまた》げられているようで、走りにくいの。変に聞こえるかもしれないけど、みんな同じことを言ってるの」

俯《うつむ》いてしまう渡辺先輩《わたなべせんぱい》の肩《かた》を四方屋《よもや》が撫《な》でた。

脚《あし》になにかが絡《から》み付《つ》いてるって、どういうことだ。ぱっと見た限り、渡辺先輩《わたなべせんぱい》の脚《あし》には何も付《つ》いていない。だとすれば、脚《あし》の怪我《けが》か、はたまたなにかの病気か。それでも、陸上部全員が同じ感じを受けるとは、どういうことだろう。

「分かりました」

めめの言葉は力強かった。

「陸上部でなにが起こっているのか、調査してみます。お任せください」

渡辺先輩《わたなべせんぱい》は話せたことでほっとしたのか、四方屋《よもや》と一緒《いっしょ》に生物準備室を出ていった。

「調査してみるって、具体的になにをする気だ」

残った湯のみを片付けながら尋《たず》ねると、めめは自信たっぷりに言った。

「まずは、現場検証ですね。今日はもう遅《おそ》いので、明日、行いましょう。明日の放課後、校庭のマグロの像の前に集合です」

えーと、それって俺《おれ》も含《ふく》まれてるんですかね。

目線だけでめめに問いかけると、とどめとばかりに言われた。

「鳴瀬《なるせ》先輩《せんぱい》は遅刻《ちこく》厳禁です。遅刻《ちこく》しようものなら、どうなるか、分かってますよね」

分からないし。全然分からないし。

というか俺《おれ》、まだ入部してないんだけどな。


「どう思う？」

「緑茶争奪《そうだつ》戦っぷりはすごいらしいね」

昨日の出来事をととに語って聞かせたところ、ととはとんちんかんな答えを返してきた。

「は？」

「だから、ここ最近の生物準備室での話だよ。マッコウクジラ団の。潤芽《うるめ》先輩《せんぱい》は大人気だね」

「妹から聞いたのか、それ」

「いや、佐々木《ささき》と鈴木《すずき》が嘆《なげ》いてた。どうやらまだ茶を飲む機会に恵《めぐ》まれないらしくて」

「あいつら……」

「残念しごくだね。その点、海人《かいと》はいつでも潤芽《うるめ》先輩《せんぱい》の緑茶を飲み放題のラッキーボーイなんだから、マッコウクジラ団に入部してよかったじゃないか」

「俺《おれ》はまだ入部するなんて一言も言ってないし、今はそういう話はしてない」

なんだってこう、話が脱線《だっせん》してしまうのか。

ゆっくりと昼飯の弁当でも食いながら、ととはどう思うか聞いてみたかっただけなのに。

「俺《おれ》の話、ちゃんと聞いてたか？」

「聞いてた聞いてた」と頷《うなず》きながら、ととは弁当に詰《つ》め込《こ》んできたという、小さなイカ達《たち》をもしゃもしゃ食べている。近所の人からもらった、イカ飯らしい。絶賛、イカブームの最中《さなか》のようだ。

「ま、俺《おれ》は海人《かいと》と同意見だよ」

「俺《おれ》と同意見？」

「そう。つまり、なにかの怪我《けが》か病気、どちらかの前兆。それともう一つ、考えられるとすれば、まずは精神的な問題」

「部員全員が陥《おちい》るような問題って、どんな問題だよ」

「さあ」

「さあって。じゃあ、もう一つはなんだ」

「聞きたい？」

俺《おれ》は頷《うなず》く。

「じゃあ、海人《かいと》のその弁当に入ってる、おいしそうなつけあげちょーだい」

弁当箱の中からまだ箸《はし》をつけていないさつまあげを一つ、ととの弁当の中に置いてやる。昨日、魚屋のおっちゃんがさばいてくれた魚をすり身にして油であげただけのものだ。ととはさつまあげを頬張《ほおば》って幸せそうな顔をした。

「いやぁ、今時、つけあげを手作りできちゃう男子高校生なんて、そういないだろうね。料理上手。素晴《すば》らしいよ」

「そんなことどうでもいいから、さっさともう一つを言え」

「不可思議現象」と、ととは言いながら、勝手にイカ飯を一つ、俺《おれ》の弁当箱に入れた。さつまあげと物々交換《ぶつぶつこうかん》のつもりなのだろう。

「ふかしぎ？」

「普通《ふつう》じゃない、現実的ではない出来事が起こっている、かもしれない。幽霊《ゆうれい》だとか、宇宙人だとか、妖怪《ようかい》だとか」

「本気で言ってるか？」

「可能性はなきにしもあらず、だよ。それに、そう考えた方がいろいろと楽しい」

ととは最後のイカ飯のイカを箸《はし》でつまんで持ち上げた。

「アホらしい」

俺《おれ》は言って、もらったイカ飯をありがたくいただくことにした。だしがしみ込《こ》んだもち米の詰《つ》まったイカ飯はおいしかった。

マグロの像とはまさに、そのまんま。日本人が大好きな魚を銅像にしたものである。

なんだって学校にマグロなんかの銅像があるのかと聞かれたところで、俺《おれ》にだって理由はよく分からない。学校は関係ないが、もしかしたら、この町がマグロ祭りだのウニ祭りだの、漁業が盛《さか》んなことから海の生き物を使って町起こしをしていることと関係しているのかもしれない。

それにしたってマグロ。学校にマグロの銅像なんて、普通《ふつう》はない。

独特の存在感を放つ像の前で俺《おれ》は一人待っていた。

まだマッコウクジラ団なんぞに入部してはいないが、誰《だれ》より早く律儀《りちぎ》に待っていた。

別にめめの脅《おど》しが効いてるわけじゃない。めめなんか恐《こわ》くない。あいつがどうのこうのというんじゃなくて、これは、そう、ただの好奇心《こうきしん》というやつだ。

陸上部で起こってる不思議な現象について、やっぱり気になったからだ。

それにしても、オレンジ色に染まり始めたばかりの広い校庭では、運動部があちこち動き回って練習に勤《いそ》しんでいる。ストレッチをしたり、走ったり、フォームを整えたり、忙《いそが》しそうだ。

「鳴瀬《なるせ》」

ぼうっとしていたら、声をかけられた。

「あれ、四方屋《よもや》」

陸上部のユニフォーム姿でもなければ、ジャージ姿でもない。制服に身を包んだ四方屋《よもや》が西日を浴びながらやって来た。

「鳴瀬《なるせ》、一人か？」

「ああ、うん。いや、めめも潤芽《うるめ》先輩《せんぱい》もまだ来てないんだ。そういえば」

「そういえば？」

「ととの奴《やつ》も、マッコウクジラ団だったたんだっけか。あいつの姿を生物準備室で見たことないけど」

「ああ、笹美々《ささみみ》か。仕方ないよ、笹美々《ささみみ》は幽霊《ゆうれい》部員だからな」と、四方屋《よもや》は苦笑いを浮《う》かべる。

「それじゃあ、先に陸上部の練習コースに行こうか。めめちゃん達《たち》もそのうち来るだろ」

歩き出す四方屋《よもや》につられて、「そうだな」と隣《となり》に並んだ。

「でも、鳴瀬《なるせ》がマッコウクジラ団に入部してくれたことは、本当に心強いよ」

いや、心強いとか言われても、そもそも入部してないから。と、つっこみを入れようとしたら、四方屋《よもや》はさらに続けて言った。

「ジンベエザメ、なんだよな」

四方屋《よもや》は俺《おれ》の頭上に目を凝《こ》らすような視線を送る。

なんだ、上になんかあるのか？　空しか見えないけど。

「それ、めめが言ってるやつだろ。さっぱり意味が分からなくて、正直まいってる」

「まいる？」

「まいるだろ。あることないことあいつは吹聴《ふいちょう》して回るし」

「だが、鳴瀬《なるせ》が小魚の群れをサメと見間違《みまちが》えたのは本当の話なんだろう」

「それは……」

「笹美々《ささみみ》が言ってたぞ。鳴瀬《なるせ》が溺《おぼ》れる直前、サメだサメが出たと、一人で騒《さわ》いでいたと」

「ほんとか？」

「本当だ」

そういうことだったのか。

「あいつめ。やっぱり、ととがめめに話したんじゃないか。そらっとぼけやがって」

ぎりぎりと拳《こぶし》を握《にぎ》る。

確かに去年、大騒《おおさわ》ぎした俺《おれ》も俺《おれ》だが、それを盗《ぬす》み聞《ぎ》きしたあげく、妹にネタとして提供するとはどういう了見《りょうけん》だ。

「鳴瀬《なるせ》、落ち着け。笹美々《ささみみ》も、悪気はなかったんだと思うぞ。もちろん、めめちゃんもだ」

「悪気がないなら、なおたちが悪い。なんで俺《おれ》が、過去の恥《はじ》を全生徒に知らしめられなきゃいけないんだ。おかげで、知るはずのない奴《やつ》まで俺《おれ》の名前を知ってるありさまだ」

「確かに、めめちゃんのやり方は、少し強引《ごういん》ではあるが」

「強引《ごういん》すぎるにもほどがあるだろ」

四方屋《よもや》はきょとんとしてから、くすくすと笑った。風《ふ》が吹いて、四方屋《よもや》の金色の髪《かみゆ》が揺れた。

「笑い事じゃない」

「ああ、悪い悪い。鳴瀬《なるせ》にしてみれば笑えないし、とんだ迷惑《めいわく》だったかもしれない。それでも、やはり、めめちゃんが鳴瀬《なるせ》を選んだのは鳴瀬《なるせ》だから、だったんだよ」

「俺《おれ》だからって、どういう意味だ」

「ジンベエザメはやはり、特別な魚らしい」

「俺《おれ》は魚なんかじゃない、どこからどう見たって人間だろ」

「いやだから、そういう意味ではなくて……。鳴瀬《なるせ》はもちろん人間なのだが、ジンベエザメに憑《つ》かれてるっていうことがもう、すごいことなんだと思う」

「はあ？」

お前までなにを言い出すんだ？　と、思ったが、四方屋《よもや》の横顔はあくまで真剣《しんけん》で、とうてい冗談《じょうだん》を言っているようには見えなかった。

「だから」と、四方屋《よもや》は立ち止まると俺《おれ》を見つめる。どきりとしてしまうような、深い緑色のきれいな瞳《ひとみ》だ。「この学校に眠《ねむ》ってると言われている姫《ひめ》の宝を守るのにふさわしい、と。めめちゃんが話していたよ」

「姫《ひめ》の、宝？」

なんだそれ。

ぽかんとする俺《おれ》に、四方屋《よもや》は小難しい顔をした。

「う、む。私は説明が下手だな。そのうえ、憑《つ》かれてる海の生き物にも疎《うと》くて。すまん、鳴瀬《なるせ》、混乱させてしまったな。それよりも今は、陸上部のことだ。私以外の陸上部員が被害《ひがい》にあっているというのも、気になるのだが……」

「四方屋《よもや》」

俺《おれ》は歩き出そうとする四方屋《よもや》の腕《うで》をつかんだ。

「もっと、聞かせてくれないか」

「鳴瀬《なるせ》？」

「その話を。めめはそんな話を、お前にしてたのか」

「えっと……」

「頼《たの》む」

四方屋《よもや》の腕《うで》をぐっと握《にぎ》り締《し》めると、目に見えて四方屋《よもや》は動揺《どうよう》した。

「えと、鳴瀬《なるせ》。その、手、手をだな……、離《はな》してくれないか。その、腕《うで》が……」

西日のせいだろうか、四方屋《よもや》の顔が赤い気がする。

「熱いんだ」

「へ？　四方屋《よもや》？」

空気でも抜《ぬ》けてしまったかのように、四方屋《よもや》の身体《からだ》から力が抜《ぬ》けた。傾《かし》ぐ身体《からだ》を慌《あわ》てて支えると、四方屋《よもや》は口早にぶつぶつと何か言っている。

「じ、じ、ジンベエザメは、大きいから、こ、こ、小魚、ならではの習性なんだと、思うんだが。ど、ど、動悸《どうき》が、息が、苦しくて……」

「なに言ってんだよ、四方屋《よもや》。大丈夫《だいじょうぶ》か？」

「なにやってるんですか、鳴瀬《なるせ》先輩《せんぱい》」

「うわぉ」

めめと潤芽《うるめ》先輩《せんぱい》がそばに立っていた。

「こんな校庭の真ん中で、よくやりますね」

「なにがだ」と、辺りを見渡《みわた》せば、あちこちから視線を向けられている。顧《かえり》みれば、俺《おれ》と四方《よも》屋《や》はまさに、抱《だ》き合っている風にも見えるだろう。

「ち、違《ちが》う。四方屋《よもや》が急に倒《たお》れそうになったんで……」

潤芽《うるめ》先輩《せんぱい》が四方屋《よもや》に近づき、「大丈夫《だいじょうぶ》？」と、そっと声をかけた。俺《おれ》から離《はな》れて落ち着きを取《と》り戻《もど》したのか、四方屋《よもや》はこくこくと頷《うなず》いている。半眼のめめを見つめ返しながら、俺《おれ》は言った。

「四方屋《よもや》が、俺《おれ》のことをジンベエザメだから特別だとか、姫《ひめ》の宝がどうとかいう話をしたから、それをもっと聞こうとしただけだ。お前がそんな話を四方屋《よもや》にしたんだろ」

めめの態度は素っ気ない。

「ああ、その話ですか。でも、今はこんなところで遊んでる場合ではありませんので、後にしてください」

「誰《だれ》も遊んでなんかいない」

「さあ、陸上部の練習コースに行きましょう」

めめは俺《おれ》の意見なんか聞こえない素振《そぶ》りで、スタスタと歩き出した。潤芽先輩《うるめせんぱい》も四方屋《よもや》もそれに続く。

納得《なっとく》がいかない。地団駄《じだんだ》を踏《ふ》んだ。


脚《あし》、脚《あし》、脚《あし》、生脚《なまあし》のオンパレードだ。

陸上部の練習コースにたどり着くと、渡辺先輩《わたなべせんぱい》が練習メニューを黙々《もくもく》とこなしていた部員達《たち》に集合をかけた。問題は脚《あし》にあり。というわけで、部員達《たち》はそれまで穿《は》いていたジャージを脱《ぬ》いで短パン姿になった。

ほどよく筋肉のついた健康的な脚達《あしたち》を前にして、正直、目のやり場に困った俺《おれ》は、少し離《はな》れた場所から見ていた。

めめがメモを取りながら部員一人一人の話を聞き、脚《あし》をじっくりと眺《なが》めている。潤芽先輩《うるめせんぱい》もしゃがみ込《こ》んで脚《あし》を見つめていた。

同じ練習コースにいた男子陸上部員の視線が痛い。

「見た目だけでは異常なさそうに見えるけどな」

俺《おれ》は隣《となり》に立っている四方屋《よもや》に言った。

「そうなんだ。だから、余計に困っている」

「男子部員は大丈夫《だいじょうぶ》なのか？」

「そういえば、不調者が出ているという話を聞いた」

「じゃあ、男子部員にも話を聞いた方がいいだろう。聞いてくるか」

居心地《いごこち》の悪さに耐《た》え切れず、恨《うら》めしげな視線を送りつけてくる男子部員達《たち》の方へと歩き出すと、「私も行こう」と、四方屋《よもや》もついてきた。

「男子の部長は、長島先輩《ながしませんぱい》だ。長島先輩《ながしませんぱい》、ちょっといいですか」

四方屋《よもや》が声をかけると、長島《ながしま》と呼ばれた先輩《せんぱい》が振《ふ》り向《む》いた。短髪《たんぱつ》で、いかにもスポーツマンといった感じの爽《さわ》やかな男子だ。

「おう、どうした、四方屋《よもや》」

四方屋《よもや》の隣《となり》に並ぶ俺《おれ》にまで爽《さわ》やか笑顔《えがお》を向けてくる。

「お忙《いそが》しいところすみません。先日お話しした、女子部員の脚《あし》の件なんですが、男子部員にも不調者がいるとおっしゃってましたよね。そのお話を聞かせていただければと思ったんですが」

「ああ、なるほど、それで」と、長島先輩《ながしませんぱい》は納得《なっとく》した様子で頷《うなず》き、俺《おれ》に言った。「君、マッコウクジラ団の、鳴瀬《なるせ》君、だっけ？」

「はじめまして、鳴瀬《なるせ》です」

笑ったつもりだったが、顔が引きつってしまう。

「本当に調査に来たんだね。いいよ、今部員を集めるから、好きなだけ話を聞いてやって。おーい、お前ら、集まれ」

男子部員達《たち》がぞろぞろと集まってきた。長島先輩《ながしませんぱい》が事の次第《しだい》を簡潔にまとめて説明すると、意図を理解してくれたのか、男子部員達《たち》の視線がようやく少し和《やわ》らいだ。話を聞くに、どうやら不調者は増えていたようで、男子部員もほとんどが同じ症状《しょうじょう》を訴《うった》えてきた。

脚《あし》に、なにかが絡《から》み付《つ》いている感じがする。というやつだ。

「実を言うと、俺《おれ》も」と、長島先輩《ながしませんぱい》までもが手をあげた。「昨日からなんか、調子が悪くなってな」

そう話す長島先輩《ながしませんぱい》の生脚《なまあし》も見せてもらうことにする。筋肉隆々《りゅうりゅう》のがっしりとした脚《あし》だ。俺《おれ》は遠慮《えんりょ》なく目を近づける。太股《ふともも》、膝《ひざ》、膝裏《ひざうら》、ふくらはぎ、と見ていくと、ふくらはぎに奇妙な痣《あざ》があることに気づいた。まだほんのりと赤い痣《あざ》は二重丸のような形をしている。

「これ、どこかにぶつけたとかですか？」

「うん？　あれ、こんなとこぶつけた覚えないけど。なんだろな」

「痛みはありますか？」

「いや、ない」

まだできたてという感じの痣《あざ》なのに、痛みはない。

「四方屋《よもや》」と、俺《おれ》は別の男子部員の脚《あし》を見ていた四方屋《よもや》を呼んだ。

「そっちに、脚《あし》に二重丸みたいな痣《あざ》がある人がいなかったか？」

「いるぞ」

四方屋《よもや》の返答はすぐだった。

脚《あし》に痣《あざ》がある部員は、長島先輩《ながしませんぱい》含《ふく》めて五人もいた。痣《あざ》が消えかけている者を含《ふく》めると八人。

「長島先輩《ながしませんぱい》は昨日から調子が悪くなったんですよね」

「ああ」と、頷《うなず》く長島先輩《ながしませんぱい》の痣《あざ》はまだ真新しい。それに比べ、痣《あざ》がだんだんと薄《うす》くなるにつれ、調子が悪くなった日付は古くなった。

「原因はこの、痣《あざ》ですね」

いつの間にかすぐ隣《となり》にめめがいて、長島先輩《ながしませんぱい》の脚《あし》をじっと見つめていた。渡辺先輩《わたなべせんぱい》の姿もある。

「女子部員にも同じ痣《あざ》が残っている人がいました。痣《あざ》が消えてしまっても、症状《しょうじょう》は残るのでしょう」

長島先輩《ながしませんぱい》が不思議そうな顔をして尋《たず》ねた。

「でも、なんでこんな痣《あざ》くらいで、脚《あし》の調子が悪くなるんだ」

確かに、ごもっともな意見だ。

「分かりません」

「分からない？」

「何かの前兆。これまでにも妙《みょう》な技《わざ》を使う人はいましたが、幻覚作用《げんかく》か催眠術《さいみん》か何かでしょうか。それとも……」

めめの言ってることの方が分からない。

めめは立ち上がると、ぐるりと練習コースを見渡《みわた》した。

直線100mコースに、1周200m6レーンコース、走《はし》り高跳《たかと》びと棒高跳《ぼうたかと》び用のスペースがあり、広々としている。めめはレーンコースに向かって歩いていく。コースを突《つ》っ切《き》り、中央の芝《しば》が植えられている場所に足を踏み入れた。やがて何か見当をつけたらしく、おもむろにしゃがみ込《こ》んだ。

渡辺先輩《わたなべせんぱい》と長島先輩《ながしませんぱい》は困惑《こんわく》しながらも、めめに近づいていく。俺《おれ》も、四方屋《よもや》と共に近づいた。

めめは地面を掘《ほ》り返《かえ》していた。誰《だれ》かが一度掘《ほ》った後なのだろう、そこだけ芝《しば》がなく土は柔《やわ》らかい。

「あった」

めめが言って引っ張り出したなにかは、粘《ねば》り気《け》を帯びていた。

「それ、なに？」と、渡辺先輩《わたなべせんぱい》が眉《まゆ》をひそめる。

ネバネバとした物体はめめの掌《てのひら》からはみ出して垂れていた。アンモニアを濃《こ》くしたような、つんと鼻をつくひどい臭《にお》いもする。

「なにかは分かりません。でも、これが陸上部の部員を苦しめていたものの正体だと思います」

めめは言うと、持っていたシャーペンを取り出して躊躇《ちゅうちょ》なく物体に突《つ》き刺《さ》した。その瞬間《しゅんかん》、ネバネバしていた物体から飛び出してきたのは、黒い液体だ。黒い液体を飛び散らせながら、物体はグネグネと動いた。臭《にお》いが余計にひどくなる。

「きゃっ」と言って後ずさった渡辺先輩《わたなべせんぱい》を「大丈夫《だいじょうぶ》ですよ」と気づかったのは四方屋《よもや》だ。

やがて黒い液体が止まると、その物体はぴくぴくと痙攣《けいれん》して息絶えた、ように見えた。

そして、ポロポロと崩《くず》れて、跡形《あとかた》もなくなってしまった。何もなくなった掌《てのひら》を見つめてから、めめは立ち上がった。

「痣《あざ》は、どうなりましたか？」

尋《たず》ねられた長島先輩《ながしませんぱい》は「え？」と、目をぱちくりさせた。

それからようやく質問の意味を理解したようで、「おお」と、言い、自分のふくらはぎを見て、さらに目を丸くした。

「消えてる！　うん、脚《あし》も、軽くなった。すげぇ！」

長島先輩《ながしませんぱい》はその場で軽くジョグをしてみてから、「バッチリ！」と、親指を立てた。

そんな長島先輩《ながしませんぱい》を見ていた渡辺先輩《わたなべせんぱい》も、おそるおそる脚《あし》を動かすとぱっと顔をほころばせた。

「本当だ。軽くなってる」

他《ほか》の部員達《たち》もそれぞれ効果があったらしい。みな一様にはしゃいでいた。

「よかったです」と、めめが頷《うなず》く。その時、ふいに強い視線を感じた。

振《ふ》り返《かえ》った先、離《はな》れた場所に背の高い少年が立っている。あれは。

「林《はやし》？」

こんなところに、なんであいつがいるんだ。

まるで射るような視線だ。林《はやし》は俺《おれ》と目が合うと、すぐに顔を背《そむ》けて、走り去った。

「どうかしましたか、鳴瀬先輩《なるせせんぱい》」と、めめが尋《たず》ねてくる。

「いや、林《はやし》がいたんだ」

「林《はやし》？」

「一年生で、俺《おれ》の教室まで俺《おれ》を尋《たず》ねてきたあげく、なにかとつけ回されてて……、って、元はといえばお前のせいだぞ」

食ってかかってみるも、めめはもう俺《おれ》の話など聞いていなかった。

「一年生の、林君《はやしくん》」と、つぶやくと、風になびいた長い髪《かみ》を押《お》さえて、林《はやし》がいなくなった方を見つめていた。

あの妙《みょう》な物は生徒達《たち》の間で『呪《のろ》い』と呼ばれ、瞬《また》く間《ま》に噂《うわさ》は広まった。

『呪《のろ》い』を解いたせいか、陸上部員の脚《あし》になにかが絡《から》み付《つ》いているような感じは、完全に消《き》え失《う》せたらしい。

翌日、渡辺先輩《わたなべせんぱい》が改めてお礼にと生物準備室を訪《おとず》れ、バームクーヘンを丸々一つ置いていった。事件が無事に解決したのだから、俺《おれ》は湧《わ》き水《みず》のように溢《あふ》れる疑問をめめにぶつけて、すっきりしてからマッコウクジラ団を去るつもりでいたのに、全《すべ》てはお預けとなった。

というのも、再び謎《なぞ》の現象が起こったのだ。

校庭を歩けば脚《あし》になにかが絡《から》み付《つ》く感じがする、廊下《ろうか》を歩けば方向感覚を失う、教室に入れば偏頭痛《へんずつう》に襲《おそ》われる。ますます事態は悪化した。

陸上部の『呪《のろ》い』を解いたという噂《うわさ》が広がったせいで、生物準備室にはひっきりなしに症状《しょうじょう》を訴《うった》える生徒が現れた。

「あれは『呪《のろ》い』なんかじゃありません」

めめは部室の長机に頬杖《ほおづえ》をつき、ぶうたれていた。

「じゃあ、いったいなんなんだよ」

尋《たず》ねた俺《おれ》を、めめはちらりと見た。

「それが分かれば苦労しません。でも、今までとは確かに違《ちが》う傾向《けいこう》です。こんな風に学校中を騒《さわ》がせて、なにがしたいんだか。もしかして、愉快犯《ゆかいはん》ですかね」

「愉快犯《ゆかいはん》？」

「だとしても」と、潤芽《うるめ》先輩《せんぱい》が緑茶をめめと俺《おれ》の前に置いた。「やっぱい犯人は、海の生き物にとり憑《つ》かれちょう人間？」

海の生き物にとり憑《つ》かれてる人間？

なんだそりゃ。と、尋《たず》ねようとした時、部室のドアが開かれた。

「祈禱師様《きとうしさま》、祈禱師様《きとうしさま》！」

「だから、私は祈禱師《きとうし》なんかじゃないわよ！　マッコウクジラ団部長、笹美々《ささみみ》めめよ！」

脇《わき》に四角い何かを抱《かか》えて飛《と》び込《こ》んできた男子生徒を、めめは一喝《いつかつ》する。『呪《のろ》い』を解いた者として、異常を訴《うった》えてくる生徒はみな、めめのことを『祈禱師様《きとうしさま》』などと呼ぶようになっていた。

「今度はどこ？」

めめに睨《にら》まれて、紺色《こんいろ》のネクタイをした三年生の男子はひっと縮みあがっていた。

「えっと、どことというわけではないんですけど。その、実は、見てはいけないものを見てしまった、といいますか」

歳下《としした》のめめに敬語を使うありさまだ。

「何よ、また『呪《のろ》い』のことじゃないの？」

「違《ちが》います」

めめが問うのも無理はなく、謎《なぞ》の怪《かい》現象の原因はどれも同じだった。

つまり、あのネバネバした臭《くさ》くて黒い液体を出す謎《なぞ》の物体が、あちこちに置いてあるせいだったのだ。

廊下《ろうか》や教室だと、普段《ふだん》は使わなそうな戸棚《とだな》の奥《おく》や掃除《そうじ》道具入れの隅《すみ》に隠《かく》してあったり、トイレや大胆《だいたん》にも天井《てんじょう》に貼《は》り付《つ》けてあったりする。探し出して、剝《は》がして、潰《つぶ》す。今日もその作業が一段落したばかりだった。

相談者の話題が違《ちが》うと知って、少しは興味を惹《ひ》かれたのだろう。めめは三年生の男子をパイプイスに促《うなが》した。すかさず潤芽《うるめ》先輩《せんぱい》がお茶の用意をして、三年生男子に「どうぞ」と、差し出す。潤芽《うるめ》先輩《せんぱい》にお茶を出してもらえたからか、三年生男子はにへらと表情を緩《ゆる》めた。

「で、見てはいけないものとは、なにを見たんですか？」

めめはシャーペンの先で開いた手帳を、トントン叩《たた》いた。

「あ、えと、幽霊《ゆうれい》です」

「幽霊《ゆうれい》？」

呪《のろ》いの次は幽霊《ゆうれい》ときたか。

「あなた、幽霊《ゆうれい》を見たって言うんですか？」と、不審《ふしん》そうな顔をするめめとは真逆に、潤芽先《うるめせん》輩《ぱい》は目を輝《かがや》かせた。

「えっと、たぶん、幽霊《ゆうれい》に見えただけで、幽霊《ゆうれい》だっていう確証はなにも、ないんだけど」

「でも、あなたは幽霊《ゆうれい》だと思った、と」

「まあ」

「なぜですか」

手帳にはでかでかと「幽霊《ゆうれい》発見」の文字が書かれている。三年生男子は息を吹《ふ》きかけ、お茶を啜《すす》ってから語りだした。

「一番最初に見たのは一週間前でした。放課後の部活が終わった後だったから、もう日も暮れてて」

「何部なんですか？」

「美術部です。それで、美術室を出た後、教室に忘れ物をしてたことに気づいて、取りに行きました。廊下《ろうか》も教室も真っ暗で、それだけでも恐《こわ》かったんだけど、廊下《ろうか》の方から何か気配がしたから、見てみたら」

「見てみたら？」

「いたんです。白い顔をした幽霊《ゆうれい》がぼうっと突《つ》っ立《た》てて、その幽霊《ゆうれい》が口から何か、得体の知れない物を吐《は》き出《だ》したんです。その吐《は》き出《だ》した物はうごうご動いてて、それを拾いあげると手に持ったまま幽霊《ゆうれい》はどこかに行ってしまいました」

「ふむ」と、めめは顎《あご》に指を当てる。その手を、切って置いてあったバームクーヘンに伸《の》ばすと、口いっぱいに放《ほう》り込《こ》んだ。

「その幽霊《ゆうれい》は、その後も何度か目撃《もくげき》したんです。ある時は、暗い教室の中で、またある時は校庭の隅《すみ》で、またまたある時は大胆《だいたん》にも職員室の近くで。でも、俺《おれ》、思ったんだ。もしかしたら、あれは幽霊《ゆうれい》なんかじゃないのかもしれないって」

「ふぁなんひゃっていうんふぇふか」

「せめて、口の中身を飲《の》み込《こ》んでから話せよ」

めめは緑茶でバームクーヘンを飲《の》み込《こ》んだ。

「幽霊《ゆうれい》でなければ、なんだと思ったんですか」

美術部男子は緑茶で喉《のど》を潤《うるお》してから、意を決したように口を開く。

「エイリアンだよ」

一瞬《いっしゅん》、部室内が沈黙《ちんもく》で満たされた。

「エイリアン。宇宙人」と、つぶやき、いっそう瞳《ひとみ》を輝《かがや》かせていたのは、潤芽《うるめ》先輩《せんぱい》だけだ。その手の話題が好きなのだろうか。なんだかそわそわし始めたぞ。

「つまり」と、めめはあくまで冷静だった。「この学校で、あなたは、幽霊《ゆうれい》と思《おぼ》しきエイリアンに何度も遭遇《そうぐう》した、と」

「未知との遭遇《そうぐう》」

潤芽《うるめ》先輩《せんぱい》が熱っぽくつぶやく。

美術部男子は、咳払《せきばら》いを一つしてから言った。

「疑ってるのか？　そりゃ、俺《おれ》だって、まさかとは思ったんだ。嘘《うそ》だ、これは夢だって思いたかった。でも、偶然《ぐうぜん》何度も見かけてしまったんだから、間違《まちが》いないんだ。この学校には幽霊《ゆうれい》みたいなエイリアンがいる。絶対に。マッコウクジラ団は、どんな事件でも解決してくれるんだろ」

「特徴《とくちょう》は？」

そりゃあ、めめはそんなことを豪語《ごうご》していたが、さすがにこれはどうかと思った。呪《のろ》いの次は、幽霊《ゆうれい》に宇宙人。めめが望む、海に関連してないどころか、すでに分野がめちゃくちゃだ。

めめはそれでも落《お》ち着《つ》き払《はら》っていた。

バカにされてもおかしくないと、美術部男子だって頭の片隅《かたすみ》では思っていたのだろう。

「へ？」と、間抜《まぬ》けな顔をした。

「だから、特徴《とくちょう》です。その幽霊《ゆうれい》エイリアンの特徴《とくちょう》を教えてください」

「特徴《とくちょう》？　ああ、特徴《とくちょう》か。えっと、顔が白くて……」

「男ですか女ですか」

「あ、男だった。うん。髪《かみ》が短くて、うちの制服を着てて」

「背丈《せたけ》は？　体格は？」

「背は、……どうだろう。身体《からだ》つきは、細身だったような」

めめは突然《とつぜん》立ち上がった。そのせいで、美術部男子はびくりと肩《かた》を震《ふる》わせる。めめはドアの前まで歩いていくと、振《ふ》り向《む》いて言った。

「教室から廊下《ろうか》を見た時、ドアのどの辺りまで頭はありましたか？」

なるほど、そう聞いた方が分かりやすい。

ぽかんとしていた美術部男子は我に返ると、ドアのかなり上の方を指差した。幽霊《ゆうれい》エイリアンは俺《おれ》より背が高いようだ。

それから、思い出したように言った。

「そうだ、絵。俺《おれ》、絵を描《か》いたんだ」

「絵？」

美術部男子は持っていた四角い物を差し出して見せた。何かと思っていたが、それはキャンバスだったようだ。

キャンバスには不気味な絵が描《か》かれていた。ぼうっと突《つ》っ立《た》っている青白い顔をした男子生徒の周囲は黒く塗《ぬ》り潰《つぶ》されている。その口からは黒くてどろりとしたものが滴《したた》っていた。

この絵を見せるのが一番手っ取り早かったんじゃないのか、と思ったが、後の祭りだ。めめも同じように思ったのか、絵を見ても、ふぅんと言っただけだった。

「結局、話をまとめると、背が高く細身で、髪《かみ》の短い男子生徒が、誰《だれ》もいなくなった夜の校舎のあちこちを徘徊《はいかい》し、口から得体の知れない物を吐《は》き出《だ》していた。ということですね」

めめは手帳を閉じた。

「まあ」と、美術部男子は頷《うなず》く。幽霊《ゆうれい》の可能性もエイリアンの可能性も、めめのまとめからは排除《はいじょ》されてしまったらしい。

「髪《かみ》の長い女の人じゃなかとか……」

ぽつりと漏《も》らす潤芽《うるめ》先輩《せんぱい》は、どこか残念そうだ。

「貴重な情報提供ありがとうございました。今回の情報を元に、マッコウクジラ団が調査いたしますので、ご安心ください」

「え？　え？」

「解決いたしましたら、またご報告させていただければと思います。それでは、ごくろうさまでした」

めめは戸惑《とまど》っている美術部男子を、さっさと部室から追い出すと、ドアを閉めてしまった。

パイプイスにどかりと座《すわ》り、バームクーヘンをつまんでむしゃむしゃ食べる。緑茶を飲んで、ふうと息を吐《は》き出《だ》した。

というか、さっきからバームクーヘンを緑茶で飲《の》み込《こ》んでいるが、合うのか、それ。牛乳の方がよくないか。と、思ってたら、潤芽《うるめ》先輩《せんぱい》もバームクーヘンをむぐむぐしながら緑茶を飲んでいる。まあ、いいか。

二人してバームクーヘンを口に入れては緑茶を飲み、口に入れては緑茶を飲みを繰《く》り返《かえ》すことしばし。

って、皿の上にあったバームクーヘンがなくなってる。え？　俺《おれ》の分のバームクーヘンは？

「……それで、祈禱師《きとうし》様。今度は除霊《じょれい》でもしに行くんでしょうか。宇宙人ってどうやったら星に帰ってくれるんですかね」

口さみしさから嫌味《いやみ》を込《こ》めて聞いてみると、じとりと睨《にら》まれた。

「そんなことはしません。でも、徘徊《はいかい》者は突《つ》き止《と》めます」

「いつ？」

「今夜です」

「校舎中を巡回《じゅんかい》するつもりか」

「これまで謎《なぞ》の物体が付着していた場所を省いていけば、出現ポイントの目処《めど》はおのずとつきます」

「どこだ？」

「体育館です」

「そうなのか？」

驚《おどろ》く俺《おれ》に、めめは胸を張った。

「刑事《けいじ》の勘《かん》に間違《まちが》いはありません」

「誰《だれ》が刑事《けいじ》だ」

「じゃあ、腹ごしらえ」と、潤芽《うるめ》先輩《せんぱい》が戸棚《とだな》から大量に取り出したのは、下駄《げた》の歯を模しているることが名前の由来という、げたんはと呼ばれる鹿児島《かごしま》では有名な黒糖菓子《がし》だった。

バームクーヘンを胃に収めたばかりだというのに、まだ食べるんですね。とはいえ、バームクーヘンを一口も食べられなかった身としてはありがたい。げたんはをむしゃむしゃ食べて緑茶を飲み干すと、鞄《かばん》を持って電気を消し、とっくに日が暮れて暗くなった部室を後にした。


夜の帳《とばり》が下りた学校というのは、それだけでも不気味さが漂《ただよ》っている。暗い廊下《ろうか》を点々と照らすのは、非常口の緑や消防用の赤の明かりだけだ。

こんな廊下《ろうか》で、あの美術部男子は青白い顔をした幽霊《ゆうれい》だの、口から得体の知れない物を吐《は》き出《だ》すエイリアンだのを目撃《もくげき》したのか。そんなものが校舎内を徘徊《はいかい》してると想像するだけで、背筋が寒くなった。

それなのに、俺《おれ》の横を歩く潤芽《うるめ》先輩《せんぱい》は今まで見たことがないくらい、うれしそうだ。にこにこと頬《ほお》が緩《ゆる》み、足取りはそのまま浮《う》き上《あ》がってしまうんじゃないかというくらいに軽く、微《かす》かに鼻歌まで歌っている。鼻歌だというのに信じられないくらいきれいな旋律《せんりつ》で、なぜか眠気《ねむけ》に襲《おそ》われる。一瞬《いっしゅん》、意識を失いそうになって、慌《あわ》ててかぶりを振《ふ》った。

いかんいかん。今ここで寝《ね》たら確実に幽霊《ゆうれい》エイリアンに襲《おそ》われる。

両頬《りょうほお》を叩《たた》き、意識を窓の外に向けてみる。と、突然《とつぜん》、窓ガラスに男の顔が浮《う》き上《あ》がった。

「ぎゃあ！　出た！」

「ふおっ！」

「うるさいですよ、鳴瀬《なるせ》先輩《せんぱい》。なんですか、急に」

先を歩いていためめが煩《わずら》わしそうな顔で振《ふ》り向《む》いた。

「で、出たんだ。男の、幽霊《ゆうれい》が、窓の外に……」

震《ふる》える指で窓を指すと、まっさきに潤芽《うるめ》先輩《せんぱい》が覗《のぞ》き込《こ》んだ。そして、分かりやすいくらいがっかりと肩《かた》を落とした。

「なんも、おらん」

「え？　でも、今、一瞬《いっしゅん》、男の顔が映って……」

見定めるため、今一度窓に目を向ける。うっすらと潤芽《うるめ》先輩《せんぱい》の姿が窓に映り込《こ》んでいる。その横にあったのは、毎日見ている平凡《へいぼん》な顔だった。

「……俺《おれ》？」

めめが思い切りバカにしたような目で見つめてくる。

潤芽先輩《うるめせんぱい》が悲しげな目をして、こくんと頷《うなず》いた。

「幽霊《ゆうれい》でもエイリアンでもなかった」

「……えと、そんなに、出てきてほしいんですか」

「うん！」

即答《そくとう》の頷《うなず》きだ。

「もしかして、そういうのが、好きなんですか」

「うん！　好き！」

ま、眩《まぶ》しい。

赤みがかった瞳《ひとみ》を輝《かがや》かせ、まるで子供のように無邪気《むじゃき》な笑《え》みを浮《う》かべる潤芽先輩《うるめせんぱい》が眩《まぶ》しすぎて直視できなかった。無垢《むく》な天使だ。笑《え》みにつられて天上界まで連れていかれそうなった意識をなんとか留《とど》めていられたのは、潤芽先輩《うるめせんぱい》がいつになく饒舌《じょうぜつ》だったせいだ。

「子供ん頃《ころ》からほんに好きで、宇宙人とか幽霊《ゆうれい》とかわくわくすっと。ロズウェル事件とかグレイの解剖《かいぼう》、キャトル・ミューティレーション、ミステリーサークル、Xファイルもエイリアンもプレデターもよう見ちょった。そんで、たまに心霊《しんれい》特集番組とかやっちょうけど、心霊《しんれい》写真も心霊《しんれい》動画もやっぱい日本製が一番おとろしか。リングも呪怨《じゅおん》も着信アリも仄暗《ほのぐら》い水の底からもよかけど、意外と毎年夏にある、本当にあった怖《こわ》い話がわっぜ楽しみなんよ。イワコデジマイワコデジマ、ほんこわ、五字切り……って知っちょう？」

「……」

目と鼻の先にある満面笑顔《えがお》に向かって、俺《おれ》はなにも言い返せなかった。潤芽先輩《うるめせんぱい》が怒涛《どとう》のように語った話が半分以上理解できなかったからだ。

わー、潤芽先輩《うるめせんぱい》って実はこんなに話せる人だったんだなー。

とか、そんな感想を抱《いだ》いていると、それまで頬《ほお》を上気させ、瞳《ひとみ》をうっすらと潤《うる》ませ、にっこりとあがっていた口角がだんだんと下がってきた。

小さな口を何度かぱくぱくさせると、顔を真っ赤にして今にも泣きそうな顔になる。

「ばばばばばぁーー！」

突如廊下《とつじょろうか》中に響《ひび》き渡《わた》った奇妙《きみょう》な声に、潤芽先輩《うるめせんぱい》は「ふぉっ！」と、声をあげるとびくりと身体《からだ》を震《ふる》わせた。

「で、出たのか！」

俺《おれ》にいたっては奇妙《きみょう》な声に驚《おどろ》いてすっ転び、尻餅《しりもち》をついていた。

つ、ついに出たか。聞こえた声はめめのものでも、潤芽先輩《うるめせんぱい》のものでもない。幽霊《ゆうれい》エイリアンの声は地獄《じごく》の底から響《ひび》いてきたような、低い男の声だった。よく見れば、暗闇《くらやみ》の中に誰《だれ》かがいる。気配がゆっくりと近づいてきた。

後ずさるに後ずされない。逃《に》げるにも逃《に》げられない。

目の前までやってくると、幽霊《ゆうれい》エイリアンは俺《おれ》を覗《のぞ》き込《こ》んできた。

「いやぁ、これだけ派手にリアクションしてくれると、驚《おどろ》かしがいがあるってもんだね」

闇《やみ》に浮《う》かぶきのこ頭。へらへらと気のない笑《え》みを顔いっぱいに浮《う》かべていたのは、

「……と、と？」

ととだった。

「なんで、お前が、こんなところに……」

ととは俺《おれ》の腕《うで》をつかんで引っ張り起こしてくれた。

「うん。三人が靴《くつ》も履《は》き替《か》えないで歩いていくのが見えたから。部活終了《しゅうりょう》時刻なんてとっくに過ぎてるのに、どこに行くつもりだろうって気になって、ついてきちゃった」

「は？」

「で、どこに向かう途中《とちゅう》なの。幽霊《ゆうれい》とか宇宙人とかエイリアンとか、すっごく楽しそうな話をしてたみたいだけど」

「これから現場検証に行くの。もしかしたら、正体がつかめるかもしれないから」と、めめは冷静に言うと、さっさと歩き始めた。

「へぇ。幽霊《ゆうれい》や宇宙人やエイリアンの正体が分かるのかい？　それなら、俺《おれ》も一緒《いっしょ》に行こうっと」

ととも スキップで続く。

なんだよ、ととの奴《やつ》め、驚《おどろ》かせやがって。はあ、びっくりした。びっくりしすぎて口から心

臓が飛び出るかと思った。

腹の底から溜息《ためいき》を吐《は》き出《だ》してようやく落ち着く。

すぐそばにいる潤芽先輩《うるめせんぱい》は、真っ赤になった顔を両手で覆《おお》って固まっていた。

「潤芽先輩《うるめせんぱい》、大丈夫《だいじょうぶ》ですか？」

声をかけると潤芽先輩《うるめせんぱい》ははっとしたように目を瞬《しばた》かせた。

細い指の間から窺《うかが》うように俺《おれ》を見る。

「う？　うん。私は、だいじょっ、だけんど」

じりじりじりと、潤芽先輩《うるめせんぱい》は後ずさっていく。

「だけど？」

「うっ、ううっ、さっ……」

「さ？」

「さっきの、忘れて」

くるりと背を向けると、潤芽先輩《うるめせんぱい》は先を歩いているめめに向かって駆《か》けていく。

「……え？　なにが？」

さっきの忘れて？

俺《おれ》は頭の後ろを掻《か》きながら考えた。

「さっきのって、なんだ？」

「海人《かいと》ー？　なーにやってんの？　置いてっちゃうけどいーの？」

廊下《ろうか》にやる気のない声がこだまする。気づけば三人の姿はすっかり見えなくなっていた。廊《ろう》下《か》の曲がり角でととだけが待ってくれている。

「い、いやだ。待ってくれ。置いていかないで」

こんな暗闇《くらやみ》で一人にされたくない。慌《あわ》てて駆《か》け出《だ》した。

「びっくりしたでしょう」と、追いついた俺《おれ》にととがひそひそと言った。

「ああ、ほんと、びっくりした。危《あや》うく幽霊《ゆうれい》エイリアンに襲《おそ》われるところだった」

「あはは」

「笑い事じゃねぇし」

「いや、そのことじゃなくて、潤芽《うるめ》先輩《せんぱい》のことだよ」

ととは顎《あご》だけで、先を歩く潤芽《うるめ》先輩《せんぱい》を指す。

潤芽《うるめ》先輩《せんぱい》？

めめと並んで歩くその後姿は相変わらず恐《こわ》がるような素振《そぶ》りはない。でも、最初のように、鼻歌を歌ってもいなければ、ふわふわと浮《うわ》ついた足取りでもない。

一瞬《いっしゅん》、ちらりと後ろを振《ふ》り向《む》く。俺《おれ》と目が合うと、「うっ」と声をあげて、困り顔を前に戻《もど》した。

「……びっくりしたかと言われれば、したな」

無口だと思っていた潤芽先輩《うるめせんぱい》があれだけ話したのにも驚《おどろ》いたが、その内容がまた内容だったから、二重に驚《おどろ》いたのは確かだ。ととはそんな俺《おれ》の心情を分かってると言わんばかりに、うんうんと頷《うなず》いた。

「かわいいよね」

「は？　かわ、いい？」

なにを言い出すんだこいつは。ととは微笑《ほほえ》んだまま潤芽先輩《うるめせんぱい》の小さな背を見つめていた。

「だって、特技を披露《ひろう》して照れてるんだよ。かわいい人じゃない」

「特技？」

「気持ちはすごくよく分かるんだけどねぇ。俺《おれ》だって、初めてフェルミのパラドックスについて語った時は、ちゃんと伝えられるかな、理解してもらえるかな、ってドキドキしたもん。語り終えた時には、ちょっぴり恥《は》ずかしかったものさ」

「フェ……？」

「宇宙人はいるはずなのになぜ遭遇《そうぐう》できないのかっていう問題の提示と解答だよ」

「そんなもん知るか」

「あはは」

ととの話は本当に分からん。分からんことだらけだ。それに比べればまだ、潤芽先輩《うるめせんぱい》の話はましな方、だったのかもしれない。うん。半分くらいは俺《おれ》にでも通じたしな。作品のタイトルは知ってたし。タイトルだけで恐《こわ》そうだから観《み》てないけど。

それにしても。

「意外だ」

「まあ、そうだね。人にはいろんな側面があるってことだよね」

「そう、なるな」

そんな意外な一面を覗《のぞ》かせて、真っ赤になって恥《は》ずかしがる姿は、確かに、かわいい、のかもしれない。

ととは隣《となり》で「ふふふ」と笑った。

「よかったね。あんな潤芽《うるめ》先輩《せんぱい》を見られるなんて、レアだよ、レア。世の中の男子みんながうらやましがっちゃうよ」

ととに言われると全然お得な感じがしない。むしろ、茶化されてるような気がして、俺《おれ》は「ふぅん」と頷《うなず》くに留《とど》まった。

「にしても」と、話題を変えることにした。「お前、こんな時間まで学校で何してたんだ？」

「うん？　俺《おれ》の話？　俺《おれ》はまあ、ちょっと図書室で調べ物をね」

「なんの調べ物だよ」

「体育館に到着《とうちゃく》します、私語は慎《つつし》んでください」

めめに注意を受けて、俺《おれ》は口をつぐんだ。廊下《ろうか》を抜《ぬ》けると、屋根のついた外廊下《ろうか》に繋《つな》がっていて、その先に体育館がある。放課後はバレー部やバスケ部がコートを使っているはずだが、練習はすでに終わっていて電気は消えていた。

閉まっている両開きのドアを開けて中に入る。消防用と非常口用の明かりだけが灯《とも》っていて、体育館内は静まり返っている。静かすぎて耳が痛いほどだ。

何もない。誰《だれ》もいない。俺達《おれたち》がコートを歩く、きゅっきゅという足音だけがした。

こんなところに、本当に幽霊《ゆうれい》エイリアンは現れるのだろうか。コートの中央付近で立ち止まる。辺りを見回しても、それらしい人影《ひとかげ》は見当たらなかった。

なんだ、誰《だれ》もいないじゃないか。

ほっとしたその時、足音がした。

コートの奥《おく》、側面の方からその足音はゆっくりと近づいてきた。きゅっきゅ、きゅっきゅと、規則正しい音がする。

きゅっきゅ、きゅっきゅ。

やがてその人影《ひとかげ》の正体が明らかになる。背が高く、髪《かみ》は短くて、青白い顔だけが浮《う》き上《あ》がっていた。話に聞いていた通りだ。制服姿の男子生徒は、俺達《おれたち》に気づくとびくりと肩《かた》を震《ふる》わせて立ち止まった。

「あれ、霧島《きりしま》君じゃないか」

声をかけたのは、ととだ。

霧島《きりしま》？　そういえば、クラスは一緒《いっしょ》になったことはないが、見かけたことはある。霧島《きりしま》というのは、俺《おれ》やととと同じ二年生だ。

「笹美々《ささみみ》？　お前、なにしてんだ」

霧島《きりしま》は目を丸くすると、距離《きょり》を縮めてきた。ととと一緒《いっしょ》にいる俺達《おれたち》を見て、何事かという顔をした。

「霧島《きりしま》君こそ、こんな暗い体育館の中で何をしてたのさ。まさか、一人残ってバスケの練習をしてた、わけじゃないよね」

バスケ部なのか。

ととが言うと、霧島《きりしま》は頭の後ろを掻《か》いた。

「いや、体育館に来てから腹が痛くなってさ。調子悪くて、部活の間ずっとトイレに籠《こ》もってたんだ」

「それはそれは、大変だね。大丈夫《だいじょうぶ》かい？」

「いや、あんまり大丈夫《だいじょうぶ》じゃない。痛くてトイレに籠《こ》もってたら、いつの間にか部活は終わってるし、電気は消されてるしで、まいってた」

部活が終わってしまったことも、体育館の電気が消されてしまったことも気づかずに、トイレに籠《こ》もってたというのか。他《ほか》の部員の誰《だれ》にも気づかれずに、置いていかれたのか。そんなことが、あるのか。

「いててっ」

霧島《きりしま》は腹を押《お》さえてうずくまった。

「霧島《きりしま》君、無理はしない方がいいよ。少し待ってて、まだ職員室に先生が残ってるはずだから、呼んでくる」

「いや、大丈夫《だいじょうぶ》大丈夫《だいじょうぶ》。ダイジョウブ、ダカラ……」

呻《うめ》くような声で言うと、腹を押《お》さえたまま、霧島《きりしま》は動きを止めてしまう。やがて、うずくまっていた霧島《きりしま》の身体《からだ》がぶるぶると震《ふる》えだした。それはとうてい、大丈夫《だいじょうぶ》そうには見えない。

「おい、本当に、大丈夫《だいじょうぶ》なのか?」

「鳴瀬《なるせ》先輩《せんぱい》、離《はな》れてください」

霧島《きりしま》の肩《かた》にかけようとした手を、めめに取られた。

小刻みに震《ふる》えている顔をあげた時、霧島《きりしま》は白目をむいていた。酸素の切れた魚みたいに、口をぱくぱくさせている。その口から溢《あふ》れ出てきたのは、黒い唾液《だえき》だった。

「うわっ」

思わず後ろに飛《と》び退《の》いた。

だらだらと黒い唾液《だえき》をこぼす霧島《きりしま》は、両手を広げると低く腰《こし》を落とす。バスケの構えのように見えた。けれど、次の瞬間《しゅんかん》、霧島《きりしま》は宙に飛んだ。

「な、んだ」

霧島《きりしま》は俺《おれ》めがけて飛《と》び掛《か》かろうとする。逃《に》げようとしたが、脚《あし》がもつれてすっ転んだ。

捕《つか》まる‼

そう思った瞬間《しゅんかん》、体育館の中に旋律《せんりつ》が流れた。

歌が、聞こえてきた。

歌？　こんな時にいったい誰《だれ》がと首を捻《ひね》ると、潤芽《うるめ》先輩《せんぱい》の姿が目に留まる。

潤芽《うるめ》先輩《せんぱい》が歌っていた。

なぜかその身体《からだ》は淡《あわ》く発光している。ほの白く輝《かがや》きを放つ潤芽《うるめ》先輩《せんぱい》の身体《からだ》に、白くて長い何かが絡《から》み付《つ》いていた。

やけに耳に響《ひび》く歌声だ。高く、低く、奏《かな》でられる声は甘《あま》く、頭に直接響《ひび》いてきた。聞いているうちにじんと、痺《しび》れを感じる。力が抜《ぬ》けて動けなくなった俺《おれ》の身体《からだ》を、引っ張ったのはととだった。

「大丈夫《だいじょうぶ》？　海人《かいと》」

平気そうにしているととは、俺《おれ》をずるずると引きずった。

霧島《きりしま》から十分距離《きょり》を取って歌声がやむと、ととは耳から耳栓《みみせん》を外した。

霧島《きりしま》は飛《と》び掛《か》かろうとした体勢のまま、固まってしまっていた。歌声がやみ、動き出すほんの一瞬《いっしゅん》。霧島《きりしま》の懐《ふところ》に飛《と》び込《こ》んだのはめめだった。

目にも止まらぬ素早《すばや》さだった。

霧島《きりしま》の腹部に、めめは握《にぎ》り締《し》めた拳《こぶし》をめり込《こ》ませると離《はな》れた。

「ぐはっ」

腹を殴《なぐ》られた霧島《きりしま》はよろよろと後ずさると、両手で口元を押《お》さえた。

「ぐっ、ぐうっ、うっ、ううっ、おええっ」

黒い唾液《だえき》と共に、何かを吐《は》き出《だ》す。すかさずめめは霧島《きりしま》が吐《は》き出《だ》した物を足で踏《ふ》みつけた。

何度も何度も踏《ふ》みつけて、潰《つぶ》した物を拾い上げる。

めめが手にしていた物。黒い唾液《だえき》にまみれて、だらりとぶら下がっていた物からはアンモニアの強い臭《にお》いがする。

「それ、もしかして、あの、呪《のろ》いと同じ物か？」

めめが手にしていた物は、陸上部の練習コースに仕《し》掛《か》けられていた物と同じ、それ以降、俺《おれ》達《たち》が潰《つぶ》して回っていた怪《かい》現象の正体である、ヌメヌメとした物体だった。

「そうですね」と、あっさり頷《うなず》くめめは険しい顔をしていた。物体はポロポロと崩《くず》れてすぐに消えてしまう。

「あれ？　俺《おれ》……？」と、霧島《きりしま》の声がした。

目も口元も元《もと》に戻っている。霧島《きりしま》は、不思議そうな顔をしていた。

「うん？　あ、腹の痛みがなくなってる」

「それはよかった」と、ととが何事もなかったかのように笑《え》みを浮《う》かべた。「それじゃあ霧島《きりしま》君、下校時刻はすっかり過ぎてるし、帰ろうか」

ととは霧島《きりしま》を促《うなが》して、さっさとドアに向かっていく。

結局、さっきのアレは何だったんだ。

「幽霊《ゆうれい》でも、エイリアンでも、ない」

そして、あの普通《ふつう》ではない歌声。

潤芽《うるめ》先輩《せんぱい》は目が合うと、どこか気まずそうな顔をして先に行ってしまった。

めめはといえば。

一人突《つ》っ立《た》って、ドアとは正反対のあさっての方向を見つめている。

「どうした？」

めめの視線の先に目を凝《こ》らす。二階の通路の先には、非常口の緑の明かりが灯《とも》っていた。

そこに、人影《ひとかげ》があった。

背が高く、ほっそりとした影《かげ》が、こちらを見下ろしている。その影《かげ》が、ふっと、闇《やみ》に溶《と》けて消えた。

誰《だれ》かがいた。

昨日の霧島《きりしま》のことが頭から離《はな》れないまま、朝を迎《むか》えた。幸いなことに今日は土曜日で学校は休みだ。カーテンをめくれば、俺《おれ》のもやもやした心情をそのまま映したかのように、空もどんよりと曇《くも》っている。今日はもう家でゆっくり寝《ね》ていよう。そして、すっきりした頭でまた考えよう。布団《ふとん》に潜《もぐ》りこむ。

と、家のチャイムが鳴った。

「おはよう、海人《かいと》。さあ、出かけよう」

玄関《げんかん》のドアを開けると、鮮《あざ》やかな黄色のブルゾンを着て、細身の青いパンツを穿《は》き、紫色《むらさきいろ》のショルダーバッグを下げたととが立っていた。

「釣《つ》りなら行かないぞ」

朝釣《あさづ》りの誘《さそ》いに来たのかと思った。

「釣《つ》りなんて行かないよ。最近なぜかめっきり釣《つ》れなくて、ボウズばかりだし」

「そもそもお前釣《つ》る気ないだろうが」

「へへへ」と、よく分からない笑《え》みを浮《う》かべる。

「釣《つ》りじゃないなら、なにしに来たんだ？」

「そんなの決まってるだろ。マグロ&ウニ祭り、港で絶賛開催《かいさい》中なんだよ。先着100名様には、なんと！　マグロの握《にぎ》りとウニの軍艦《ぐんかん》巻きが振《ふ》る舞《ま》われるんだよ。さあ、急ごう」

マグロ&ウニ祭り？

ととはいざ行かんとばかりに、俺《おれ》の腕《うで》を引く。

「ま、待て待て。待てって。せめて着替《きが》えさせろ」

俺《おれ》はまだ、上下ともスウェットのパジャマのままだ。

「大丈夫《だいじょうぶ》。海人《かいと》はそのままでも十分魅力《みりょく》的だよ」

「意味が分からん。少し待ってろ」

ととを玄関《げんかん》に残し、俺《おれ》は部屋に戻《もど》ると急いで着替《きが》えた。デニムを穿《は》き、Tシャツの上から黒いパーカーを羽織る。リュックに財布《さいふ》が入ってるのを確認《かくにん》して、トイレをすませ、顔を洗って鏡を見れば、髪《かみ》が跳《は》ねていた。水で撫《な》でつけてみるも、どうしようもない。

「海人《かいと》ー。まーだー？」

家中にととの声が響《ひび》き渡《わた》る。

父親が夜勤からまだ戻《もど》ってきてなくてよかった。

髪《かみ》の跳《は》ねを押《お》さえつけながら玄関《げんかん》に向かうと、ととはすでにドアを開けて待っている。

「できたぞ」

スニーカーを履《は》いて家を出た。

外に出ると、吹《ふ》きつけてくる風は冷たかった。

住宅街を抜《ぬ》けて大通りを渡《わた》り、駅や学校とは反対方向へ歩いていく。なるほど、港に近づくほどにのぼり旗が立っている。この土日開催《かいさい》らしい。いつもは閑散《かんさん》としている通りに車が列をつくっている。港のすぐそばにある砂利《じゃり》まじりの空き地が臨時駐車場《ちゅうしゃじょう》となっているようだ。

「すごいな」と、俺《おれ》がつぶやくと、ととが尋《たず》ねてきた。

「あれ、海人《かいと》もしかして初めてだっけ？」

「話には聞いてたが、来るのは初めてだな」

「そっか。去年は俺《おれ》が迎《むか》えに行ってあげなかったもんね」

去年の今頃《いまごろ》、というと、この町に引《ひ》っ越《こ》してきてようやく一ヶ月、というところだ。学校にも町の雰囲気《ふんいき》にも、少し慣れてきたくらいの話だ。

「じゃあ、今日は絶対、マグロの握《にぎ》りもウニの軍艦《ぐんかん》巻きもゲットしなきゃだよ」

ととはがぜん張り切ると駆《か》け出《だ》した。俺《おれ》は後を追いかけた。

両脇《りょうわき》にある露店《ろてん》で立ち止まっている人の群れの間をすり抜《ぬ》け、祭りの会場に入ると今度は物産店が立ち並んでいる。マグロの頭のオブジェが置いてあるかと思いきや、本物のマグロの頭が炭火の網《あみ》の上で焼かれていた。砕《くだ》いた氷の上に巨大《きょだい》な魚が一匹《ぴき》横たわっていて、重量当てクイズをやっている。大きな生簀《いけす》にはたくさんのウニの他《ほか》に、魚が泳いでいた。

ととはそんなものには見向きもしないで、さらに奥《おく》へと進んでいく。

屋根しかない建物の天井《てんじょう》から、色鮮《あざ》やかな大漁旗がつるされ、はためいていた。建物のすぐ先はもう海で、大小の船が停《と》まっている。いつもは獲《と》ってきた魚を船から下ろして、作業するところなのだろう。平らでつるつるしている床《ゆか》には、テーブルとイスがたくさん並べられていた。壁際《かべぎわ》にある露店《ろてん》の反対側では舞台《ぶたい》が組まれているので、そこで何かしらやるのかもしれない。

「海人《かいと》、こっちこっち」

ととの声が俺《おれ》を呼ぶ。派手な黄色がぶんぶんと手招いている。

ととは列の最後尾《さいこうび》より少し前に並んでいた。急いで列の最後尾《さいこうび》につく。

まだ朝の8時過ぎだというのに、すでに先着の100名様くらいは並んでいるのではないかというくらい人がいた。

「あ、鳴瀬《なるせ》だ」

「ほんとだほんとだ、鳴瀬《なるせ》、おはよう」

並んでいるとすぐ真横から声をかけられた。

佐々木《ささき》と鈴木《すずき》だった。

「おはようって、お前らも来たのか」

佐々木《ささき》と鈴木《すずき》は「もちろん」と、頷《うなず》く。

「だって、タダでマグロの寿司《すし》が食べられるんだぜ」と、佐々木《ささき》。

「そうそう、毎年楽しみにしてるんだ」と、鈴木《すずき》。

二人はうきうきした様子で、最後尾《さいこうび》についた。

列の前方で歓声《かんせい》があがる。何事かと、見れば、台車に載《の》せられた巨大《きょだい》なマグロがまるまる一匹《びき》登場したところだ。どうやら今からマグロの解体ショーが始まるらしい。周囲にいた人達《たち》のテンションもあがり、拍手《はくしゅ》が巻き起こった。

少し前でととは小躍《こおど》りしているし、少し後ろでは佐々木《ささき》と鈴木《すずき》が「よっ」だの「待ってました」だの声をかけている。

なにがなんだかだ。

とりあえず、これがこの祭りで、目玉のイベントであることは分かった。

順番ギリギリで食べられたマグロの握《にぎ》り寿司《ずし》もウニの軍艦《ぐんかん》巻きもうまかった。

しかし、少し食べると本格的に腹がへる。朝ごはんも食べてないから余計にだ。

「じゃあ、食べちゃおう」と提案したのがととで、「おー」と佐々木《ささき》と鈴木《すずき》はノリノリだった。俺《おれ》ももちろん同意した。

なにを食べるか話し合って、マグロ丼《どん》とマグロラーメン、マグロコロッケ、ウニ丼《どん》、ウニマヨじゃが、ウニプリンを手分けして買い集めることになった。

俺《おれ》が担当するのは、マグロ丼《どん》とマグロコロッケだ。

さっそく露店《ろてん》に向かうと、上下に黒のジャージを着た、すらりと背の高い後姿を見つけた。

「あれ、四方屋《よもや》？」

注文した食べ物を受けとろうとしていたところだったのだろう。振《ふ》り返《かえ》った金髪《きんぱつ》ショートカツト頭は、やはり四方屋《よもや》だった。

「鳴瀬《なるせ》！」

「あら、鳴瀬《なるせ》君。おはよう」

四方屋《よもや》の隣《となり》で振《ふ》り返《かえ》ったのは、陸上部の部長である渡辺先輩《わたなべせんぱい》だった。長いポニーテールがさらりと揺《ゆ》れ、愛嬌《あいきょう》のある笑《え》みを浮《う》かべる。渡辺先輩《わたなべせんぱい》は春らしいミントグリーンのワンピースに、白いカーディガンを羽織っていた。

「おはようございます。先輩《せんぱい》もマグロ丼《どん》を食べに来たんですか」

「うん、そう。鳴瀬《なるせ》君も？」

「はい。友達に誘《さそ》われて」

まさかこんなところで、陸上部のツインタワーに会うなんて思いもしなかった。マグロ丼《どん》を受けとりながら、渡辺先輩《わたなべせんぱい》はうれしそうな顔をした。

「おいしいから、ぺろって食べちゃうよ。ね、ジュン」

マグロ丼《どん》を受けとった四方屋《よもや》は、なぜか複雑そうな顔でいる。

「ジュン？」と、渡辺先輩《わたなべせんぱい》が小首を傾《かし》げた。

四方屋《よもや》は伏《ふ》せていた視線をあげると、まっすぐに俺《おれ》を見た。

「鳴瀬《なるせ》、昨日のことだが」

「昨日のこと？」

「昨日の放課後、体育館であったことだ」

　昨日の放課後、体育館であったこと？

「それって……」

　突然《とつぜん》に四方屋《よもや》が言い出した話はもしや、バスケ部の霧島《きりしま》のことなのか。

「あのぅ」と、声をかけられたのは、その時だ。俺《おれ》のすぐ隣《となり》に女子が二人立っていた。それだけじゃない。いつの間にか、周囲には同じ歳《とし》くらいの女子が集まっている。女子達《たち》の視線の先にいたのは四方屋《よもや》と渡辺先輩《わたなべせんぱい》だ。

「四方屋先輩《よもやせんぱい》、渡辺先輩《わたなべせんぱい》、一緒《いっしょ》に写真撮《と》ってもらってもいいですか？」

　ケータイを片手に熱っぽい視線を送りつけている。

　当の四方屋《よもや》は、それまでの神妙《しんみょう》な面持《おもも》ちが嘘《うそ》みたいに、まっさきに頷《うなず》いた。

「ああ、いいとも」と、紳士《しんし》的笑顔《えがお》で答える。

「ここは人の邪魔《じゃま》になってしまうから、向こうに行こうか」と、集まった女子達《たち》をさりげなくエスコートしていく。その手に持っているのがマグロ丼《どん》のせいで、なんだかちぐはぐな感じがした。

「話の途中《とちゅう》だったのにごめんね。鳴瀬《なるせ》君、またね」

　渡辺先輩《わたなべせんぱい》が申し訳なさそうな顔をして、去っていった。

「はあ」と、返事をしてから、俺《おれ》は露店《ろてん》のお姉さんにマグロ丼《どん》とマグロコロッケを注文した。

完全に聞きそびれてしまったが、なんで四方屋《よもや》が昨日のことを知っているんだろう。

もしかして昨日、四方屋《よもや》も体育館にいたのか？　でも、体育館を出る時も、出た後も、四方《よも》屋《や》の姿を見た覚えはない。だとしたら、どうして。

背が高く、ほっそりとした影《かげ》が、俺達《おれたち》を見下ろしていた。

それは、男子生徒だったと、美術部男子が話していた。絵さえも描《か》いていた。

それがもしかして、髪《かみ》が短く、背の高いほっそりとした、女子だったとしたら。

「はい、マグロ丼《どん》とマグロコロッケお待ち」

三角巾《さんかくきん》をつけたお姉さんが、マグロ丼《どん》とマグロコロッケをおぼんに載《の》せて渡《わた》してくれる。受けとると、集合場所に決めたテーブルを目指した。

「……まさか、な」

そうだ。まさかだ。

そもそも正体が四方屋《よもや》だったら、昨日の体育館であった話を自らするのはおかしい。まるで、幽霊《ゆうれい》は、私です。と、公言するようなものじゃないか。

王子様と幽霊《ゆうれい》なんてそれこそ正反対の存在だ。

「そうだそうだ。んなわけない」

かぶりを振《ふ》っていると、突如《とつじょ》ドンという衝撃《しょうげき》があった。なにかにぶつかったらしい。驚《おどろ》いて前を見ると、同じように黒い瞳《ひとみ》が丸くなっていた。その目と見つめ合うこと数秒。眉間《みけん》に、ぐぐっとシワが刻まれる。

「なにするんですか、鳴瀬先輩《なるせせんぱい》！」

めめが手にしていたウニ丼《どん》は見事にひっくり返っていた。

まさか、こんな場所でめめに会うとは思わなかった。

「大丈夫《だいじょうぶ》？」と、めめの後ろからやってきたのは、潤芽先輩《うるめせんぱい》だ。アルミホイルで包まれた、いびつな三角のものが載《の》った皿を持っている。白いブラウスに、淡《あわ》いベージュのプリーツスカートを穿《は》いた潤芽先輩《うるめせんぱい》とは違《ちが》って、制服姿のめめはとてつもなく怒《おこ》っていた。

「すまん。ちょっと、考え事してて」

「こんな人の多い場所で、考え事しながら歩かないでください。迷惑《めいわく》です」

「う、すまん」

「謝《あやま》ってすむなら警察はいりません。謝《あやま》ったところで私のウニ丼《どん》は戻《もど》ってきません。私の、ウニ丼《どん》……」

もの見事にひっくり返ってしまっているウニ丼《どん》に、めめが落とす視線は悲しげだ。

「よ、よければ、このマグロ丼《どん》を食べないか？」

マグロ丼《どん》とマグロコロッケは無事だった。

「マグロコロッケ付きで」

めめの恨《うら》めしそうな目が、マグロ丼《どん》とマグロコロッケに注がれる。

「私は、ウニ丼《どん》が好きなんです」

桜色の唇《くちびる》を尖《とが》らして、ぽつりとめめは言う。

そうかよ、分かったよ。

「じゃあ、ウニ丼《どん》を新しく買ってくるから、お前はこのマグロ丼《どん》とマグロコロッケを持って、ととのとこに行っててくれ」

「お兄ちゃん？」

「あと、佐々木《ささき》と鈴木《すずき》と、四人でこれから飯にするつもりなんだ。先に行っててくれ」

ととたちの場所をおおまかに教えながら俺《おれ》は半ば無理矢理めめにおぼんを押《お》し付《つ》けると、ウニ丼《どん》の残骸《ざんがい》を持って、再び露店《ろてん》に向かった。

無事にウニ丼《どん》を手に入れて、約束していた場所に戻《もど》った俺《おれ》を待っていたのは、感謝感激の嵐《あらし》だった。めめに潤芽《うるめ》先輩《せんぱい》がくっついていたおかげで、主に佐々木《ささき》と鈴木《すずき》が喜びを噛《か》み締《し》め、握《あく》手《しゅ》さえ求めてきた。

当の潤芽《うるめ》先輩《せんぱい》はといえば、炭火で焼いたマグロの頭をもりもりと頬張《ほおば》っている。アルミホイルで包まれた不思議な形をしたものは、マグロの頭だったのだ。

「おかえり、海人《かいと》」と、にこにこしているととの隣《となり》に座《すわ》っているのは、仏頂面《ぶっちょうづら》のめめだ。テーブルの上には、いろんな食べ物があるというのに、それらにはいっさい手をつけず待っていたらしい。

大漁

「ほら、ウニ丼《どん》買ってきたぞ」

ウニ丼《どん》を受けとるめめは、じとりと俺《おれ》を見つめてきた。

まだ文句を言い足りないような顔をしている。

まあ、確かにめめのウニ丼《どん》をダメにしてしまったのは俺《おれ》だ。だが、こうして代わりは買ってきたのだし、腹もへった。早く食べ物にありつきたいから、許してはくれまいか。

などと、思っていると、めめの唇《くちびる》が小さく動いた。

「ありがとう、ございます」

「……へ？」

「いただきます」

めめは両手を合わせると、醤油《しょうゆ》を回しかけてウニ丼《どん》を一口《くち》食べた。

次の瞬間《しゅんかん》、とろけそうな笑《え》みを浮《う》かべる。

「おいしいおいしい」と、頬張《ほおば》っていく。

ぽかんとしていると、ととに促《うなが》された。

「ほら、海人《かいと》も早く座《すわ》って食べなよ。どれもこれも美味だから」

鈴木《すずき》の隣《となり》に腰《こし》を下ろして、マグロ丼《どん》を口に運ぶ。マグロラーメンも、マグロコロッケも、ウニ丼《どん》も、ウニマヨじゃがも、ウニプリンも、全部食べた。

腹を満《み》たすと、ととはあっさりと帰っていった。どこに行くのかと尋《たず》ねると、これから近くの温泉に入るのだという。贅沢《ぜいたく》な奴《やつ》だ。ととは俺《おれ》のことも誘《さそ》ってくれたが、丁寧《ていねい》に断った。

佐々木《ささき》と鈴木《すずき》もこれから予定があると言って帰ってしまい、結局、俺《おれ》とめめと潤芽《うるめ》先輩《せんぱい》だけが残された。

物産店や露店《ろてん》をぐるりと見て回ったが、ステージ上の催《もよお》しにも興味が湧《わ》かず、人ゴミから離《はな》れるように防波堤《ぼうはてい》に出た。空が曇《くも》っているせいか、いつも青い海は灰色で寂《さび》しげに見える。波に揺《ゆ》られて、繋《つな》がれた船がぷかぷかと浮《う》いていた。

俺《おれ》と潤芽《うるめ》先輩《せんぱい》は防波堤《ぼうはてい》に腰《こし》を下ろす。めめは一人スタスタと防波堤《ぼうはてい》を進んでいった。

「それにしても、うまかったですね」と、俺《おれ》が言うと、潤芽《うるめ》先輩《せんぱい》がこくんと首を縦に振《ふ》る。

「すごい大盤振《おおばんぶ》る舞《ま》いで、びっくりしました。マグロとウニがこんな手軽に食べられるなんて。普通《ふつう》じゃお金が足りなくて、こんな贅沢《ぜいたく》できないですよ」

「そうじゃね」と、潤芽《うるめ》先輩《せんぱい》は少し笑った。

「マグロの頭を焼いたやつもすごかったですね。初めて見ました。来年は食べてみようかな」

「うん。うんまかよ。頬肉《ほおにく》がジューシーじゃし、目玉なんか特におすすめ。口の中でとろとろとろけるんよ」

潤芽《うるめ》先輩《せんぱい》は両頬《りょうほお》を両手で包《つつ》み込《こ》んで幸せそうな顔をする。

め、目玉か……。

まぐろのぎょろりとした大きな目玉を思い出す。あれを口に入れるとなると、勇気がいりそうだな。などと思っていると、潤芽先輩《うるめせんぱい》は急にはっとしたように目を瞬《しばた》かせてから、俯《うつむ》いてしまった。

「ご、ごめん、ね。私、変なことばかり言うて……」

「え？　いや、全然、そんなことないですよ。変なんて全然ないです。潤芽先輩《うるめせんぱい》のどこが変だっていうんですか」

「そいは、……全部」

「全部？」

潤芽先輩《うるめせんぱい》は肩《かた》を縮こまらせると、もじもじしながら言った。

「しゃべい方も普通《ふつう》じゃなかし……」

しゃべり方。というのは、方言と独特の訛《なま》りのことだろうか。鹿児島《かごしま》に住んでいるんだから方言があったっておかしいことではない。訛《なま》りだってそんなに気にするようなことじゃないと思う。

それなのに、潤芽先輩《うるめせんぱい》は頬《ほお》を赤く染めている。

「笑われるんよ、変じゃっち」

あの日の放課後。

お茶を淹《い》れる潤芽先輩《うるめせんぱい》を手伝おうとした時のこと。

『笑わんの？』と、不安そうに尋《たず》ねてきた潤芽先輩《うるめせんぱい》の姿が甦《よみがえ》った。潤芽先輩《うるめせんぱい》の方言と訛《なま》りを初めて聞いた時だ。俺《おれ》を不思議そうに見つめていたのを思い出す。

あれは、そういう意味だったのか。

だとしたらなおさらだ。

「そんなことで笑いませんよ。全然変じゃないです。むしろ、魅力《みりょく》的なくらいです」

潤芽《うるめ》先輩《せんぱい》は大きな瞳《ひとみ》を見開いて、しばし沈黙《ちんもく》した。それから、ぼふっと音がしそうなくらい、顔を真っ赤にした。

「み、みりょく、てきっち……、だ、だけんど、私、好きなもんの話すっと止まらんくなるし、わけが分からんっち、よう言われよったけぇ」

「それって、昨日の、宇宙人とか幽霊《ゆうれい》とかの話ですか」

「う、ん、うん。うん」

「昨日言ってた忘れてって、もしかしてそのことですか」

「……そ、う。そう」

「それも潤芽《うるめ》先輩《せんぱい》が特別そうなわけじゃないと思いますよ。好きなもののことを話し出せば、たいがいの人が止まらなくなります。それに、俺《おれ》はもっとひどい奴《やつ》を知ってます」

それはいわゆる、とととか、とととか、そう、とととかのことなんだが。あいつこそもっと、恥《は》ずかしがって慎《つつし》むべきなのだと思う。

「だから、大丈夫《だいじょうぶ》です。方言を使う潤芽《うるめ》先輩《せんぱい》も、好きなもののことを一生懸命《いっしょうけんめい》話す潤芽《うるめ》先輩《せんぱい》もどこも変じゃないですし、むしろかわいいですから安心してください。そんな潤芽《うるめ》先輩《せんぱい》のことを忘れるなんて、もったいなくてできません」

「う？　あ、う、あう……」

潤芽《うるめ》先輩《せんぱい》は眉《まゆ》を八の字にして、あうあう言っている。

ぽけっと見つめられて、俺《おれ》までぽけっとしてきた。

言ってしまってからでなんなんだが、恥《は》ずかしくなってきた。

あれ、なに口走ってるんだろう、俺《おれ》。

頭が冷えてくると、改めて思う。

あれ、なに言ってんだ、俺《おれ》。

女子に面と向かって魅力《みりよく》的とかかわいいとか、そんなの言ったことないくせによく言えたもんだ。もちろん本心から出た言葉だが、あれ、なんだ、すげー恥《は》ずかしいぞこれ。

しゅうしゅうと頭から煙《けむり》が出そうになっている潤芽《うるめ》先輩《せんぱい》を見ていると、俺《おれ》までつられて赤くなってしまいそうなので目を逸《そ》らす。

そういえば、めめは。今の聞いてなかったよな。

めめの姿は防波堤《ぼうはてい》の突端《とったん》にある。ぽつんと突《つ》っ立《た》ったまま、海を眺《なが》めているようで安心した。

さて、違《ちが》うことを考えよう。違《ちが》うこと。それがいい。と、座《すわ》っているコンクリートを見下ろせば、波が打ち寄せる壁《かべ》には黒い突起物《とっき》がたくさんついていた。

あれはなにかな。石なのかな。それとも貝なのかな。貝だとしたら食べられるのかな。おいしいのかな。

隣《となり》で大きく息を吸って、深々と吐《は》く音が何度か聞こえた。

「……ん、鳴瀬《なるせ》君は、昨日、たまげたんじゃなか？」

落ち着きを取《と》り戻《もど》したらしい。潤芽《うるめ》先輩《せんぱい》は努めて冷静に、なにかを尋《たず》ねてきた。

たまげた？

びっくりした。って、昨日は他《ほか》になにがあったっけと一瞬《いっしゅん》考えてしまった。

「昨日、体育館であったこと。私が、歌った、ことじゃけど」

「ああ！」

思わず手を打ってしまった。そのせいで潤芽《うるめ》先輩《せんぱい》がびくりと身体《からだ》を震《ふる》わせた。

「そうでしたね、そんなこともありましたね」

「そんなこと……」

「ああ、いや、ちゃんと覚えてますよ。昨日は確か、霧島《きりしま》がおかしくなった時、潤芽《うるめ》先輩《せんぱい》が不思議な歌を歌って、なんか光輝《ひかりかがや》いてて、白くて長いものがこうぐるぐると、潤芽《うるめ》先輩《せんぱい》にまとわりついてて……」

「うん。あれは、リュウグウノツカイっていうんよ」

「リュウグウノ、ツカイ？」

「そう。私は、リュウグウノツカイにとり憑《つ》かれちょうんよ」

潤芽《うるめ》先輩《せんぱい》はなんでもないことのようにその名を口にした。

いきなりなんですか、と、尋《たず》ねる間もなく、説明が続く。

「幻《まぼろし》の深海魚でね、白くて赤いヒゲがいっぺ生えてて、こげん長か魚なんよ」と、両腕《りょううで》をうんと伸《の》ばしてみせる。「人魚じゃあ、いう伝説もあるんじゃって。そんせいか、私とリュウグウノツカイが一緒《いっしょ》に歌を歌うと、聞いた人は動きが鈍《にぶ》るんよ。本気になれば、こん声は音の波動となって、武器になる」

潤芽《うるめ》先輩《せんぱい》の頬《ほお》からすっかり赤みは引いている。

「えっと……」

なんだそれ。

潤芽《うるめ》先輩《せんぱい》なりのやり方で、どうしたらいいかよく分からなくなってしまった場の空気を和《なご》ませようとしてるのかとも思った。

でも、たぶん、そうではないらしい。

潤芽《うるめ》先輩《せんぱい》は冗談《じょうだん》を言っているようには見えない。ましてや嘘《うそ》をついているわけでもないだろう。その瞳《ひとみ》は静かに、穏《おだ》やかに、俺《おれ》を見つめていた。

急に冷水を浴びせられたような気分だった。

昨日の話。昨日あった出来事の中で、本当は一番分からずにいたことだ。あれはいったいなんだったのか。いくら考えたところで出なかった答えを、今、聞かされたのだ。

「……なんで」

なぜ、この流れでそんな話を潤芽先輩《うるめせんぱい》はしたのだろう。

潤芽先輩《うるめせんぱい》は小首を傾《かし》げた。

「そいは、鳴瀬君《なるせ》はきっと、疑問に思っちょうだろうなって思って。鳴瀬君《なるせ》ならきっと、聞き入れてくれるだろうなって、思ったから」

そんな真摯《しんし》な顔つきで言われてしまうと、今さらそんなのでたらめだろう、なんて、おどけることもできない。いや、でたらめじゃないことぐらい分かる。こんなところで、潤芽先輩《うるめせんぱい》がでたらめを口にするメリットは一つもないんだから。

俺《おれ》は生唾《なまつば》を飲《の》み込《こ》んでから慎重《しんちょう》に尋《たず》ねた。

「えーと、じゃあ、つまり、リュウグウノツカイっていうのは、魚、なんですか」

「うん」

「じゃあ、その、魚にとり憑《つ》かれてるって、どういう意味なんですか」

潤芽先輩《うるめせんぱい》の長い銀色の髪《かみ》が風に揺《ゆ》れた。

「そのまんまの意味です」

答えた声の主、めめはいつの間にかすぐそばに戻《もど》ってきていた。

さっき離《はな》れた場所に突《つ》っ立《た》ってたのを確認《かくにん》しただけに、びっくりした。

めめは真顔だった。

「潤芽《うるめ》先輩《せんぱい》がそうであるように、鳴瀬《なるせ》先輩《せんぱい》がジンベエザメにとり憑《つ》かれてるように。マッコウクジラ団は、海の生き物にとり憑《つ》かれた人間の集まりなんです」

「海の生き物に……って、どこがだ。俺《おれ》はなんにもとり憑《つ》かれてなんかないぞ」

「見ようと思えば見えるのに、すぐそばにいるのに、見ようとしないだけです」

めめは俺《おれ》の頭上に視線をやる。

つられて見上げても、なにも見えない。ただどんよりとした灰色の雲があるだけだ。

なにもない。なにもいない。

「忘れてるんです、鳴瀬《なるせ》先輩《せんぱい》は。海であったことを」

「海で、あったこと」

「私は絶対に忘れません。忘れられない」

めめは遠く海を見つめた。

風に煽《あお》られる長い黒髪《くろかみ》を手で押《お》さえながら、見つめる。その鋭《するど》い視線はどこかで見たことがあるものだった。

心なしか風が強くなったようだ。

「冷えてきたし、今日はもう帰らん？」と、立ち上がったのは潤芽《うるめ》先輩《せんぱい》だった。ぽつぽつと雨まで降り始めたので、防波堤《ぼうはてい》を後にすると、それぞれ帰路に就《つ》いた。

家に帰ってから俺《おれ》がしたことといえば、押入《おしい》れの奥《おく》の奥《おく》、古い段ボール箱の中に詰《つ》め込《こ》まれていた『海の生き物図鑑《ずかん》』を引っ張り出して眺《なが》めることだった。確か、小学校にあがった時に、両親に買ってもらったものだ。

ページをぱらぱらとめくっていくと、そこには世界最大の魚類として、ジンベエザメの姿が載《の》っていた。やけに平べったい身体《からだ》をしていて、水玉模様が特徴《とくちょう》の、穏《おだ》やかなサメらしい。目が離《はな》れているので、なんとも間抜《まぬ》けな顔だ。体長は最大で15メートルほどになる。

15メートル？

俺《おれ》は頭上を見る。見えるのは、あくまで天井《てんじょう》だけだ。

そんなばかでかい魚が頭の上に浮《う》かんでいれば、気づかないはずがない。

どんなに目を凝《こ》らしてみたって、なにも変わらなかった。

「なんだろうな。もしかして、重度の中二病を発症《はっしょう》しないと、見えないとかいうオチじゃないだろうな」

ぶつぶつ言いながら、さらにページをめくる。

リュウグウノツカイ。

全長3メートルほどの深海魚で、生きている姿を目にすることはほぼない。ジンベエザメが上から潰《つぶ》されたように平べったいのに対し、リュウグウノツカイは左右から潰《つぶ》されたように平べったいらしい。銀色の身体《からだ》に、赤くて長いヒゲが生えている。

銀色に赤色。それが、潤芽《うるめ》先輩《せんぱい》の髪《かみ》や瞳《ひとみ》と同じ色なのはたまたまなのだろうか。

なるほど、確かに人魚伝説のモデルにもなっているようだ。

『私は、リュウグウノツカイにとり憑《つ》かれちょうんよ』と、潤芽《うるめ》先輩《せんぱい》は言った。

だから、あんな不思議な歌を歌うことができたと。

『マッコウクジラ団は、海の生き物にとり憑《つ》かれた人間の集まりなんです』と、めめは言った。

その理屈《りくつ》でいくと、めめともとも、そうだということになるわけだが、そもそも、〝海の生き物にとり憑《つ》かれる〟という意味が理解できない。

「ふはぁぁぁー」

溜息《ためいき》しかでない。

幽霊《ゆうれい》の件も、バスケ部の霧島《きりしま》の件もよく分かってないというのに、謎《なぞ》ばかりが降り積もる。

『忘れてるんです、鳴瀬《なるせ》先輩《せんぱい》は。海であったことを』

「海であったことって何だよ」

ぐしゃぐしゃと頭を掻《か》いて『海の生き物図鑑《ずかん》』を閉じると、古びた裏表紙に名前が書いてあった。まだ覚えたてのひらがなで、一生懸命《いっしょうけんめい》書いたのだろう。ぐねぐねとミミズがのたくったような字で、かいと、と、何とか自分の名前が読み取れる。

そのすぐ横に、もう一つ文字らしきものが書いてあった。

「り、く……？」

文字をなぞる。

一瞬《いっしゅん》何かを思い出したような気がしたが、結局忘れてしまった。


日曜日はなんなく過ぎ、月曜日になった。また慌《あわ》ただしい一週間が始まる。季節が冬に逆戻《ぎゃくもど》りしてしまったのだろうか。空は相変わらずどんよりと曇《くも》っているし肌寒《はださむ》いしで、気が滅入《めい》る。

「おう、おはよう」

商店街を通りかかると、いつもの魚屋のおっちゃんに声をかけられた。

「おはようございます。なんだか寒いですね」

「だなぁ。ほんにさんかぁ」と、答えるおっちゃんは、いつものはつらつとした様子がない。

「どうかしたんですか？」

そういえば、いつもは獲《と》れたて新鮮《しんせん》な魚をわっさわっさと仕分けして並べたり、さばいたりしているはずなのに、そんな動きがない。

「いやな、ここ最近、魚がさっぱい獲《と》れんくてな」

おっちゃんは苦笑《う》いを浮かべた。どうりで、店の前に置いてある魚の量はわずかしかなかった。

そういえば、ととも最近魚が釣《つ》れないなどと話していたのを思い出す。

「へぇ、なんでですかね」

「さあ、分からんけど」

「この、天気とか気温のせいとか」

「そうかもなぁ。ま、こんな時には、おとなしく網《あみ》こさくいしろって、こっだろ。マグロ&ウニ祭りも終わったばっかじゃし、ゆっくりすっが。また、いい魚入ったら教えるけ。寄っててな」

「はい。また、お願いします。行ってきます」

おっちゃんに頭を下げてから、商店街を進んだ。いつものように踏《ふ》み切《き》りを渡《わた》り、緩《ゆる》やかな坂道を上って学校にたどり着く。今日は一時間目から体育で、男子は体育館でバスケだった。

体育館でバスケなんて、あの放課後を思い出さずにはいられない。

幽霊《ゆうれい》だのエイリアンだの捜《さが》し歩いたあげく、この体育館で霧島《きりしま》に会った。そして、我を失った霧島《きりしま》に襲《おそ》われかけたところを、潤芽《うるめ》先輩《せんぱい》の不思議な歌声と、めめのおかげで助けられたのだ。

思い出してみても、まるで現実味がない。電気のこうこうと灯《とも》る体育館は、あの日とは別物のように見える。

で、結局、アレはなんだったんだろう？

「鳴瀬《なるせ》、パス！」

誰《だれ》かの声がした。

「へ？」

バスケットボールが目の前にきたと思ったら、顔面に衝撃《しょうげき》が走って、仰向《あおむ》けに倒《たお》れていた。

ピピーと、高い笛の音が響《ひび》く。「うおっ」という驚《おどろ》きの声、広がるざわめきと微《かす》かな笑い声。

顔が痛い。

「大丈夫《だいじょうぶ》かよ、鳴瀬《なるせ》」

覗《のぞ》きこんできたのは、佐々木《ささき》だった。

「あー、うん、まあ」と、答えると、引っ張り起こしてくれた。いたたた、と、顔を押《お》さえる。

「海人《かいと》、なにやってるんだい」

ととの声も聞こえた。

「いや。ちょっと、考え事してた」

「まったくねぇ。保健室にでも行ってみる？」

「平気。大丈夫《だいじょうぶ》」

顔から手を離《はな》すと、肩《かた》をすくめるととの姿があった。

「まあ、とりあえず、試合は無理だから、選手交代だな。鳴瀬《なるせ》は休んどけよ」と、佐々木《ささき》が言う。もちろんそうさせてもらうつもりだ。俺《おれ》の代わりに鈴木《すずき》がコートに入ると、試合はすぐに再開された。

「いやぁ、ボールを顔面で受け止めちゃうくらい、集中して考え事なんて、珍《めずら》しいこともあるもんだね」

なぜか一緒《いっしょ》にコートの外に出てきたととは、へらへらといつもの調子で笑っている。

体育館の隅《すみ》に腰《こし》を下ろすと、俺《おれ》は額や鼻をさすりながら唸《うな》った。

「うるせぇ。考えなきゃいけないことがあれば、俺《おれ》はいつだって考える」

「考えなきゃいけないこと」

ととは俺《おれ》の隣《となり》に体育座《たいいくずわ》りをした。

「あるだろ、たくさん。お前はなんとも思わないのかよ、この前のこと」

「この前のこと?」

「この前の放課後、この体育館であったことだよ。バスケ部の霧島《きりしま》のことだ」

「ああ、アレね」

ととの目はバスケのボールのゆくえを追っている。俺《おれ》の代わりに入った鈴木《すずき》がシュートに失敗した。

「それとも何か。もしかして、マッコウクジラ団は、あんなことが日常茶飯事《にちじょうさはんじ》なのか」

なんと答えるか。気になって、俺《おれ》は尋《たず》ねた。

「ううん」と、ととはあっさりと答えた。「幽霊《ゆうれい》とかエイリアンとかを相手にしたのは、初めてだよ」

「なんだよそれ」

「あ、入る」

再度シュートに挑戦《ちようせん》した鈴木《すずき》は、今度は見事に決めた。

「おおー、素晴《すば》らしいね。ナイスなシュートだね」と、ととは一人拍手《はくしゆ》を送っている。その日は試合に釘付《くぎづ》けだ。

「とと、俺《おれ》の話を真面目《まじめ》に聞く気はないのか」

「うん？　聞いてるよ、聞いてる聞いてる」

「じゃあ聞くが、幽霊《ゆうれい》とかエイリアンとかを相手にしたのは、初めて。ってことは、それ以外は相手にしたことがあるってことか」

「うん」

ととはあっさりと頷《うなず》くと、ようやく俺《おれ》の方を見た。

俺《おれ》はごくりと唾《つば》を飲《の》み込《こ》んでから、尋《たず》ねた。

「じゃあアレが、幽霊《ゆうれい》やエイリアンじゃなかったとしたら、なんになるんだ」

「さあ？」

「さあ？　さあってなんだよ。お前は、霧島《きりしま》があなった原因も、幽霊《ゆうれい》の正体も分かってるんじゃないのか」

「分かるわけないよ」

「なんで分かるわけないんだよ」

「正確なことはなに一つ」

「なんにも分からないままだってことが、一番確かなことだよ。霧島《きりしま》君があああなってしまった原因が、あのネバネバのせいだとして、でもあのネバネバがいったいなんなのかが分からない。幽霊《ゆうれい》の正体も、まだつかめてない。どちらも知りたいのは海人《かいと》と同じさ。幽霊《ゆうれい》は、ナニモノ、なんだろうねぇ」

　ととは口元に笑《え》みを浮《う》かべたまま、再びバスケの試合に目を移す。本気で言ってるのか、はぐらかされただけなのか。まだズキズキと痛い鼻を押《お》さえて、俺《おれ》は息を吐《は》き出《だ》した。

「マッコウクジラ団ってなんなんだ」

　尋《たず》ねた。

「潤芽《うるめ》先輩《せんぱい》が変な技《わざ》を使ってたし、めめはマッコウクジラ団のことを〝海の生き物にとり憑《つ》かれた人間の集まり〟だとか言ってたぞ。お前らはいったいなんなんだ。マッコウクジラ団は、なにをしようとしてるんだ」

　ととは笑った。

「お姫《ひめ》様の宝物を守ってるんだ」

「は？」

「俺達《おれたち》は、この学校のどこかに眠《ねむ》っている、トヨタマヒメの宝を守ってるんだよ」

ととは微笑《ほほえ》んだまま、俺《おれ》の目をまっすぐに見つめた。

どこかで聞いたような話だった。誰《だれ》が言っていたんだっけ。

そんな話、そんなおとぎばなしみたいな話をされたところで、普通《ふつう》なら、は？　何言ってんだ。と、思うだろう。俺《おれ》はその時もそう思ったし、今も同じことを思っている。

だけど、口元は笑っているのに、ととの瞳《ひとみ》だけはやけに真剣《しんけん》で、たぶん、だから、本気で言っているのだろう。

お姫《ひめ》様の宝物？　トヨタマヒメって、誰《だれ》だよ。

「わっ、海人《かいと》、鼻血！　鼻血！」

鼻がやけに痛くて、鼻水まで出てきたのかと思ったら、それは赤かった。結局、体育館を退場して保健室に行くはめになった。ついでに少し横になって休ませてもらうことにした。

頭の中を整理する必要がある。休息は必要だ。というわけで、俺《おれ》は保健室で寝《ね》た。

起きたらすでに昼休みに突入《とつにゅう》していた。鼻血はすっかり止まっていたし、顔の痛みもきれいに消えていたが、やはり分からない。

「……トヨタマヒメって、誰《だれ》なんだよ」

教室に戻《もど》ると、ととの姿はなかった。代わりに佐々木《ささき》や鈴木《すずき》やその他の友人が、「大丈夫《だいじょうぶ》か？」と、声をかけてくれた。遅《おそ》めの昼食に弁当を食べてから、イスに座《すわ》って漫画《まんが》を読んでゲラゲラ笑っている佐々木《ささき》と鈴木《すずき》に聞いてみることにした。

「なあ、ちょっと聞くが、トヨタマヒメって知ってるか？」

二人は漫画《まんが》から顔をあげると、きょとんとなった。

「トヨタマヒメ？　なんだそれ」

「なになに、何の話？」

「いや、なんていうか、お姫《ひめ》様の名前、だと思うんだが」

「お姫《ひめ》様？」

二人はますます目を丸くした。

「つまり、トヨタマ姫《ひめ》って人なのか？」

「まあ」

「へぇへぇ、トヨタマ姫《ひめ》ねぇ。なんだろう、全然分からない」

鈴木《すずき》が困ったように笑った。

佐々木《ささき》も少しだけ考えるような顔をしてから、首を振《ふ》った。

「で、その姫《ひめ》がどうしたんだ？」

「いや、ちょっと、知ってるかなと思って聞いてみただけ。知らないならいいんだ」

「それって、歴史かなんかの重要な人？　それとも、ゲームとか漫画《まんが》とかの登場人物？　実は、知ってなきゃまずい人かな？」

鈴木《すずき》が興味深そうな顔で尋《たず》ねてくる。俺《おれ》も詳《くわ》しいことは分からなくて、困ってんだ」

「さあ、どうなんだろうな。俺も詳しいことは分からなくて、困ってんだ」

「困ってるのか。なんで？」と、佐々木《ささき》。

「いや、まあ、いろいろあってな」

「トヨタマヒメは、海の女神《めがみ》様の名前ですよ」

急に背後から声がしたのでびっくりした。

「うおうっ」

気配をまったく感じなかった。いつの間に近づいてきたんだろう。後ろには、ひどく顔色の悪い林《はやし》の顔があった。切れ長な瞳《ひとみ》はどこか虚《うつ》ろだ。

「は、は？　なんだ、どうした、お前」

「鳴瀬《なるせ》先輩《せんぱい》がバスケットボールを顔面で受け止めて、鼻血を出して倒《たお》れたと聞いたので、様子を見に来ました」

「……どこで、そんな話」

なんで一年生である林《はやし》がそんなことを知ってるんだ。

林《はやし》は紫色《むらさきいろ》の唇《くちびる》の端《はし》を軽く持ち上げた。

「鳴瀬《なるせ》先輩《せんぱい》は鳴瀬《なるせ》先輩《せんぱい》が思っている以上に有名なんです」

「まったくもって、うれしくないな、それ」

「で、来てみたら、トヨタマヒメの話をされていたので」

「お前は、トヨタマヒメのことを知ってるのか」

「ええ、よく、知ってます」

おお、こんなところに有力な情報源がいた。

「じゃあ、教えてくれないか。トヨタマヒメっていうのは、いったいどんな姫《ひめ》様なんだ」

林《はやし》は切れ長な瞳《ひとみ》でじっと俺《おれ》のことを見つめて、しばし黙《だま》っていた。俺《おれ》の後ろで佐々木《ささき》と鈴木《すずき》も様子を窺《うかが》っている。林《はやし》の沈黙《ちんもく》の意味が分からなくて、俺《おれ》は首を傾《かし》げた。

「どうした？」

「いや、本当に知らないのかなと思いまして」

「知るわけないだろ。知ってたらわざわざ聞いたりしない」

「どうして知らないのか、僕《ぼく》には分かりかねます。鳴瀬《なるせ》先輩《せんぱい》ともあろう人が、どうして、海幸《うみさち》彦《ひこ》と山幸彦《やまさちひこ》の神話を知らないのか」

「うみさちひこ？　やまさちひこ？」

また新しい名前が出てきた。

「トヨタマヒメは、その二人に深い関《かか》わりがある、海の女神《めがみ》様です」

やはりピンとこない。

一度も逸《そ》らされなかった林《はやし》の瞳《ひとみ》が、訝《いぶか》しそうに細められる。なんでそんな目で見られなきゃいけないんだ。

「お、おお、そうなのか」と、俺《おれ》はわざと大げさに頷《うなず》いてみせた。「そうだったのか。なるほど、海幸彦《うみさちひこ》と山幸彦《やまさちひこ》で、トヨタマヒメか。よぉく、分かった。それにしてもお前、物知りだな。すごいなぁ」

肩《かた》を叩《たた》こうとしたら、手をはらわれた。

林《はやし》は眉根《まゆね》を寄せると、背を向ける。足早に教室を出ていこうとするので、慌《あわ》てて追いかけた。

「おい、林《はやし》。どうしたんだよ。何か、気に入らなかったか」

廊下《ろうか》に出た林《はやし》は立ち止まると、首だけで振《ふ》り向《む》く。

どこか軽蔑《けいべつ》するような目で俺《おれ》を見た。

「あー……、よく分かんないんだが、俺《おれ》は話を聞かせてもらえてよかったよ。助かった。ありがとう」

林《はやし》はなにも言わない。

「それと、お前、顔真っ青だけど、大丈夫《だいじょうぶ》か？　体調悪いんなら、お前も保健室に行った方がいいんじゃ……」

「本当になにも覚えていないんだな」

低く、呻《うめ》くような声だった。

「え？」

昼休みの終わりを告げるチャイムが鳴った。林《はやし》は廊下《ろうか》を駆《か》けていき、その姿はすぐに見えなくなった。

なにも覚えていない？

俺《おれ》はなにを、忘れているんだろう。

その日の放課後、部室に向かうと、めめがいて潤芽先輩《うるめせんぱい》がいて、そしてなぜか四方屋《よもや》が単体でいた。

「鳴瀬《なるせ》！」

ドアを開けた瞬間《しゅんかん》叫《さけ》ばれて、何事かと思えば、パイプイスに腰《こし》かけていた四方屋《よもや》が立ち上がって瞳《ひとみ》を潤《うる》ませていた。

「四方屋《よもや》？」

「わ、わたしは、私はずっと、鳴瀬《なるせ》のことが、心配で心配で、でも、教室では、その、なんだ……」

身振《みぶ》り手振《てぶ》りを交えて、四方屋《よもや》が必死に何かを伝えようとしてくれているのだが、分からない。

開けたドアのノブを手にしたままぽかんとしていると、両手で頬杖《ほおづえ》をついていためめが、さも面白《おもしろ》くなさそうな顔で言った。

「鳴瀬《なるせ》先輩《せんぱい》がバスケの最中に、無様にボールを顔でキャッチして、鼻血まみれで倒《たお》れたあげく、保健室から戻《もど》ってこなかったので、四方屋《よもや》先輩《せんぱい》が心配なんかしてくださったそうですよ。崇《あが》めたてまつって、感謝の言葉でも述べたらいかがでしょう」

「は？」

嫌味《いやみ》を言われ、バカにされていることは伝わった。

「ジュンちゃん」と、潤芽《うるめ》先輩《せんぱい》がめめの言葉を引《ひ》き継《つ》いで言った。

「鳴瀬《なるせ》君のこと、心配じゃったんだって。でも、教室では伝えられんくて、ここで待っちょったと」

「へぇ」

四方屋《よもや》を見れば、そこに余裕《よゆう》めいた表情はなく、困っていた。もじもじとどこか恥《は》じらってさえいる。

「わざわざこんなとこで、待っててくれたんだな。えっと、ありがとう」

「いや」と、四方屋《よもや》は顔の前で手を振《ふ》った。「いいんだ。いいんだ。私が待っていたかったから。鳴瀬《なるせ》が倒《たお》れたって聞いて驚《おどろ》いて、でも、どうしようもなくてな。無事なら、いいんだ。無事なことは教室でも分かっていたんだが、でも一応、確認《かくにん》しときたかったというか。それに、鳴瀬《なるせ》にはまだ伝えていないことがあるし、ちゃんと話をしなければと思っていたんだ」

四方屋《よもや》は一気に言うと、大きく息を吐《は》き出《だ》した。

「なるほど」と、俺《おれ》は頷《うなず》く。「そういえば、俺《おれ》もお前に聞きたいことがあったんだ」

「私に？」

四方屋《よもや》の横のパイプイスに腰《こし》を下ろすと、すかさず潤芽《うるめ》先輩《せんぱい》が淹《い》れたてのお茶を置いてくれた。今日のおやつは鈴《すず》カステラらしい。皿いっぱいにもられた鈴《すず》カステラをすすめられるままに口に入れて、お茶で流《なが》し込《こ》んでから口を開く。

「ほら、お前、あのマグロ祭りで会った時、話の途中《とちゅう》だっただろ。体育館がどうのこうのって……」

めめと潤芽《うるめ》先輩《せんぱい》は黙《だま》って話を聞いている。

「そうだった！」

せっかく座《すわ》って落ち着いたかに見えたのに、四方屋《よもや》はまたも立ち上がった。

「四方屋《よもや》。座《すわ》れ。お前、なんか変だぞ」

前々から思っていたが、女子たちから憧《あこが》れられている王子様の印象とはだいぶ違《ちが》う。まるで別人のようだ。

「あ、すまない。うむ。落ち着こう」と、四方屋《よもや》はイスに腰《こし》をおろすと、静かに茶を啜《すす》った。

「だめだな、鳴瀬《なるせ》を前にすると、動悸《どうき》が激しくなってしまう」

どういう意味だ、それ。

「鳴瀬《なるせ》先輩《せんぱい》、勘違《かんちが》いしないでくださいよ。四方屋《よもや》先輩《せんぱい》の場合、習性として仕方がないんですから」

めめが釘《くぎ》をさすがごとく言う。

「どんな習性だよ」

尋《たず》ねてもめめは、ふんと顔を背《そむ》けただけだ。

「そうだ。体育館の件だったな」と、四方屋《よもや》は俺達《おれたち》のやりとりには構わずに話しだした。「鳴《なる》瀬《せ》」と、真顔で見つめられる。

「体育館で幽霊《ゆうれい》に襲《おそ》われたそうじゃないか。私はその件も心配していたんだ。突然《とつぜん》のことで驚《おどろ》いたろう。身体《からだ》は無事だったか。と、マグロ&ウニ祭りでは尋《たず》ねようとしていた」

「……まあ、無事だったから今ここにいるんだが、でも、なんで」

「うん？」

「なんで、四方屋《よもや》がそれを知ってるんだ」

すっかりいつもの調子に戻《もど》った四方屋《よもや》は、不思議そうな顔をした。

「なんでって、それはもちろんめめちゃんや潤芽《うるめ》先輩《せんぱい》から聞いたからだ。助けになれなかったことを、ひどく後悔《こうかい》したよ」

「なんで……」

俺《おれ》は唖然《あぜん》とした。

めめに向かって尋《たず》ねた。

「おい、めめ。なんで四方屋《よもや》にそんな話をしたんだ」

めめは頬杖《ほおづえ》をついていた手から顔をあげる。なにかに気づいたように、俺《おれ》ではなくドアに目をやった。

「で、で、でたぁぁぁ～」

ドアを開けて飛《と》び込《こ》んできたのは、あの時と同じ、美術部男子だった。よほどの勢いでこの三階の部室まで走ってきたのだろう。肩《かた》で息をする、その顔は青ざめていた。

「出た、出た、出たんだ。また、幽霊《ゆうれい》が」

カチカチと歯を鳴らしながら訴《うった》えてくる。

「どこに出たんですか」

めめがすかさず応対した。

「あ、あっち、体育館の方に歩いていったけど、でも、なんか、廊下《ろうか》もおかしいんだよ」

「おかしいとは？」

「く、黒い、んだ」

「黒い？」

美術部男子はごくりと唾《つば》を飲《の》み込《こ》んでから、言った。

「なんかよく分からないけど、幽霊《ゆうれい》が吐《は》き出《だ》したネバネバがあちこちついてるっていうか、黒くて、ネバネバなんだよ」

「分かりました」と、めめは頷《うなず》くと、イスから立ち上がった。ドアに張り付いていないと腰《こし》が砕《くだ》けてしまいそうになっている美術部男子を押《お》しのけて廊下《ろうか》に出た。

「あなたは早く学校を出てください」

「どうする気だ」と、俺《おれ》が尋《たず》ねると、めめは言った。

「当然です。今度こそ幽霊《ゆうれい》を確保するんです」

マジかよ。

潤芽先輩《うるめせんぱい》がめめの後に続く。四方屋《よもや》も立ち上がった。

「よし、行こう」と、意気込《いきご》んでいる。

「四方屋《よもや》、お前はもう帰れ」

「なにを言っているんだ、鳴瀬《なるせ》」

四方屋《よもや》はやはり不思議そうな顔をした。

「なにって、これ以上お前まで、わけの分からないことに巻《ま》き込《こ》むわけにはいかないだろ」

「大丈夫《だいじょうぶ》だ、鳴瀬《なるせ》。心配には及《およ》ばない。私が鳴瀬《なるせ》を守るから安心しろ」

やけに頼《たの》もしくてかっこいい。俺《おれ》が女子だったら、惚《ほ》れてしまっていたかもしれない。

「いや、いやいや、そうじゃないだろ。お前まで幽霊《ゆうれい》退治に行く意味が分からないから」

「だって、マッコウクジラ団としての活動だろ」

「そりゃあ、そうなのかもしれないが……」

「私はマッコウクジラ団の一員だ。アゴなのだ」

「アゴ？」

「だから、幽霊《ゆうれい》を退治するのが目的なら、いざ行かん、なのだ」

「は？　ちょっと待て、だってお前、陸上部なんだろ」

「もちろん、かけもちだ。ほら、行こう、鳴瀬《なるせ》。このままじゃ、めめちゃんを見失ってしまう」

四方屋《よもや》は足早に部屋を出て行った。

美術部男子はまだ動けずに震《ふる》えている。俺《おれ》は、床にしゃがみこんでしまった泣《な》きっ面《つら》の美術部男子を引っ張り起こした。

「大丈夫《だいじょうぶ》ですか？」

「だ、だ、大丈夫《だいじょうぶ》だ。お、俺は、大丈夫《だいじょうぶ》だから、君は早く行ってくれ。あの、幽霊《ゆうれい》をなんとかしてくれよ、頼《たの》む」

「分かりました。じゃあ、行ってきます」

なんとか出来る保証はどこにもないが、美術部男子をその場に残し、四方屋《よもや》の後を追いかけた。部屋を出ると、日が沈《しず》みかけた廊下《ろうか》は薄暗《うすぐら》く、人気《ひとけ》はない。嫌《いや》な臭《にお》いが鼻をついた。アンモニアを濃《こ》くしたような臭《にお》いが、階下から漂《ただよ》ってくる。

さすが陸上部なだけあって、四方屋《よもや》は速かった。まるで飛ぶように階段を駆《か》け下りていく。

その背中を見失わないように追いかけていくのが精一杯《せいいっぱい》だ。

やがて一階の廊下《ろうか》に出ると、そこには四方屋《よもや》と潤芽《うるめ》先輩《せんぱい》、そしてめめが立ち止まっていた。

「……なんだよ、これ」

蛍光灯《けいこうとう》が切れかけて、チカチカしている。

その明かりに照らし出された廊下《ろうか》は、黒いネバネバしたもので覆《おお》われていた。まるでおばけ屋敷《やしき》にでも紛《まぎ》れ込《こ》んでしまったみたいだ。ネバネバが天井《てんじょう》から滴《したた》って、ドロリと廊下《ろうか》に落ちる。

ひどい臭《にお》いだ。

「これは……」

めめはネバネバに触《ふ》れた。

「やっぱり、最初に陸上部の練習コースで見た物と似てますね」

「あの、妙《みょう》な現象を起こした物と同じじゃか」と、四方屋《よもや》が言う。

「なして、こげんことに」と、潤芽《うるめ》先輩《せんぱい》がつぶやく。

状況《じょうきょう》が状況《じょうきょう》だからか、その表情からはあの日のような好奇心《こうきしん》は見られない。

「とにかく、行きましょう。こんなことをした犯人がこの先にいるはずです。動機は確保した後で、吐《は》いてもらうことにします」

めめはネバネバの廊下《ろうか》を進んでいく。潤芽先輩《うるめせんぱい》も四方屋《よもや》も、その後に続いていく。俺《おれ》もおそるおそる続いた。

なにをどうしたら、こんなに校舎内を汚《よご》せるんだと疑うばかりに、廊下《ろうか》も窓ガラスも教室の中も覆《おお》い尽《つ》くされている。蛍光灯《けいこうとう》の明かりは消えていて、先は真っ暗だった。

正直言って気持ち悪い。前回よりも不気味度が増している。それなのに、めめも潤芽先輩《うるめせんぱい》も平然としている。四方屋《よもや》の横顔も恐《こわ》がっている様子は見えず、むしろ凛々《りり》しかった。その横顔を見ながら思う。

まさか、四方屋《よもや》がマッコウクジラ団の一員だったなんて。

陸上部だけで十分だろうに、なんだって、かけもちまでしてマッコウクジラ団に入らねばならないのか。

「信じられん」

しかし、同時に納得《なっとく》もした。

だから、四方屋《よもや》はマッコウクジラ団しか知りえないような情報を知っていたのだと。

「そうだ」と、俺《おれ》は手を叩《たた》いた。

マッコウクジラ団が守らねばならないとかいう、姫《ひめ》の宝の話を最初に聞いたのは、四方屋《よもや》からだった。

思い出した。

「しっ。鳴瀬先輩《なるせせんぱい》、黙《だま》ってください」

突如《とつじょ》、めめは言うと、立ち止まった。

「誰《だれ》か来ます」

誰《だれ》かが、ぽっかりと穴の開いたような廊下《ろうか》の奥《おく》からやって来た。ひょろりとした身体《からだ》つきの人間がひたひたと迫《せま》ってくる。それこそが幽霊《ゆうれい》の正体か、ついに正面対決かと身構えた。

幽霊《ゆうれい》は言った。

「あー、いたいた、よかった。帰ってたらどうしようかと思ったよ」

独特なきのこ形をした髪《かみ》が揺《ゆ》れる。

「お兄ちゃん！」

「はーい、お兄ちゃんだよ。いやぁ、しばらく図書室に籠《こ》もって出てきてみれば、なんか変な臭《にお》いがするし、こうして下りてきてみたら校舎内が大変なことになってるからね、びっくりしたよ」

あははと、いつものごとく笑っている。めめは冷静に報告した。

「幽霊《ゆうれい》がまた出たんだって。前回と同じ、美術部の三年生男子が通報に駆《か》けつけてくれたの」

「そうだったんだ。それで、みんなそろいもそろって、おお、今回は四方屋《よもや》さんも一緒《いっしょ》なんだね。力強いなぁ」

「ああ」と、四方屋《よもや》は頷《うなず》いた。「笹美々《ささみみ》もまだ残ってたんだな。頼《たよ》りになる」

「まあ、それはどうか分からないけど」と、ととは緊張感《きんちょう》のない声で言った。「それじゃあ、マッコウクジラ団がそろったところで、枯《か》れ尾花《おばな》、ではない幽霊《ゆうれい》の正体を明かしちゃおー」

「もちろんです」と、めめが意気込《いきご》んで、先頭を切って歩き出した。

エイリアンだとも言われた幽霊《ゆうれい》の正体。

あの日、暗闇《くらやみ》に溶《と》けた人物。背が高くて髪《かみ》が短い、男子生徒。校内をこんな風にしてしまった張本人。

それは体育館で静かに待っていた。

闇《やみ》に紛《まぎ》れもしないで、むしろ堂々と、俺達《おれたち》のことを待っていたのだ。

体育館も廊下《ろうか》と同じように真っ暗で人はいなかった。だが、暗闇《くらやみ》に目が慣れたせいで、まあよく見えること。見たくもないものがよく見えた。

一階校舎と比べてみても、ドロドロ具合がひどい。臭《にお》いもきつくなっている。幾重《いくえ》にも重なったドロドロが天井《てんじょう》にも壁《かべ》にも、こびりついていた。床《ゆか》も似たようなありさまで、何度も滑《すべ》りそうになる。

ここがドロドロの本拠地《ほんきょち》であり、中心であることは明らかだ。

暗い体育館の真ん中に、幽霊《ゆうれい》は立っていた。青白い顔をして、口元に淡《あわ》い笑《え》みを浮《う》かべて、彼《かれ》は言った。

「こんばんは。マッコウクジラ団のみなさん」

正体を隠《かく》すことをやめた幽霊《ゆうれい》。それは。

「……林《はやし》？」

くしゃくしゃの黒髪《くろかみ》、ひょろりと高い背丈《せたけ》、切れ長な瞳《ひとみ》。見間違《みまちが》えるはずがない、それは一年生の林《はやし》だった。

「なんで、お前が……」

「やっぱり、あなただったんですね」

先頭に立ったためめが言う。

「やっぱり？　見当はついてたってこと？」

林《はやし》が問う。

「一年A組、林陸呂《はやしりくろ》。陸上部の練習コースであなたを見かけて以来、あなたが怪《あや》しいと睨《にら》んでいました。あなたはやけにこの学校を、くまなく歩き回っている。隅《すみ》から隅《すみ》まで、用事のないような教室まで何度も何度も。まるで下調べでもしているかのように」

「見てたの？」

「尾行《びこう》は得意なんです」

めめは胸を張った。

「それに、あなたはやけに、鳴瀬先輩《なるせせんぱい》を追いかけ回していました。ストーカーなみに」

林《はやし》は軽く肩《かた》をすくめる仕草をした。

「それはなぜか。ジンベエザメである鳴瀬《なるせ》先輩《せんぱい》の力が未知数だったから、あなたは知りたいと思ったのでしょう」

「まあ、それもあるけれど」と、林《はやし》は言った。

「ではやはりあなたも、私達《たち》の同類。海の生き物にとり憑《つ》かれた人間なんですね！」

めめは左の腰《こし》に手を当てて、右手の人差し指を林《はやし》に向かって突《つ》き出《だ》した。

どうだ！　と、言わんばかりの、たぶん、ドヤ顔で。

「……う？　本当に、そうけ？」

しかし、ぽつりとつぶやく、耳によく響《ひび》く声が疑問を投げかける。

ちょこんと首を傾《かし》げたのは、潤芽《うるめ》先輩《せんぱい》だ。

潤芽《うるめ》先輩《せんぱい》の隣《となり》で四方屋《よもや》は「うーん」と難しい顔をしながら、何度も目を擦《こす》った。

「どうなん、だろうな。私はどうも相性《あいしょう》次第《しだい》で、見えたり見えなかったりするからな。うーん、それにしても、薄《うす》らぼんやりとも見えないな」

二人して林《はやし》の頭の上辺りを凝視《ぎょうし》している。もちろん、そこにはなにもない。

「え？　なにが見えるんだ？　俺《おれ》にはなにも見えないぞ」

「大丈夫《だいじょうぶ》！」と、ととが俺《おれ》の肩《かた》を叩《たた》いた。「俺《おれ》にもなにも見えてないから！」

同調してくれてほっとしたが、そんなにうれしそうな顔しなくてもいいんじゃないか。

ほら、振《ふ》り返《かえ》っためめがドヤ顔を引きつらせている。

「めめちゃんには、見えてるの？」

潤芽《うるめ》先輩《せんぱい》が代表するように尋《たず》ねた。

めめは、ぐぐぐっといった感じで、唇《くちびる》を噛《か》んだ。

「……いいえ」

ぼそりと答える。

「でも」

めめは黒い瞳《ひとみ》をかっと見開くと、林《はやし》に向き直った。

「林《はやし》陸呂《りくろ》、あなたは否定していません！」

まあ、確かにな。

林《はやし》はめめの言葉を聞き流しているかのように、微笑《びしょう》を浮《う》かべて黙《だま》ったままだ。俺《おれ》みたいに、めめの発言が理解しきれずに固まってる可能性もあるが、それにしては余裕《よゆう》が感じられるし、普通《ふつう》じゃないのは明らかだ。

同じように感じたのか、潤芽《うるめ》先輩《せんぱい》も四方屋《よもや》もともそれ以上なにも言わなかった。

勢いを取《と》り戻《もど》したらしい。めめは大きく息を吸《す》い込《こ》むと続けた。

「あなたが海の生き物にとり憑《つ》かれている人間だとしたら、その目的はトヨタマヒメの宝を手に入れること！　あなたがこの学校中をくまなく歩き回っていたのは、この学校のどこかに眠《ねむ》っているというトヨタマヒメの宝を探していたからです。それでも見つからなかったから、手っ取り早く学校を乗っ取ることに決めたんです」

きっぱりと言い切るめめの声が、暗闇《くらやみ》に吸《す》い込《こ》まれて消えた。

林《はやし》はうんともすんとも返事をしなかった。否定も肯定《こうてい》もしない。ただ、めめの発言を考えるように少し首を捻《ひね》っていた。

「笹美々《ささみみ》めめさん」

しばらくして、林《はやし》は静かに口を開いた。

「もし仮に、君の話が全《すべ》て事実だったとしたら、僕《ぼく》はいったい、何者になるのかな。君の言う、〝海の生き物にとり憑《つ》かれた人間〟というものに僕《ぼく》が当てはまるのだとしたら、僕《ぼく》はなににとり憑《つ》かれているんだろう」

「それは……」

めめはうろたえると語尾《ごび》を濁《にご》した。

「なんだろうねぇ」と、のんびりと引《ひ》き継《つ》いだのは、ととだった。

ととは笑《え》みを浮《う》かべたままで言った。

「暗いところが好きで、ブヨブヨドロドロしていて、ひどい臭《にお》いがする。深海魚の類《たぐい》かな。こうして罠《わな》を仕掛《しか》けて、獲物《えもの》をおびき寄せる。林《はやし》君は、チョウチンアンコウかな」

林《はやし》はやはり答えなかった。

「とにかく」と、めめが割って入る。「トヨタマヒメの宝を渡《わた》すわけにはいきません！　私達《たち》は、そのためのマッコウクジラ団なんですから！」

めめが堂々と宣言する。めめのそばに残った潤芽《うるめ》先輩《せんぱい》とは違《ちが》い、四方屋《よもや》は俺達《おれたち》の元に引き返してきた。

「笹美々《ささみみ》、鳴瀬《なるせ》のことを頼《たの》むな」

「あいあいさー。じゃあ、海人《かいと》、こっち」と、ととが俺《おれ》の腕《うで》を引いて、体育館の隅《すみ》へと向かう。

一緒《いっしょ》についてきた四方屋《よもや》が俺《おれ》を見つめて言った。

「鳴瀬《なるせ》、お前はまだ戦いの経験がない。だからここでおとなしくしているんだ。鳴瀬《なるせ》のことは、必ず私が守ってみせるから」

「へ？」

やだなに、かっこいい。

不意打ちでかっこいいことを言われたせいで、不覚にもきゅんとしてしまった。

どこから風が吹《ふ》いてきたのか、四方屋《よもや》の金色の髪《かみ》がさらさらと揺《ゆ》れ、どこから光が差しているのか、周囲がキラキラと輝《かがや》く。バラの花びらまで舞《ま》っていた。

なんだこれ。なんの幻《まぼろし》。それとも幻影《げんえい》の術かなにかを使ってるのか。これが、四方屋《よもや》が王子様と呼ばれる所以《ゆえん》なのか。

緑色の瞳《ひとみ》でじっと見つめられて、心拍《しんぱく》数が跳《は》ね上《あ》がる。

男の俺《おれ》でも惚《ほ》れそうです、王子様。

ぽーっとしている俺《おれ》に、四方屋《よもや》は白い歯を覗《のぞ》かせて笑った。それからきりっと表情を引《ひ》き締《し》めて、背を向ける。

「その、気をつけて」

俺《おれ》が声をかけると、四方屋《よもや》は横顔を向けて「ああ」と、頷《うなず》いた。

四方屋《よもや》はぐっと脚《あし》に力を込《こ》めたようだった。

なにが起こるのかと見ていれば、次の瞬間《しゅんかん》、四方屋《よもや》が飛んだ。

どこまでもどこまでもどこまでも飛び上がって、ついには体育館の天井《てんじょう》まで到達《とうたつ》した。

頭上でひらひらと、揺《ゆ》れているのは制服のスカートの裾《すそ》だ。ひらひらと揺《ゆ》れる。空気を含《ふく》んで、ふんわりと広がるプリーツスカート。二本の長い脚《あし》の、その奥《おく》。

「おー、今日は黒レースかぁ」

とのあっけらかんとした声が聞こえて、我に返った。

我《わ》が目を疑った。

天井《てんじょう》高く飛び上がった四方屋《よもや》のスカートの下は下着だった。黒いレースの下着が丸見えになっているというのに、四方屋《よもや》は気にする風もなく宙に浮《う》いている。

「いや、いやいやいや、待てって」

「どうしたの、海人《かいと》？」

「どうしたのじゃねぇだろ。四方屋《よもや》の、パン……、パン……」

「ああ、四方屋《よもや》さんは下着のことなんてなんとも思ってないよ。穿《は》いてればいい、くらいにしか思ってないいんじゃないかな。さすが、王子様は男前だよね」

なんだそれ。そのわけの分からない理由。つーか、こいつなんで、四方屋《よもや》の下着を見といて平常心でいられるんだ。

「王子様とか関係ないだろ、四方屋《よもや》は女子だ。おーい、四方屋《よもや》。四方屋《よもや》！」

下着丸見えの状態で宙に浮《う》き上《あ》がっている四方屋《よもや》を必死で呼んだ。ちょ、直視できない。細目で見ながらこいこいと手を振《ふ》ると、何事かと思ったのか、四方屋《よもや》は俺《おれ》の前にふわりと舞《ま》い戻《もど》ってきた。

「どうした、鳴瀬《なるせ》。なにかあったか？」

その表情は真剣《しんけん》だ。

今、まさに戦わんとしてたんだもんな。

でもな。

「四方屋《よもや》、その、ものすごく、言いにくいんだが、一応、言っておいた方がいいと思ったんだ」

「うん、なんだ。なんでも言ってくれてかまわない」

「その、だな……」

二の句が継《つ》げず、黙《だま》り込《こ》んでしまった。そんな俺《おれ》の続きを、四方屋《よもや》は待ってくれている。

黙《だま》ってたって伝わるわけもない。

俺《おれ》は大きく息を吸うと、意を決した。

「四方屋《よもや》、お前、パンツ丸見えだぞ」

きっぱりと言ってやった。

「ああ」と、四方屋《よもや》はなんでもない風に頷《うなず》いた。「そうか、そうだったのか。なるほど、私のパンツが、丸見えだったのか」

四方屋《よもや》は動じなかった。慌《あわ》てず騒《さわ》がず落《お》ち着き払《はら》って、下着ごときでなに騒《さわ》いでるんだ、みっともない、くらいに、達観しているような受け答えだった。

あまりにも四方屋《よもや》の態度はいつもと変わらない。

だから、もしかしたら実は下着を見せたい、見せたがりやの痴女《ちじょ》だったんじゃないか、と思った瞬間《しゅんかん》、四方屋《よもや》の顔色がさっと変わった。

「え!?」

ただのタイムラグだったらしい。

数秒経《た》ってから顔を真っ赤に染めた四方屋《よもや》は、大げさに身体《からだ》を仰《の》け反《ぞ》らせた。

「え!?」と、もう一度驚《おどろ》きの声をあげる。

「な、な、な、鳴瀬《なるせ》……。いま、今、なんて……」

「えっと、だから、その……」

二度も言いたくなかったが、一度言ってしまったのだから、二度も三度も同じことだ。

「お前が飛び上がった時、パンツが丸見えだったんだ。悪気はなかったんだが、見てしまった」

四方屋《よもや》は驚愕《きょうがく》のあまり整った顔を歪《ゆが》ませていた。もはやそれは、王子様の顔つきではない。

「な、なる、なるせに、……わた、私の、パンツを見られて……？」

女の子の顔をした四方屋《よもや》はわなわなと震《ふる》えると、その場にへたり込《こ》んでしまった。

「え？　おい、四方屋《よもや》」

「鳴瀬《なるせ》先輩《せんぱい》、こんな大事な時に、なにやってるんですか」

いつの間にかすぐそばにはめめも潤芽《うるめ》先輩《せんぱい》もやってきていた。

「ああ、いや、だってな」

「だってでもありません。いったい四方屋《よもや》先輩《せんぱい》になにを吹《ふ》き込《こ》んだんですか」

「お、俺《おれ》は、ただ、真実を話したままでで」

めめにじとりと睨《にら》みつけられた。

すみません。ごめんなさい。俺《おれ》が余計なこと言いました。たぶん。

「ジュンちゃん、大丈夫《だいじょうぶ》？」

へたり込《こ》んで頭を抱《かか》えてしまっている四方屋《よもや》の肩《かた》にそっと触《ふ》れ、潤芽《うるめ》先輩《せんぱい》が覗《のぞ》き込《こ》む。

「……ああ、ええ、いや。……大丈夫《だいじょうぶ》、かと言われれば、大丈夫《だいじょうぶ》なんですが、ええ。大丈《だいじょう》夫《ぶ》、じゃないかも、ええ」

「鳴瀬《なるせ》先輩《せんぱい》、真実を話したって、いったいなにを話したんですか。四方屋《よもや》先輩《せんぱい》がこんな風になってしまうなんて、前代未聞《ぜんだいみもん》です」

俺《おれ》だって、こんな弱々しい四方屋《よもや》を見るのは初めてだ。

「海人《かいと》に下着を見られちゃったことが、よっぽどショックだったみたいだね」

俺《おれ》の代わりに答えたのはととだった。

「変態。痴漢《ちかん》。強姦魔《ごうかんま》」

めめがゴミを見るような目で俺《おれ》を見る。

なんでそうなるんだよ。

「でもさぁ、四方屋《よもや》さん、安心しなよ。四方屋《よもや》さんのセクスィーな姿を見せつけられて、海人《かいと》ったらもう動揺《どうよう》しまくり。動悸《どうき》息切れめまいまで起こして、四方屋《よもや》さんにメロメロになってたんだ。ねっ、海人《かいと》が四方屋《よもや》さんのことを意識しまくりだったんだよ」

なんでそうなるんだ。

勝手に話をでっちあげるととに唖然《あぜん》とする。

しかし、果たして、四方屋《よもや》には効果があったようだ。

「鳴瀬《なるせ》が、私のことを……?」

四方屋《よもや》がゆっくりと顔をあげた。

半泣きだったらしい。その瞳《ひとみ》にはうっすらと涙《なみだ》がたまっている。

「私の、下着を見て、興奮してくれたのか？」

「え？　いや、そんなこと……」

「そうそう。そういうことだよ。ねっ、だからプラスに考えてさ、頑張《がんば》ろうよ、四方屋《よもや》さん」

興奮したらいろいろとまずいだろ。

それなのに、ととは途中《とちゅう》で割って入ってくる。

ほら、めめが。めめが完全に犯罪者を見る目をしてて、恐《おそ》ろしいことになってるんだけど。

「そうか。そうだな」

ととの謎《なぞ》の励《はげ》ましが功を奏したのか、四方屋《よもや》は気を持ち直したらしい。

照れ笑いを浮《う》かべて立ち上がった。

なんかよく分からないが、とりあえず平常心を取《と》り戻《もど》してくれたようだ。

四方屋《よもや》はスカートの裾《すそ》をぎゅっとつかんでから、頬《ほお》を薄《うす》く染め、俺《おれ》を見つめながら言った。

「心配をかけてすまなかった。もう大丈夫《だいじょうぶ》だ。でもな、鳴瀬《なるせ》、お願いだから、私がアゴの力を使う時は下を向いててくれないか。その、鳴瀬《なるせ》が喜んでくれることは、私も望むところではあるのだが、やはりその、鳴瀬《なるせ》に見られるとなると、恥《は》ずかしい、から」

もじもじと身体《からだ》をくねらせる四方屋《よもや》はもう、どこからどう見てもただの乙女《おとめ》だった。

「勘違《かんちが》いしないでくださいよ、鳴瀬先輩《なるせせんぱい》。これは、この四方屋先輩《よもやせんぱい》は、アゴである四方屋先輩《よもやせんぱい》の習性、つまりジンベエザメほどの大きな魚のそばにいれば、外敵から逃《のが》れられるっていう小魚ならではの安心感、いわば防衛本能が働いてるだけですからね！」

めめは、ここぞとばかりに強調した。

「ああ、まあ、分かったよ。そういうことなのな」

面倒《めんどう》くさかったので適当に答えてから、四方屋《よもや》に向き直った。

「四方屋《よもや》、分かった。お前がアゴの力とやらを使う時は、下を向いとくから、安心しろ」

「鳴瀬《なるせ》……」

四方屋《よもや》は瞳《ひとみ》を潤《うる》ませながら微笑《ほほえ》んだ。

「ねぇ、話はすんだの？」

すぐそばで、ぞっとするほど冷たい林《はやし》の声がした。

その声に誰《だれ》よりも早く反応したのはめめだ。

なにが起こったのか全然分からなかった。気づけば林《はやし》が吹《ふ》き飛《と》ばされていた。

めめが拳《こぶし》を握《にぎ》り締《し》めて、肩《かた》で息をしている。

間近に迫《せま》っていた林《はやし》を、その拳《こぶし》で殴《なぐ》り飛《と》ばしたのだろう。林《はやし》は少し離《はな》れた場所に着地した。

青白い顔に笑《え》みを浮《う》かべて、俺達《おれたち》を見つめている。

「まとめて潰《つぶ》してあげようと思ったのに」

林《はやし》のことなんか、すっかり頭から飛んでいた。

さっきの一言がなければ、林《はやし》が話しかけたりしなければ、被害《ひがい》は免《まぬが》れなかっただろう。

林《はやし》はにやにやと笑っている。

わざと、話しかけたのかもしれない。

一瞬《いっしゅん》、間をもたせたのかもしれない。

「まあ、それじゃあ、つまらないんだけど」

あっけなく倒《たお》してしまうのは、つまらないから。

「潰《つぶ》されてなるものか」

すぐそばで風を切る音がした。

高く、高く、舞《ま》い上《あ》がっていくのは、四方屋《よもや》だ。相変わらずスカートの中が丸見えになっているというのに、もう気にする様子はない。天井《てんじょう》近くまで飛び上がった四方屋《よもや》は、林《はやし》に狙《ねら》いを定めるかのようにつま先を向けると、急降下した。

まるで雷《かみなり》でも落ちたんじゃないかというくらいの、すさまじい音がする。音がやんだあと、体育館の床《ゆか》には穴が開いていた。

しんと静まり返った体育館に、美しい歌声が響《ひび》き始めた。潤芽《うるめ》先輩《せんぱい》が林《はやし》に近づきながら、あの頭の痺《しび》れる歌を歌っているのだ。

「……なっ、なんだよ、今の」

「うん。今のが四方屋《よもや》さんの必殺技《わざ》、トビウオの一撃《いちげき》だよ」

隣《となり》でととがにこやかに説明する。

「トビウオ？」

「トビウオだよ。ヒレが羽のように進化して、海面を飛ぶことができる魚さ。この辺りではアゴとも呼ばれてるけど、知らない？」

ああ、アゴだしのアゴって、トビウオのことだったのか。もうトビウオだとかアゴだとかややこしい。が、それどころじゃない。

「知ってるも知らないも、そもそもあんなの、人間技《わざ》じゃないだろ。よく考えりゃ、普通《ふつう》はあんなに高く飛べないし、床《ゆか》を蹴破《けやぶ》るなんてできない」

「そりゃ、あんな攻撃《こうげき》、普通《ふつう》の人間にはできないよね。できたらただものじゃないよ」

「だったらなんで……」

「だからさ、海人《かいと》。俺達《おれたち》はもう、普通《ふつう》じゃないんだよ」

普通《ふつう》じゃない。

ととは穏《おだ》やかな眼差《まなざ》しを俺《おれ》に向けた。

「海で海の生き物に救われたその日から、俺達《おれたち》のそばにはいつも彼《かれ》ら、彼女《かのじょ》らがいる。潤芽《うるめ》先《せん》輩《ぱい》にはリュウグウノツカイが、四方屋《よもや》さんにはトビウオが。傷ついた身体《からだ》を癒《いや》してくれるし、困った時には力を貸してくれる。もはや運命共同体なんだよ」

潤芽《うるめ》先輩《せんぱい》には白く長い生き物がまとわりついているし、飛び上がった四方屋《よもや》の背には、透明《とうめい》な羽のようなものが見える。

だから、こんなわけの分からないことが目の前で起こってるのか。

まるで現実味がないのに、これが現実だっていうのか。

四方屋《よもや》のあんな蹴《け》りをくらえば、普通《ふつう》の人間は生きてないだろう。

それなのに、林《はやし》は余裕《よゆう》めいた表情さえ浮《う》かべて、穴の開いた場所から数センチ後ろに立っていた。

潤芽《うるめ》先輩《せんぱい》の歌声も効いていないらしい。

林《はやし》も、普通《ふつう》の人間じゃないのか。

「無駄《むだ》な抵抗《ていこう》はせず、おとなしく投降してください」

めめの右肩《みぎかた》に黒々としたでかいなにかが載《の》っている。

「……ありゃ、なんだ」という俺《おれ》のつぶやきに、ととは律儀《りちぎ》に答えてくれた。

「バズーカ砲《ほう》だよ」

「バッ……？」

「特製のバズーカ砲《ほう》。1頭から14頭までの力を操《あやつ》れる。めめの武器さ」

細い身体《からだ》に不釣《ふつ》り合《あ》いなバズーカ砲《ほう》とやらを右肩《みぎかた》に担《かつ》いだめめは、照準を合わせながら言う。

「おとなしく投降してくれますか」

林《はやし》にその意志はないらしい。軽く肩《かた》をすくめただけだった。

「だったら、致《いた》し方《かた》ありません」

めめはためらうことなく引き金を引く。その瞬間《しゅんかん》、黒く巨大《きょだい》な生き物が1頭、バズーカから発射されて林《はやし》に向かっていった。

ずんぐりとした大きな頭、開いた口の下顎《したあご》には鋭《するど》い歯がびっしりと生えている。それは黒い光の矢のようになって、林《はやし》を貫《つらぬ》くかと思われた。

しかし、林《はやし》に届く寸前で、黒い光は粉々に弾《はじ》けて消えてしまった。

「え？」と、めめが驚《おどろ》いたような声をあげる。潤芽《うるめ》先輩《せんぱい》の歌声もやんだ。

黒い光を避《さ》けようともしなかった林《はやし》がなにをしたのか、誰《だれ》にも分からなかった。

林《はやし》は上を向いていた。

その口から銀色の物が飛び出している。口の中からゆっくりとせり上がってきた銀色の棒には、黒いネバネバしたものが絡《から》み付《つ》いていて、それが林《はやし》の顎《あご》を伝い落ち、制服のシャツを黒く染めた。林《はやし》は口から飛び出した銀色の棒を両手でつかむと、ぐいぐいと引っ張り始める。内臓を引《ひ》っ掻《か》き回《まわ》すような動きで、口内から銀色の棒を引きずり出していく。どろりとした黒いネバネバと共に体内から現れた銀色の棒は、先が湾曲《わんきょく》していて鋭《するど》く尖《とが》っていた。

ただでさえ背の高い林《はやし》よりもさらに長い。銀色の棒を吐《は》き終えるとそれを手にし、口元を拭《ぬぐ》った。

「期待はしていたんだよ」と、林《はやし》は言った。

あんな長い物を口から吐《は》き出《だ》しておいて平気そうにしている。

「マッコウクジラなんて大物にとり憑《つ》かれてるって聞いてたから、期待してたんだ。僕《ぼく》の力に、どれくらい対抗《たいこう》できるのかなって」

マッコウクジラ？

林《はやし》が見つめているのは、めめだ。

「だけど、期待はずれだったよ。図体《ずうたい》ばかりでかくて、てんで弱い。僕《ぼく》の相手にはならないってことが、よく分かっただけでも収穫《しゅうかく》かな」

「なに言ってるんですか、こんなもの、まだ序の口です」

天井《てんじょう》高く飛び上がる影《かげ》があった。不意打ちを狙《ねら》ったのだろう。四方屋《よもや》が、林《はやし》に攻撃《こうげき》を仕掛《しか》ける。そのつま先は、確かに林《はやし》を仕留めるはずだった。

しかし、ほんのわずか、届かない。

林《はやし》は手にしていた銀色の棒で、四方屋《よもや》のつま先を受け止めていた。

「王子様は王子様らしく、物語の中で、お姫《ひめ》様でも守っていればいいいんじゃないのかな」

林《はやし》が銀色の棒を振《ふ》るうと、四方屋《よもや》は吹《ふ》き飛《と》んでしまった。

「っ、四方屋《よもや》！」

四方屋《よもや》の身体《からだ》は俺《おれ》の真上まで飛んでくると、天井《てんじょう》に激しくぶつかった。まっすぐに落ちてくる、その身体《からだ》を受け止めようと右往左往する。どすん、と、両腕《りょううで》に衝撃《しょうげき》があって、よろけたあげく尻餅《しりもち》をついた。

「四方屋《よもや》……」

覗《のぞ》き込《こ》んだ四方屋《よもや》は固く目を閉じ、頭から血を流したまま動かない。

林《はやし》はゆっくりとめめに向かって歩いていた。

その前に立ちはだかったのは小さな潤芽先輩《うるめせんぱい》だ。

潤芽先輩《うるめせんぱい》は赤みがかった瞳《ひとみ》を輝《かがや》かせ、大きく口を開く。その喉《のど》の奥《おく》から飛び出したのは、頭が割れるような金切り声だった。音が波動となって、林《はやし》に襲《おそ》い掛《か》かる。

そんな音の波動を、林《はやし》は銀色の棒を振《ふ》るって一瞬《いっしゅん》でかき消した。

「人魚姫《ひめ》は海の底で永遠に歌っていればいい」

銀色の棒の鋭《するど》く尖《とが》った先で、林《はやし》は潤芽先輩《うるめせんぱい》の喉《のど》を貫《つらぬ》いた。

「潤芽先輩《うるめせんぱい》！」

喉《のど》を潰《つぶ》された潤芽先輩《うるめせんぱい》はその場に崩《くず》れ落《お》ちてしまった。

林《はやし》は潤芽先輩《うるめせんぱい》に見向きもせず、さらにめめに近づく。

バズーカ砲《ほう》を構えたままのめめは怒《いか》りに震《ふる》えていた。

「おとなしく投降するならば、話を聞きましょう。けれど、投降しないのであれば、私はあなたを消さざるえません」

ほんの数歩の距離《きょり》を残して、林《はやし》は立ち止まった。

「いいよ。消せるものなら、僕《ぼく》を消してごらん」

明らかな挑発《ちょうはつ》に、めめは乗った。

「分かりました。もう容赦《ようしゃ》しません！」

バズーカ砲《ほう》の引き金が引かれる。

至近距離《きょり》のバズーカ砲《ほう》から飛び出してきたのは、もつれて固まった14頭の生き物達《たち》だった。

それは体育館を包《つつ》み込《こ》んでしまうほど巨大《きょだい》な光で、今度こそ林《はやし》は逃《に》げられない。直撃《ちょくげき》すると思った。

「やったか！」

そう思った。

けれど、林《はやし》はかすり傷一つ負わずに立っていた。

銀色の棒を縦に構え、めめが撃《う》った光の弾丸《だんがん》を真っ二つにしていた。そのせいで、林《はやし》が立っている場所以外、天井《てんじょう》も床《ゆか》も壁《かべ》も、えぐれてなくなっている。

外から吹《ふ》き込《こ》んできた風が舞《ま》い上《あ》がった埃《ほこり》を流した。

「う、そ」と、つぶやいたのはめめだった。

「嘘《うそ》じゃないよ」

林《はやし》は数歩の距離《きょり》を縮めると、愕然《がくぜん》としているめめを覗《のぞ》き込《こ》んだ。

「君が言うように、確かに僕《ぼく》はトヨタマヒメの宝が欲しい。トヨタマヒメの宝はどんな願いも叶《かな》えてくれるんだろう。僕《ぼく》には、どうしても叶《かな》えたい願いがあるんだ。だから、もし君がその場所を知っているなら、教えてくれないかな。教えてくれるなら、痛い思いはさせない」

「そんなの知らないよ」

答えた声は、林《はやし》のすぐ背後にあった。

いつの間に近づいたのだろう。林《はやし》の真後ろで、林《はやし》の首筋に指先を添《そ》えて、ととが立っていた。

「俺達《おれたち》はこの場所に眠《ねむ》っているという伝説と、骨の記憶《きおく》に導かれただけで、正確な場所も分からない、そんなあやふやな物を守ってるんだ。知るわけがない」

林《はやし》の身体《からだ》がびくりと大きく震《ふる》え、動きが止まった。

一瞬《いっしゅん》の沈黙《ちんもく》のあとで、林《はやし》は首を捻《ひね》ってととを見た。

ととは何をしたのだろう。

「君は、僕《ぼく》のことを深海のゼラチン質呼ばわりしてたけど、君の方こそ、ただ海面を漂《ただよ》うことしかできない、役立たずのゼラチン質だ」

驚《おどろ》いたような顔をするとその胸倉《むなぐら》をつかまえると、林《はやし》は床《ゆか》に押《お》し倒《たお》し、馬乗りになった。

「そんな、毒が効かないなんて……」

ととの言葉は途中《とちゅう》で途切《とぎ》れた。林《はやし》がととの頭に向かって、銀色の棒を振《ふ》り下ろしたのだ。

「残念なクラゲだな。効かないよ、そんなもの。僕《ぼく》に効くわけないだろ」

林《はやし》は何度も何度も何度も、ととの頭を刺《さ》した。鮮血《せんけつ》が散って、林《はやし》の顔を赤く染めていく。

「やめて！　やめて。お兄ちゃん！」

めめが叫《さけ》ぶ。

止めに入ったためめの胴体《どうたい》を、林《はやし》は湾曲《わんきょく》部分で引《ひ》き裂《さ》いた。

ぱっくりと腹が割れて、血液やらなにやらがこぼれ落ちる。

めめは腹を押《お》さえると崩《くず》れるように膝《ひざ》を折った。震《ふる》える桜色の唇《くちびる》から大量の血を吐《は》き出《だ》すと、そのまま静かに倒《たお》れてしまった。

ほんの数分の出来事だった。

いや、それほどかからなかったかもしれない。驚いたことに、林《はやし》は、ただものじゃないマッコウクジラ団を倒《たお》してしまった。

腕《うで》の中で眠《ねむ》る四方屋《よもや》は目を覚ましそうにない。潤芽《うるめ》先輩《せんぱい》もととももめめも、血だまりの中に横たわっている。

その中でただ一人、立ち上がった林《はやし》が、俺《おれ》を見た。

「鳴瀬《なるせ》海人《かいと》。あんたは？」

「…………は？」

「ジンベエザメの力を使わないの？　そのサメには、どんな力があるの？　僕《ぼく》に教えてよ」

林《はやし》は、映画のスローモーションのように、一歩ずつ近づいてくる。

「ジ、ジンベエ、ザメ……？」

口の中がからからに乾《かわ》いて、うまく話ができない。身体中《からだ》が震《ふる》えていて、力が入らない。とにかく腕《うで》の中の四方屋《よもや》を守らねばと、抱《かか》える腕《うで》に力を込《こ》めた。

「し、知るわけ、ないだろ。お、俺《おれ》が、そんなこと」

「どうして？」

「お、俺《おれ》は、何も、知らない。知らないまま、めめに、引《ひ》きずり込《こ》まれたんだ」

目の前まで来た林《はやし》は俺《おれ》を見下《みお》ろしていた。

「どうしてあんたはなにも知らないんだ」

見下《みくだ》していた。

「ジンベエザメのこともトヨタマヒメのことも、僕《ぼく》のことも、自分のことも。一人だけ全部忘れて。楽になって。ちゃらちゃら笑って過ごしてたんだろ」

「おれ、は……」

何を、忘れてしまったんだろう。

どうして林《はやし》はこんなにも俺《おれ》を憎《にく》むような顔をしているんだろう。

それなのにどうして、ひどく悲しそうに見えるんだろう。

どこかで、見たような顔だった。

「まあ、どちらにしても、今のままじゃあんたは、僕《ぼく》に勝てない。あの方にこの釣り針《つばり》を渡《わた》された僕《ぼく》には、誰《だれ》も勝てないんだ」

「お前は、誰《だれ》だ」と、俺《おれ》は尋《たず》ねた。釣《つ》り針《ばり》というには大きすぎるそれを手にして振《ふ》り上《あ》げる林《はやし》に、俺《おれ》は尋《たず》ねた。

「俺《おれ》は、お前を、知ってる？」

林《はやし》は一瞬《いっしゅん》だけ、その切れ長な瞳《ひとみ》を揺《ゆ》らがせた。

「もう遅《おそ》いよ。兄ちゃん」

振《ふ》り上《あ》げられた釣《つ》り針《ばり》が、まっすぐに俺《おれ》の脳天を直撃《ちょくげき》した。


ゆらゆらと漂《ただよ》っていた。

ゆらゆらと、どこかを漂《ただよ》っていた。

眩《まぶ》しくて目を閉じる。それは、夏の日差しだ。どこまでも青い空に、トンビが飛んでいる。

ゆらゆら漂《ただよ》う、そこは冷たかった。

そこは海だった。

「兄ちゃん！」

まだ頼《たよ》りない幼い声が俺《おれ》を呼んだ。

俺《おれ》の手足は今よりも小さい。身体《からだ》が縮んでいる。どうやら俺《おれ》は小学生のようだ。

そして、浮《う》き輪《わ》につかまりながら近づいてきたのは、俺《おれ》の弟だった。

家族四人で海に行ったのは、夏休みが始まってすぐのことだった。その時、俺《おれ》は得意になって覚えたてのクロールでどんどん泳いでいた。必死に追いかけてきた弟に気づいたのは、ずいぶんと沖《おき》に来てからだ。

足はもちろん着かない。立ち泳ぎをしながら振《ふ》り向《む》くと、弟はすでに疲《つか》れきった顔でいた。

「兄ちゃん、もう戻《もど》ろう。お母さん達《たち》、心配してるよ」と、弟は言う。

「先に戻《もど》ってていいぞ。俺《おれ》はもう少し泳いどく」

「えー、一緒《いっしょ》に戻《もど》ろうよ」

「先に戻《もど》ってていいって。ほら、行けよ」

俺《おれ》は弟の浮《う》き輪《わ》を、岸の方へと押《お》しやった。

弟は不服そうな顔をしながらも「分かったよ」と、岸に向かって泳いでいく。その背を見送ってから、また泳ぎだそうとしたその時だった。

一際《ひときわ》大きな波がやってきた。とっさに息を止めて潜《もぐ》ると、その波をやり過ごす。びっくりしたが、なんてことはなかった。

しかし、海面に顔を出して異変に気づく。

「助けて」と、叫《さけ》ぶ声がした。

今の波で浮《う》き輪《わ》を手放してしまったらしい。弟が手足をバタつかせて浮《う》き沈《しず》みしていた。

助けたい気持ちが先立った。

その時の俺《おれ》は、溺《おぼ》れている人間に生身で近づくことがどんなに危険な行為《こうい》か知らなかったのだ。

弟を助けようとして、ものすごい力でしがみつかれ、大量の海水を飲んだ。漂《ただよ》ってきた浮《う》き輪《わ》に運よくつかまれた弟とは逆に、気づけば俺《おれ》の方が沈《しず》んでいた。

息ができず、もう身体《からだ》に力が入らなかった。どんどんどんどん、沈《しず》んでいく。音のない、青い世界に落ちていく。小さな空気の泡《あわ》だけが、あがっていった。きらきら光って見えたのは、太陽だ。光が遠ざかっていく。

手をどんなに伸《の》ばしたってもう届かない。

やがて息苦しさが薄《うす》れていく。

頭を過《よぎ》ったのは、死だ。

もしかして、このまま死んでしまうのだろうか。

このまま、こんなところで。

そう思った。

でも、弟を、陸呂《りくろ》のことを助けられたのだから、それでもいいかと思った。

『優《やさ》しき人』

どこかで誰《だれ》かの声がした。

『優《やさ》しき心を持つ人。そして強い力を秘《ひ》めた人。あなたは死にません。あなたは、死ぬわけにはいきません』

深い水底で、黒い影《かげ》が俺《おれ》に語りかけた。

『あなたは、いつか出会う、あなたを必要とする者達《たち》と共に、戦わなくてはいけないわ。あなたには、守らなければいけないものがある』

「……たたかう？　まもる？」

黒い影《かげ》は徐々《じょじょ》に形を取ってきた。

全体的に平らで、大きな身体《からだ》を、ゆっくりとたゆたわせている。

『その時まで、私のことは忘れていていい。今日のこの日のことも、忘れていていいわ。その時がきたら、私を呼びなさい。私はあなたの力となるわ』

彼女《かのじょ》の言葉を聞いているうちに、瞼《まぶた》が重くなって眠《ねむ》ってしまった。

次に目が覚めた時、俺《おれ》は生きて、病院の一室にいたのだ。


『海人《かいと》』

あの日聞いた声が俺《おれ》を呼んだ。

『海人《かいと》、起きなさい』

優《やさ》しくて穏《おだ》やかな声。

『海人《かいと》、海人《かいと》、いつまでそうやって寝《ね》ているつもり。目を覚ましなさい』

どこからその声は聞こえてくるのだろう。

『海人《かいと》、海人《かいと》、海人《かいと》、海人《かいと》、海人《かいと》、海人《かいと》』

「……わ、かったよ。起きる、起きる、から」

うっすらと目を開けると、目の前が一面、白かった。なんだこりゃ、と目を擦《こす》る。どんなに目を凝《こ》らしても、白一面の壁《かべ》だ。その壁《かべ》から声が降ってきた。

『ようやくお目覚めね、海人《かいと》。気分はいかが』

「……壁《かべ》が、しゃべってる」

どんな怪奇《かいき》現象かと思った。

『まあ、失礼ね。壁《かべ》じゃないわ。私のことを、まだ、忘れているの』

白い壁《かべ》はふわりと浮《う》きあがった。浮《う》いていた。長方形の白い壁《かべ》は、先の方に向かって細くなっている。白い壁《かべ》の両脇《りょうわき》には羽みたいなものがついていた。身体《からだ》全体をゆっくりと動かしながら、それは宙を泳いでいた。

海の生き物図鑑《ずかん》で見たものと同じだ。

「……ジンベエザメ？」

ジンベエザメは、嬉《うれ》しそうに身体《からだ》を揺《ゆ》らした。

「でも、なんで。なんで、お前、いきなり現れたんだ」

『あら、いきなりなんかじゃないわ。私はずっと、あなたのそばにいたわよ』

「俺《おれ》の、そばに？」

『あなたが私のことを忘れていただけで。見ようとしなかっただけで。あの子にはちゃんと、私の姿が見えていたわ』

「あの子？」

『マッコウクジラの女の子よ』

「めめ……」

そこでようやく俺《おれ》は我に返った。

「めめ！」

周囲を見渡《みわた》すと、そこは悲惨《ひさん》な状況《じょうきょう》だった。体育館は半分吹《ふ》き飛《と》んでいるし、残り半分は黒いドロドロで覆《おお》われたままだ。俺《おれ》は体育館の床《ゆか》の上に寝転《ねころ》んでいたらしい。

「おはようございます。鳴瀬《なるせ》先輩《せんぱい》」

ぶっきらぼうな声がした。

床《ゆか》の上に正座をして、俺《おれ》を見つめていたのはめめだった。

「お、はよう？」

「もう朝です。一晩中ぐーすかぴーすか、よくもまあ暢気《のんき》に寝《ね》ていられたものですね」

「朝？　一晩中？　そんなに寝《ね》てたのか？」

「ええ。そんなに、寝《ね》てました」

びっくりだ。こんなところで、一晩明かしたなんて信じられない。こんな、ところで……？

「それよりも、めめ。お前、大丈夫《だいじょうぶ》なのか。腹は、血は」

「へ？」と、めめは怪訝《けげん》そうな顔をする。

覚えてるとおりなら、確かめめは傷を負っていたはずだ。

俺《おれ》は慌《あわ》てて近寄ると、めめの肩《かた》をがっしりとつかむ。

目の前にある黒い瞳《ひとみ》が一瞬《いっしゅん》にして丸くなった。俺《おれ》を見つめ、ぱちぱちと瞬《まばた》きを繰《く》り返《かえ》してから、めめは俺《おれ》の身体《からだ》を思いきり突《つ》き飛《と》ばした。

「だっ、大丈夫《だいじょうぶ》に決まってます！」

仰向《あおむ》けにひっくり返ったあげく後頭部を打った。いてぇ。でも、今のでだいぶ目が覚めた。

俺《おれ》は体勢を立て直すと、改めてめめの身体《からだ》を観察した。

確かに、どこにも傷はない。制服の上着は汚れているが、シャツは白いままだし、血が滲《にじ》んでいるわけでもない。痛いのを無理している様子もない。顔色だって、すこぶるいい。というか、頬《ほお》が赤い。

「……なんで、傷が治ってるんだ。昨日のアレは、まさか、夢だったとか」

「この現状を見ておいて、今さらアレが夢だと思えるなんて、どれだけおめでたい頭をしているんですか」

めめはぶっきらぼうに言うと、頰《ほお》をぷくっと膨《ふく》らませた。

「でもお前、顔が赤いぞ。熱でもあるんじゃないのか」

「私はなんともありません。先輩《せんぱい》だって、傷はもう治っていますよね」

「傷？」

めめの視線が俺《おれ》の頭に向かう。俺《おれ》は自分の頭を撫《な》でつつ、思い出した。昨日のことを。最後の瞬間《しゅんかん》を。釣《つ》り針《ばり》の湾曲《わんきょく》の先で、頭を刺《さ》されたことを。

「ひぃ」

思い出しただけで、背筋が凍《こお》りついた。

あれから意識を失って、だけど俺《おれ》はこうして、目を覚ました。よくよく触《さわ》ってみても、傷跡《きずあと》なんてどこにもない。きれいなものだった。

「なんで、傷が治ってるんだ」

「私達《たち》はちょっとやそっとじゃ、死にません。海の生き物に力を分けてもらってから、自然治《ち》癒《ゆ》力《りょく》が高くなっているんです」

「なんだよ、それ」

「そうじゃなかったら、今頃《いまごろ》みんな屍《しかばね》になって、この辺りに転がっていたでしょう」

「屍《しかばね》……」

想像するだけで恐怖《きょうふ》だ。

かぶりを振《ふ》ってから尋《たず》ねる。

「そういえば、他《ほか》のみんなは。潤芽《うるめ》先輩《せんぱい》は、四方屋《よもや》は、ととは？　大丈夫《だいじょうぶ》なのか？」

「大丈夫《だいじょうぶ》です。今は一度家に帰って、休んでるはずです。もうそろそろ登校してくると思いますが」

「お前は？」

「え？」

「お前は家に帰らなかったのか」

めめは口をへの字に曲げた。

「誰《だれ》もいない状態で目覚めたら、鳴瀬《なるせ》先輩《せんぱい》は混乱して途方《とほう》にくれ、哀《あわ》れな状態に陥《おちい》ってしまうのは目に見えてました。だから、私が仕方なくここに残ったんです」

「そう、なのか」

「そうです」

「じゃあ、とりあえず、みんな無事だったんだな」

「はい」

「そうか。よかった」

「よくないです」

「は？」

「なんにもよくありません。全然よくありません」

「なんでだよ。みんなが無事だったならよかったじゃないか。俺《おれ》はあの時、お前らが、みんな林《はやし》にやられちまったんじゃないかって思って、恐《こわ》くて……」

「その通りですよ。私達《たち》マッコウクジラ団はみんな、林陸呂《はやしりくろ》にやられてしまったんです。なすすべもなく全滅《ぜんめつ》です。完敗です。もしも彼《かれ》が本気を出していたら、完膚《かんぷ》なきまでに叩《たた》きのめされて、消されていたでしょう」

「消されて……」

「彼《かれ》には、私達《たち》の力が一つも通用しなかった。こんなことは初めてです。力が通用しないんじゃ、まともに戦うことができません。あの、銀色の棒のような物。あれがなんなのかも分かりませんし、彼《かれ》の正体だって、結局つかめていないんです。このままじゃ、彼《かれ》の思い通りにこの学校を乗っ取られ、トヨタマヒメの宝を奪《うば》われてしまう」

めめの顔から赤みが消えた。唇《くちびる》を噛《か》んだめめは、俯《うつむ》いてしまった。

「その……」

俺《おれ》はためらいながら尋《たず》ねた。

「トヨタマヒメの宝ってやつが奪《うば》われたら、どうなるんだ」

「奪《うば》われたことがないので分かりません。でも、強い力を持つトヨタマヒメの宝を奪《うば》われたら、大変なことになると思います」

「なるほど。しかし、なんだ。そもそもなんで、マッコウクジラ団がトヨタマヒメの宝を守らなきゃいけないんだ」

「約束したから」

「約束？」

めめは伏《ふ》せていた瞳《ひとみ》をゆっくりとあげた。

黒い瞳《ひとみ》には強い光が宿っている。

「船の事故で……」

「船の事故？」

「昔の話です。船の事故で海に投げ出されて、溺《おぼ》れて死にかけた時、この命を救ってくれた海の生き物が頼《たの》んだんです。トヨタマヒメの右腕《みぎうで》の骨の持ち主である私に、トヨタマヒメの宝を守ってほしい、と。14頭分の力を持つマッコウクジラが、そう言ってきたんです」

「トヨタマヒメの右腕《みぎうで》の骨……？」

めめは自らの右腕《みぎうで》を差し出した。

「海の生き物にとり憑《つ》かれている人間、それはすなわち、トヨタマヒメの骨を一部分、体内に持っているということです」

「それじゃあ、潤芽《うるめ》先輩《せんぱい》も四方屋《よもや》もともも？」

「はい。この学校にトヨタマヒメの宝が眠《ねむ》っている以上、トヨタマヒメの骨はこの場所に惹《ひ》かれてしまう。目的のある者もない者も、おのずと集まってくる。だから、私達《たち》がいるんです」

「それじゃあ、俺《おれ》も？」

思わず頭上を見上げた。頭の上には半透明《はんとうめい》なでかい魚が泳いでいたが、彼女《かのじょ》は何も答えなかった。

「鳴瀬《なるせ》先輩《せんぱい》はまた、特別です。だって、ジンベエザメだもの」

「なんで、ジンベエザメだと特別なんだ」

「ジンベエザメは海の神様だから。恵比寿《えびす》様の化身《けしん》だから。そのジンベエザメにとり憑《つ》かれている先輩《せんぱい》にはきっと、特別な力があるはずなんです」

「そうなのか」

「その、はずです。そうであってほしいです。そうじゃなきゃ、困ります」

めめは再び険しい顔になると、膝《ひざ》の上でこぶしをぎゅっと握《にぎ》った。

「林陸呂《はやしりくろ》を止めなくちゃ」

めめの決意を聞いて、俺《おれ》は息を吐《は》き出《だ》した。

くしゃくしゃとした黒髪《くろかみ》、青白い顔、俺《おれ》を見下ろした冷たい瞳《ひとみ》。ふいに見せた、悲しげな顔。

林《はやし》陸呂《りくろ》という少年は、ずっと俺《おれ》の近くにいた。

「……林《はやし》陸呂《りくろ》は、俺《おれ》の弟なんだ」

ぽつりと漏《も》らすと、めめは「え？」と、目を見開いた。

「林《はやし》陸呂《りくろ》は俺《おれ》の弟だ」

俺《おれ》はあぐらをかいて続けた。

「眠《ねむ》ってる間に思い出した。それまで忘れてた。林《はやし》陸呂《りくろ》と、……陸《りく》と会うのが久しぶりすぎて、分からなかったんだ。小学校の頃《ころ》親が離婚《りこん》した。八年も離《はな》れてた。その間にあんなにでかくなってたなんて、びっくりだ。苗字《みようじ》まで変わってるし」

こんな話、いきなり聞かされたんだから無理もない。めめはぽかんとしていた。でも、今話さないでいつ話す。

「本当に忘れてたんだ、何もかも。俺《おれ》がジンベエザメと出会ったのは、溺《おぼ》れた陸《りく》を助けようと無茶して、反対に溺《おぼ》れた時だったことも」

「だけど、林《はやし》、陸呂《りくろ》は……」

「倒《たお》さなきゃいけない、相手なんだろ」

まさかこんなことになるなんて、想像もしていなかった。

八年ぶりに再会した弟と戦わなきゃいけないなんて。

だけど、陸《りく》は妙《みよう》な力でマッコウクジラ団を壊滅《かいめつ》状態に追いやった。腕《うで》の中で目を覚まさなかった四方屋《よもや》も、血だまりの中に倒《たお》れていた潤芽《うるめ》先輩《せんぱい》やとともも、腹を裂《さ》かれためめの生々しい姿も、脳裏《のうり》に焼きついている。

俺《おれ》は何もできずに、ただ見ているだけで、やられてしまった。

「めめ」

まっすぐにめめを見た。

「次はちゃんとやる。俺《おれ》も、ジンベエザメの力を借りて、戦う」

めめは俺《おれ》を見つめ返した。

何か言いたげに動かした唇《くちびる》を閉じると、小さく頷《うなず》く。

「陸《りく》は、あの銀色の棒のことを、釣《つ》り針《ばり》だと言っていた」

「……釣《つ》り針《ばり》？　あれは、釣《つ》り針《ばり》だったんですか」

「そうみたいだ。それに……」

思い出せ思い出せ、陸《りく》は俺《おれ》に何を語った。

それを思い出せば、陸《りく》の正体にもおのずと近づけるはずだ。

「……さちひこ」

「さちひこ？」

「えっと、なんとか、さちひこと、なんとかさちひこの、神話の話をしてて。トヨタマヒメにも関係してる人達《たち》だとかで。それを、なんで覚えてないんだって」

「トヨタマヒメに関係している、さちひこ達《たち》の神話」

考えるように首を傾《かし》げてから、めめは言った。

「それって、海幸彦《うみさちひこ》と山幸彦《やまさちひこ》のことでしょうか」

「そう、それだ」

「海幸彦山幸彦《うみさちひこやまさちひこ》の神話、そして、林陸呂《はやしりくろ》が持っていたのが釣《つ》り針《ばり》だとして、私達《たち》の力がいっさい通用しないとしたら……」

「もしかして、とんでもないもんと戦ってるのかなぁ、俺達《おれたち》」

暢気《のんき》な声が聞こえてきたかと思えば、体育館の入り口からととが入って来たところだった。

その手にはがさがさとレジ袋《ぶくろ》をぶら下げている。

「とと！」

「おはよう、海人《かいと》。目覚めはどうだい？」

ととはいつもと変わった様子はない。へらへらした笑《え》みを浮《う》かべて近づいてくる。

「お腹《なかす》空いたでしょう。朝ごはんにおにぎり買ってきたよ。腹がへっては戦《いくさ》はできぬって言うしね。モリモリ食べちゃってよ」

レジ袋《ぶくろ》の中からは数種類のおにぎりと、お茶のペットボトルが二本出てきた。

「具はね、鮭《さけ》と梅とおかかとこんぶとツナマヨと、あ、めめが好きな、オムライスおにぎりも買ってきたよ。はい。お疲《つか》れさま」

ととは、薄《うす》い卵焼きでチキンライスを包んだおにぎりと、お茶をめめに差し出した。

「どうも」と、言いながらめめは受けとる。

「海人《かいと》は？　どれにする？」

ピクニックだと言わんばかりに、のんびりしていて緊張《きんちょう》感がない。

「じゃあ、鮭《さけ》で」

「はい、鮭《さけ》ね」

ととから鮭《さけ》おにぎりとお茶をもらい、ありがたくいただく。

「さてと」と、ととは一息つく。「二人とも、食べながらでいいから聞いてほしいんだ」

そう前置きすると、おにぎりを頬張《ほおば》っている俺達《おれたち》に話し出した。

「まず一つめ。今朝ここに来る前に、校舎内をぐるっと見て回ったんだ。そうしたら、なんと、校舎中が黒いドロドロで覆《おお》われてしまっていた」

「ぶっ」と、食べていたおにぎりを吹《ふ》き出《だ》した。

「本当か、それ……」

「海人《かいと》、リアクションは素晴《すば》らしいけど、せっかく買ってきたんだから、もっとお上品に食べてよね」

「す、すまん」

俺《おれ》はとりあえずおにぎりを食べることに集中する。

「でも、不思議なことに、こんな早くから登校してきている真面目《まじめ》な生徒達《たち》は、誰一人《だれひとり》気づいてないみたいなんだ。俺達《おれたち》か、よほど勘《かん》のいい人じゃないと気づかない仕組みになってるようだね。さて、続いて二つめ。いずれにせよ、今日はみんな登校が遅《おく》れると思うんだ。だから、この体育館が半分崩壊《ほうかい》していることに気づかれるのは、少し先かもしれない。その前には、ここから出ちゃいたいなと思う」

「というか、体育館が壊《こわ》れたままだけど、大丈夫《だいじょうぶ》なのか？」

おにぎりを食べながら尋《たず》ねると、ととはにっこりと笑《え》みを浮《う》かべた。

「何も大丈夫《だいじょうぶ》じゃないね。だからこそ、早くここから立ち去った方が身のためだよ」

笑顔《えがお》で何てこと言いやがる。

「でも、体育館が半壊《はんかい》するなんて、人間業じゃ考えられないことだから、生徒を疑うような教師はいないと思うんだけど。そういう意味では、大丈夫《だいじょうぶ》、なのかな」

「壊《こわ》すだけ壊《こわ》しといて放置かよ」

「まあ、何とかなるよ、きっと」

暢気《のんき》すぎるにもほどがある。

「それじゃあ、三つめ。ついさっき、ひょうたん海岸で巨大《きょだい》な漂着物《ひょうちゃくぶつ》が見つかったんだ」

「巨大《きょだい》な漂着物《ひょうちゃく》？」

おにぎりを黙々《もくもく》と口に詰《つ》め込《こ》んでいたためめの動きが止まった。

「うん。黒くて大きな丘《おか》みたいな物が、ひょうたん海岸に打ち上げられているんだ。そのせいで、この学校の生徒をはじめとして、多くの町の人達《たち》が野次馬になって詰めかけているよ」

「いふぃまふょう！」

めめが両頬《りょうほお》をリスみたいに膨《ふく》らませながら立ち上がった。

そしてお茶をごくごくと飲み干して、口元を拭《ぬぐ》うともう一度言った。

「行きましょう。ひょうたん海岸へ」


「海の生き物がひょうたん海岸に漂着《ひょうちゃく》したことは、これまでにもあったんだ。例えば、タイヘイヨウアカボウモドキだったり、アカシュモクザメだったり」

三人で体育館を出て、ひとまず学校を後にした。ととの話を聞きながら校門を通り過ぎて、坂道を下っていく。通学路を逆流していく俺達《おれたち》を止める者はいなかった。というか、ととの言うように、いつもは同じ制服を着た生徒達《たち》で溢《あふ》れている道に、その姿がない。

まあ、黒くてドロドロした物に覆《おお》われている学校で、このまま授業を受ける気にもならなかったので、ちょうどよかった。

空は今日も曇《くも》っていて、今にも雨が降り出しそうだ。風も強い。

「タイヘイヨウ、なんだって？」

何かの呪文《じゅもん》かと思った。

坂道を下りながら尋《たず》ねると、ととは答えてくれる。

「珍《めずら》しいクジラの一種と、サメの一種だよ」

「へぇ」

「タイヘイヨウアカボウモドキは、市内の水族館に全身の骨格が展示してあるから、今度見に行ってみようか」

なんだかよく分からないクジラの骨格を見に行こうと誘《さそ》われて、俺《おれ》は生返事しか返せなかった。

それでもととは満足そうに頷《うなず》いている。

「まあ、しかし、ひょうたん海岸に漂着《ひょうちゃく》した生き物の中で、有名なのはやっぱり、マッコウクジラだよね」

「マッコウクジラ？」

思わず、先を歩くめめの背を見る。長い黒髪《くろかみ》をなびかせながら、めめは前だけを見て歩いていた。

「百年も前の出来事だけどね」と、ととは言った。

「百年前の出来事？」

「そう」

坂道を下りきると、遮断機《しゃだん》のあがっている踏み切り《ふきり》を通り過ぎ、横断歩道を渡《わた》った。商店街の方にも駅の方にも向かわない。港よりもさらに左に逸《そ》れて、住宅街を突《つ》き進《すす》んでいく。

「百年前。14頭のマッコウクジラが漂着《ひょうちゃく》したんだ。14頭も、一気にだよ。海流を読《よ》み違《ちが》えたか、獲物《えもの》を追いかけてそのまま迷《まよ》い込《こ》んでしまったのか、逆に天敵に追いつめられたのか。理由は定《さだ》かではないらしいんだけど、とにかく、この町の人達《たち》は大慌《おおあわ》て。14頭のマッコウクジラを、なんとか海に帰そうと頑張《がんば》った」

14頭のマッコウクジラの話をととはする。

めめは聞いているのかいないのか、分からない。

車が一台、ようやく通れるくらいのアスファルトの道を進んでいくと、徐々《じょじょ》に肌色《はだいろ》の砂が散らばりはじめる。アスファルトの両脇《りょうわき》には草が生《お》い茂《しげ》り、防風林の松林が見えてきた。潮の匂《にお》いに混じって、異臭《いしゅう》が漂《ただよ》ってくる。

「14頭のクジラのうち、何頭を海に帰せたと思う？」

「全頭じゃないのか」

即答《そくとう》した俺《おれ》に、ととは苦味を含《ふく》んだような笑《え》みを浮《う》かべた。

「1頭だけです」と、答えは、前から返ってきた。

答えたのはめめだ。

「1頭だけ。その1頭が、私に憑《つ》いているマッコウクジラです。仲間達《たち》と合わせて14頭分の力を持つ、マッコウクジラ。それが、私です」

松林を抜《ぬ》けると、その名の通り、ひょうたんを半分に切ったような形をしたひょうたん海岸には人だかりができていた。

そんな人だかりがあっても十分そこにいると分かる、黒くて巨大《きょだい》な、丘《おか》のような生き物。漂《ただよ》ってくる生臭《なまぐさ》さは、その生き物が流す血の臭《にお》いだ。打ち寄せる波は赤く染まっている。

「マッコウクジラ」

めめはつぶやくと、漂着《ひょうちゃく》したマッコウクジラに向かって一直線に駆《か》け出《だ》した。

見れば見るほどに巨大《きょだい》だった。

マッコウクジラはやけに頭の肥大したクジラだった。めめが手にしていたバズーカ砲《ほう》に形が似ているし、黒い光として放った生き物はまさにマッコウクジラだ。

見物人はさまざまで、この町の住人は全員そろってるんじゃないかというほどだった。潤芽《うるめ》先輩《せんぱい》や四方屋《よもや》の姿もあったし、渡辺先輩《わたなべせんぱい》や、佐々木《ささき》や鈴木《すずき》もいた。商店街の魚屋のおっちゃんも、一緒《いっしょ》にいる他《ほか》のおっちゃん達《たち》と難しい顔をしてしきりに話している。

生きているのか死んでいるのか、俺《おれ》じゃ分からない。

ただ、漁業関係者と見える男の人達《たち》が声をあげながら、あちこち動き回っている。

そのうち警察がやってきて、規制が始まった。

「近づかないでください。下がって」

俺《おれ》も含《ふく》めて見物人達《たち》は後ろに下がり、渋々《しぶしぶ》といった風に帰っていく人もいる。

「とと、どうする?」

これからどうするのか。学校に戻《もど》るのか、それともどこかで策を練るのか。聞きたいこともまだまだあった。

それなのに、声をかけた先にととの姿はない。近くにいたはずなのに、騒動《そうどう》に紛《まぎ》れていつの間にか消えていた。

「なんだよ、どこ行った?」

きょろきょろと辺りを見回していると、視界の端《はし》に見覚えのある姿を見つけた。

まさか、と、思った。

なんでこんなところにいるんだ?

冷《ひ》や汗《あせ》が背筋を伝う。

集まった人達《たち》から少し離《はな》れた砂浜《すなはま》に、うちの高校の制服を着た、背の高い男子生徒が立っている。くしゃくしゃとした黒髪《くろかみ》が強い風に煽《あお》られているが、微動《びどう》だにすることはない。青白い顔。その目はまっすぐにマッコウクジラに向けられていた。

陸《りく》が立っていた。

ごくりと唾《つば》を飲《の》み込《こ》む。

どうしよう。

どうしよう、どうしよう、どうしよう、どうしよう。

陸《りく》の目線が、まるで分かっているというように、マッコウクジラから俺《おれ》に向く。身体《からだ》をこっちに向けると、ゆっくりと歩いてきた。

どうしよう、どうしようどうしようどうしようどうしようどうしよう。

陸《りく》は目の前まで来ると、紫色《むらさきいろ》の唇《くちびる》を歪《ゆが》めて笑《え》みを浮《う》かべた。

「やっぱり、生きてたんだ。全《すべ》て、あの方の言った通りだ」

「……り、く」

口の中がからからで、うまく話せない。

陸《りく》は軽く首を捻《ひね》った。

「もしかして、僕《ぼく》のこと、思い出したの」

首だけを縦に振《ふ》ると、陸《りく》はさらに唇《くちびる》の端《はし》を吊《つ》り上《あ》げた。

「へぇ。ニセモノにしては、よく出来てるんだね。身に覚えのないことでも、思い出せるなんて」

「ニセ、モノ？」

「今すぐにでもぶち壊《こわ》してあげたいくらいだけど」

陸《りく》は笑《え》みを消すと、低い声で言った。

「合図があったから、もう、間もなくあの方がやってこられる。その時にまとめて、消してあげるよ」

冷え切った目で睨《にら》みつけると、陸《りく》は俺《おれ》の真横を通り過ぎて、そのままひょうたん海岸からいなくなってしまった。

全身から力が抜《ぬ》ける。

腹の底から息を吐《は》き出《だ》すと、頬《ほお》を伝い落ちる汗《あせ》を拭《ぬぐ》う。

「鳴瀬《なるせ》君」

その時、小さいのによく耳に響《ひび》く、不思議な声が俺《おれ》を呼んだ。

人混みを離《はな》れて駆《か》けてきたのは潤芽《うるめ》先輩《せんぱい》と四方屋《よもや》だった。

「鳴瀬《なるせ》、大丈夫《だいじょうぶ》か」

四方屋《よもや》は険しい顔つきでいる。

「今、林陸呂《はやしりくろ》が歩いていくのが見えた。あいつはお前に、何か危害を加えなかったか」

「ああ、いや……」

「なんだ。なにかあったのか。顔色が悪いぞ」

「いや、大丈夫《だいじょうぶ》だ。俺《おれ》が勝手にびびってただけだから」

情けなくて、苦笑いが浮《う》かんだ。

「そうか。それならいいんだが」と、わずかに表情を緩《ゆる》める四方屋《よもや》の横で、潤芽《うるめ》先輩《せんぱい》は心配そうな顔をしていた。

「林《はやし》、陸呂《りくろ》、君」と、潤芽《うるめ》先輩《せんぱい》はつぶやいた。「あん子も、ここに来とったんじゃね。マッコウクジラを、見け、来たんかな」

そう言われてみれば、陸《りく》はわざわざひょうたん海岸までなにしに来ていたのだろう。まさか、野次馬根性《こんじょう》でやって来たのか。いや、それこそまさかだ。

だとしたら。

「……確認《かくにん》、しに来たのか」

「え？」

四方屋《よもや》も潤芽《うるめ》先輩《せんぱい》も同時にきょとんとした。

「えっと」と、前置きしてから、俺《おれ》はさっき陸《りく》が言っていた言葉を思い出した。

「合図があったから、もう間もなくあの方がやって来る。って、陸《りく》は話してたんだ」

「合図？」と、四方屋《よもや》が訝《いぶか》しげに言い、「あん方？」と、潤芽《うるめ》先輩《せんぱい》が首を傾《かし》げた。

「合図とは何のことですか」

低く呻《うめ》くような声だった。

いつの間にか、四方屋《よもや》と潤芽《うるめ》先輩《せんぱい》の後ろに、めめが立っていた。その隣《となり》にはとともいる。俯《うつむ》いためめの顔は、風に煽《あお》られた黒髪《くろかみ》で隠《かく》れてしまっていた。

「合図があったからもう間もなくあの方がやってくる。あの方とは、誰《だれ》のことですか。そいつがやってくる合図とは、あの、マッコウクジラの漂着《ひょうちゃく》のことですか」

めめが顔をあげる。

「その、合図とやらのためだけに、あのマッコウクジラが殺されたんだとしたら、私は許せません」

二つの黒い瞳《ひとみ》は爛々《らんらん》と輝《かがや》いていた。

「……殺された？」

めめは唇《くちびる》を引き結ぶと頷《うなず》いた。

四方屋《よもや》も潤芽《うるめ》先輩《せんぱい》も驚《おどろ》いている。もちろん俺《おれ》もだ。生きているのか、死んでいるのか分からなかったマッコウクジラは、すでに息絶えていたらしい。

それがただの事故死じゃないのだとしたら。そこに意図があったのだとしたら。

「なんで……。なんで、どこのどいつが、そんなことする必要があるんだ」

「分かりません」

めめは悔《くや》しそうに即答《そくとう》した。

「ただ分かるのは、そこに関係しているのが、林《はやし》陸呂《りくろ》だということだけです」

「まさか、陸《りく》が、マッコウクジラを……？」

「違《ちが》うんじゃないかな」

ことが静かに口を挟《はさ》む。

「合図があったから、って、林《はやし》君は言ったんだ。それは、林《はやし》君に対しての合図だった。自分で自分に合図を送るなんて、ありえないだろ。そこには別の、何者かがいるんだ。〝あの方〟とやらが、マッコウクジラを殺害した犯人だよ」

「そういえば陸《りく》は、前も〝あの方〟って言ってた」

「前も？」

「あの釣《つ》り針《ばり》」

「釣《つ》り針《ばり》？」

「陸《りく》が、銀色の棒みたいなのを持ってただろ」

「ああ、あれ、釣《つ》り針《ばり》だったの」

「あれを、〝あの方〟に渡《わた》されたって話してたんだ」

ことは「ふぅん」と、頷《うなず》いた。

それから、もう一つだけ俺《おれ》に質問をした。

「ねぇ、海人《かいと》。林《はやし》君のことをやけに親しげに呼ぶようになったけど、彼《かれ》は海人《かいと》にとって、どういう人だったの？」

俺《おれ》は正直に答えた。

「林《はやし》陸呂《りくろ》は、俺《おれ》の弟なんだ」

当然だろう。めめ以外が驚《おどろ》いた。

警察が規制をかけたひょうたん海岸からは、ぞろぞろと人が引き返していった。その人の波に俺達《おれたち》も続いて砂浜《すなはま》を後にすると、向かったのは学校ではなく市立図書館だった。

「今後のことを話し合いましょう」と言うめめの意見と、「学校の図書室では調べきれなかったんだ」と言う、ととの提案に従ったのだ。

どうやらととは、この一連の事件の関連性をととなりに探《さぐ》っていたらしい。

平日の午前中ということもあって、市立図書館に人はまばらだった。見かけるのは、まだ小さい子供づれの母親か、年配の人だけだ。制服を着ている俺達《おれたち》五人は目立った。それでも今は一大事だ。怪訝《けげん》そうな司書の視線を無視して、棚《たな》と棚《たな》の間にある、奥《おく》の席に陣取《じんど》った。

ととだけがふらふらと棚《たな》の奥《おく》に消えていく。

「問題を整理しましょう」と、めめはととの行動など気にも留めず、手帳を懐《ふところ》から取り出し、シャーペンを滑《すべ》らせた。

「まず、第一の事件。陸上部の問題です」

「脚《あし》になにかが絡《から》み付《つ》く、というやつだな」

四方屋《よもや》が頷《うなず》いた。

「めめちゃんが、あの黒い、ネバネバした物を取り除いたことで、解決した事件だった」

「四方屋《よもや》先輩《せんぱい》以外の陸上部員が、あれの被害《ひがい》を受けていました」

「私以外が」

ふむと、四方屋《よもや》は自分の顎《あご》を指でつまむ。それだけで絵になる仕草だった。

「あん黒いネバネバ、あれの被害《ひがい》を受けちょったんは、結局、陸上部の他《ほか》にもおったんよね。学校のあちこちに発生しよったあれを、潰《つぶ》してまわったもんね」

潤芽《うるめ》先輩《せんぱい》も思い出しながら言う。

そういえば、そんなことをしていたなと俺《おれ》は思った。もう遠い昔のことのようだ。

「あれは」と、めめが言った。「あれは、四方屋《よもや》先輩《せんぱい》には効いていませんでした。それだけじゃない、私達《たち》には効いていなかった」

「言われてみればそうだな」

俺《おれ》は頷《うなず》いた。

「つまり、あの黒いネバネバは、マッコウクジラ団には効かないものだったってことか。あれは……、なんだったんだろうな」

黒くてネバネバしていてアンモニアのような異臭《いしゅう》がして。

「そういえば、あれのせいでバスケ部の霧島《きりしま》はおかしくなってたな。白目をむいて、黒い唾液《だえき》をこぼして、不気味すぎた」

「あれは人に不快な感覚を植えつけるもの、なのかもしれません。霧島《きりしま》君の場合は、最悪なケースだったと考えるのが妥当《だとう》かと。あれがなんであるのか……。それは、林陸呂《はやしりくろ》の正体にも繋《つな》がってくるはずなんですが。むう」

めめは難しい顔をしながら、手帳をシャーペンの先で叩《たた》いている。しばらく、四方屋《よもや》も潤芽《うるめ》先輩《せんぱい》も同じように黙《だま》って考《かんが》え込《こ》んでいた。

沈黙《ちんもく》が続くこと数分間。

図書館内は静かで、時計の針の音が聞こえてきそうだ。

「ちょっと、お手洗い行ってくる」

我ながら緊張《きんちょう》感に欠けるなと思いながら、席を立つ。このまま考え続けたところで、答えが出そうにもなかったからだ。

とりあえずトイレに行って用を足してから本棚《ほんだな》の間を歩き、検索《けんさく》機を見つけて立ち止まった。

「黒いネバネバ」

検索《けんさく》をかけてみても、該当《がいとう》は0。

「海の生き物にとり憑《つ》かれた人」

部分検索《けんさく》で引っかかったのは、海の生き物の資料や図鑑《ずかん》だった。

「釣り針《ばり》」

釣《つ》り関係の本が引っかかった。

「うみさちひこやまさちひこ」

検索《けんさく》で出てきたのは『うみさちやまさち』という絵本と、『古事記《こじき》』だ。検索《けんさく》で出た本の場所を印刷して、本を探し歩く。絵本の棚《たな》から『うみさちやまさち』という絵本を引《ひ》き抜《ぬ》いて、今度は一般書籍《いっぱんしょせき》の棚《たな》を探した。

神話や伝説、昔話など、民俗学《みんぞくがく》の部類の棚《たな》に『古事記《こじき》』はあった。

そして、そこに見慣れたきのこ頭を見つけた。

「とと」

ととは本を手にして、ページをめくっていた。

「ああ、海人《かいと》。どうしたの？」

「いや、ちょっと、海幸彦山幸彦《うみさちひこやまさちひこ》とやらを調べようかと思って」

「それで、『うみさちやまさち』の絵本か。トヨタマヒメも登場するもんね、それ。『古事記《こじき》』もよければどうぞ」

ととは『古事記《こじき》』を棚《たな》から抜《ぬ》き取《と》ると、俺《おれ》に手渡《てわた》した。

「せっかくだから、ぜひ、読んでみてよ」

「まあ、読むが。お前は何やってたんだ」

「本を読んでるよ」

「そりゃ、見れば分かる。何の本を読んでたんだよ」

「これ」

手にしていた本のタイトルをととが見せてくれた。『ふるさと昔話』と書かれている。

「昔話?」

「昔話だよ。語《かた》り継《つ》がれてきたこと。特にこの土地で起こったことが知りたくてね。例えばそうだな、見てよこれ。すごいから」

ととが開いて見せてくれたページには白黒の絵が載《の》っていて、海原《うなばら》に浮《う》かぶ大きな漁船よりさらに巨大《きょだい》な白い生き物が描《えが》かれている。

「その昔、この辺りでも目撃《もくげき》されたらしいんだ」

「なにが?」

「見てのとおりさ」

「見てのとおりって言われてもな」

ととはその目を輝《かがや》かせて言った。

「伝説の白いクジラ、モビィ・ディックだよ」

「ふぅん」

「えっ、知らないかい?」

「知らないな。というか、白いクジラってそんなに珍《めずら》しいのか?」

「珍《めずら》しいからこそ神聖なものとして扱《あつか》われていて、伝説になるんだよ」

「神聖なものねぇ。でも、そもそも伝説とかって作り話なんじゃないのか」

俺《おれ》が言うと、ととは心底がっかりした様子で溜息《ためいき》をついた。

「海人《かいと》には夢がないね。冒険《ぼうけん》家には向かないよ」

ほっとけ。そもそも俺《おれ》は冒険《ぼうけん》家になんかなりたくない。

「まあ、海人《かいと》の言うようにだいたいは作り話だったりするけど、でも、全部がそうなわけじゃない。本になったネタが存在する時だってある。大本になった事件があったりするものさ。その教訓を生かそうと、作り話にして語《かた》り継《つ》がれていくんだ。立派な資料だよ。だからこうして俺《おれ》は、今回の件に関《かか》わりがありそうな昔話を探してたんだ」

「へぇ」

ととは再びページに目を落とす。

「とりあえず、海人《かいと》は『海幸山幸伝説《うみさちやまさち》』を読んでみることだね。海幸彦《うみさちひこ》や山幸彦《やまさちひこ》、トヨタマヒメのことも分かるはずだから」

「分かった」と頷《うなず》いて、ととに背を向ける。歩き出そうとした瞬間《しゅんかん》だった。

「……ねぇ、海人《かいと》」

どこかためらいがちに、ととが呼んだ。

振《ふ》り返《かえ》ると、それまでとは打って変わり、やけに真面目《まじめ》な顔でいたので面食《めんく》らう。

「なんだよ。どうした」

「一つ、どうしても聞いておかなきゃと思っていたんだけど」

いんだよね」

「もしも林陸呂《はやしりくろ》が今度も説得に応じず、攻撃《こうげき》してくるようなら、彼《かれ》を倒《たお》してしまっても、いいんだよね」

「うん？」

やけにあらたまった態度でなにを聞きたいのだろうと思えば、それは陸《りく》のことだった。

陸《りく》を、倒《たお》す。弟である陸《りく》を倒《たお》す。

説得に応じず、攻撃《こうげき》してくるようなら、陸《りく》を倒《たお》す。

陸《りく》が俺《おれ》の弟だと分かったからこそ、ととは尋《たず》ねたかったのだろう。

もしもの時、陸《りく》を倒《たお》してしまわねば、大変なことになる。

そうしなければ……。

「それが、マッコウクジラ団として、やるべきこと、なんだろ」

俺《おれ》が言うと、ととは少し困ったような顔をして、笑った。

「そうだね」と頷《うなず》くと、今度こそもう言うべきことはないとでもいうように、本に目線を落としてしまった。

俺《おれ》はととをその場に残し、めめ達《たち》のいる席に戻《もど》った。どうやら話は進展していないらしい。

三人の女子が小難しい顔をしてうんうん悩《なや》んでいる。俺《おれ》が持ってきた本を見て、めめはぱっと目を輝《かがや》かせた。

「なるほど、『古事記《こじき》』ですか。鳴瀬《なるせ》先輩《せんぱい》、珍《めずら》しく冴《さ》えてます」

『古事記《こじき》』を奪《うば》うと、めめはものすごい速さでページをめくっていく。

「『うみさちやまさち』？」と、絵本を覗《のぞ》き込《こ》んできた四方屋《よもや》と潤芽《うるめ》先輩《せんぱい》が目を丸くする。

「なんだったかな。トヨタマヒメに関係する、兄弟の話だったような」と、四方屋《よもや》が言い、

「うん」と、潤芽《うるめ》先輩《せんぱい》が頷《うなず》く。「浦島太郎《うらしまたろう》の竜宮《りゅうぐう》伝説の本にもなった話なんじゃってね」

「そうなのか」

驚《おどろ》く四方屋《よもや》に、潤芽《うるめ》先輩《せんぱい》は「うん」と頷《うなず》いた。

俺《おれ》は二人の会話を耳にしながら、さっそく絵本を読み始めた。

『うみさちやまさち』に描《えが》かれていた、海幸彦《うみさちひこ》と山幸彦《やまさちひこ》の物語をざっくりと説明するとこうだ。

昔々あるところに、海幸彦《うみさちひこ》と山幸彦《やまさちひこ》という兄弟が暮らしていた。

兄の海幸彦《うみさちひこ》は毎日海で釣《つ》りをして、弟の山幸彦《やまさちひこ》は毎日山で狩《か》りをして、それぞれの役割をこなしていたそうだ。

そんなある日、山幸彦《やまさちひこ》が提案する。

「兄ちゃん、たまには仕事を交代してみようよ」

山幸彦《やまさちひこ》の提案に、海幸彦《うみさちひこ》は渋々《しぶしぶ》同意した。釣《つ》り道具を抱《かか》えた山幸彦《やまさちひこ》は一日海で釣《つ》り糸《いと》を垂れ、海幸彦《うみさちひこ》は山で狩《か》りをした。

しかし、慣れない仕事で、結局釣《つ》りにも狩《か》りにも、二人は失敗する。

そしてあろうことか、山幸彦《やまさちひこ》は海幸彦《うみさちひこ》の大切にしていた釣《つ》り道具の、釣《つ》り針《ばり》を海でなくしてしまったのだ。

「なんてことをしてくれたんだ山幸彦《やまさちひこ》。俺《おれ》の釣《つ》り針《ばり》を見つけるまで帰ってくるな」

山幸彦《やまさちひこ》はなくしてしまった釣《つ》り針《ばり》の代わりに自分の刀を溶《と》かして釣《つ》り針《ばり》を作ってみたが、海《うみ》幸彦《さちひこ》は納得《なっとく》せず、怒《いか》りは静まらなかった。

浜辺《はまべ》で落《お》ち込《こ》んでいた山幸彦《やまさちひこ》の元に現れたのは、小船に乗った海の神様の使いだった。使いの者は事情を聞くと山幸彦《やまさちひこ》を海の中へと案内した。

山幸彦《やまさちひこ》は連れて行かれた海の宮殿《きゅうでん》の中で、美しい姫《ひめ》に出会う。姫《ひめ》の名はトヨタマヒメといい、やがて二人は夫婦《ふうふ》になった。

宮殿《きゅうでん》で幸せに暮らしていた山幸彦《やまさちひこ》だったが、それでも兄である海幸彦《うみさちひこ》のことが忘れられずにいた。

トヨタマヒメになくした釣《つ》り針《ばり》の件を相談すると、側近であった魚達《たち》が釣《つ》り針《ばり》の行方《ゆくえ》を探してくれることになったという。

やがて、喉《のど》に釣《つ》り針《ばり》が刺《さ》さっているというタイが見つかり、それが海幸彦《うみさちひこ》の釣《つ》り針《ばり》だということが判明する。釣《つ》り針《ばり》を持って地上へと帰ってしまう山幸彦《やまさちひこ》に、トヨタマヒメは霊力《れいりょく》の籠《こ》もった宝玉を手渡《てわた》した。

無事に釣《つ》り針《ばり》を持ち帰った山幸彦《やまさちひこ》であったが、海幸彦《うみさちひこ》はそれでも許してくれないどころか、山幸彦《やまさちひこ》を倒《たお》そうと襲《おそ》いかかってきた。

結局、トヨタマヒメの宝玉の力を使い、山幸彦《やまさちひこ》は海幸彦《うみさちひこ》をこらしめ、忠誠を誓《ちか》わせたのだという。

「ギスギスしてるな」

俺《おれ》の感想第一声はこれだった。

「派手な兄弟喧嘩《げんか》じゃが」と、一緒《いっしょ》に絵本を見ていた潤芽《うるめ》先輩《せんぱい》が言う。

「残されたトヨタマヒメがかわいそうだよな」と、こちらも一緒《いっしょ》に絵本を覗《のぞ》き込《こ》んでいた四方《よも》屋《や》が、トヨタマヒメに同情するように言った。

両側から覗《のぞ》き込《こ》まれていたことに気づいてなかった俺《おれ》は、ぎょっとして身を引いた。

「え、えっと、なんだ、この海幸彦《うみさちひこ》って奴《やつ》が、釣《つ》り針《ばり》ごときで騒《さわ》ぎすぎなんだろ。兄貴なんだ

から、もっと心を広く持つべきだと思うんだが……」

「分かりました！」

『古事記《こじき》』のページから顔をあげたためめが突然《とつぜん》言うので、なにかと思った。

「なにが、分かったんだ」

「釣《つ》り針《ばり》、海幸山幸《うみさちやまさち》伝説、私達《たち》の力が無効化されること、兄弟喧嘩《げんか》です」

「……は？」

「つまり、林《はやし》陸呂《りくろ》の正体は、海の生き物にとり憑《つ》かれている人間でもなければ、トヨタマヒメの骨を持つ人間でもありません。彼《かれ》は、トヨタマヒメと同等の力を持つ存在。海幸彦《うみさちひこ》、そのものです」

「海幸彦《うみさちひこ》？」

ちょっと、待て。

「いや、いやいやいやいや、なんでそうなるんだよ。お前が言ってるのは、この絵本の中の登場人物だろ。なんで陸《りく》が、海幸彦《うみさちひこ》になるんだ」

「海幸彦《うみさちひこ》はただの絵本の中の架空《かくう》の人物ではありません。この土地に深く関《かか》わった、重要な古い歴史上の人物です」

「だとしても、そんな昔の奴《やつ》が生きてるわけないだろ」

「なに寝《ね》ぼけたこと言ってるんですか、先輩《せんぱい》」

「寝《ね》ぼけてねぇ。お前こそ、考えすぎて頭おかしくなってるんじゃないのか」

「私はいつだって、沈着《ちんちやく》冷静です。なにも、海幸彦《うみさちひこ》がそのまま林《はやし》陸呂《りくろ》だなんて言っていません。林《はやし》陸呂《りくろ》はおそらく、海幸彦《うみさちひこ》の生まれ変わりなんだと思います」

「生まれ変わり？」

「輪廻《りんね》転生《てんしよう》ってやつです」

「はあ？」

生まれ変わり？　りんねてんしょう？

「なにを、わけの分からないことをごちゃごちゃと……」

「そう考えれば、全《すべ》て辻褄《つじつま》が合います」と、めめは頭を抱《かか》える俺《おれ》のことなんか無視して続けた。

「林 陸呂《はやしりくろ》が海幸彦《うみさちひこ》の生まれ変わりなのだとしたら、釣り針《ばり》を用いていることはもちろん、私達《たち》の力が通用しないことも頷《うなず》けます。海幸彦《うみさちひこ》にしてみれば、私達《たち》なんて稚魚《ちぎょ》のようなものです」

「ちぎょ」と、潤芽《うるめ》先輩《せんぱい》が眉《まゆ》を下げた。四方屋《よもや》は眉《まゆ》をひそめた。

「それだけでは今回、すまないかもしれないよ」

口を挟《はさ》んだのは俺達《おれたち》のいる席に戻《もど》ってきたととだった。その手には、古びた本を手にしている。

「これ、見てごらんよ」

ととが開いた本を机の上に載《の》せる。よほど古い本なのか、紙は薄《うす》茶色く変色していた。そこには見開きで水墨画《すいぼく》みたいな絵が載《の》っている。

「なんだこれ」と、俺《おれ》は思わずつぶやいた。

本当になんだこれ、な絵だったのだ。

どこかの浜辺《はまべ》の絵だった。

砂浜《すなはま》があり、波が打ち寄せている。その波打《なみう》ち際《ぎわ》に、溶《と》けかけたドロドロの島みたいなものが迫《せま》っている。島には巨大《きょだい》な目玉が二つついていて、触腕《しょくわん》みたいなものがたくさん砂浜《すなはま》に向かって伸《の》びていた。

「化ケ物島《ばけものじま》トノ戦イ」と、俺《おれ》の隣《となり》で四方屋《よもや》が言う。

「なんだそれ」と、尋《たず》ねると、四方屋《よもや》は絵の右上を指差した。

「ここにそう書いてある。これが絵のタイトルらしい」

「へぇ。確かに、化物《ばけもの》だよなこれ」

「こん骨は何け？」

「骨？」

潤芽先輩《うるめせんぱい》が指差したのは、波打《なみう》ち際《ぎわ》に転がっているいくつもの骨の塊《かたまり》だ。化ケ物島《ばけものじま》だけでも不気味なのに、さらに不気味さを際立《きわだ》たせている。こんなものが現れたらさぞ恐《こわ》いだろう。浜辺《はまべ》には逃《に》げ惑《まど》う人々の姿が描《えが》かれていた。

しかし、何か様子が変だ。

「この人達《たち》、どうしたんだ？　なんか、目が白いし、それに口が黒い」

「いいとこに気づいたね」と、ととが言った。「誰《だれ》かに似てない？」

「誰《だれ》かに？　顔は全部同じに見えるが」

「顔立ちではなくて、症状《しょうじょう》の話だよ。思い出さない？」

症状《しょうじょう》を思い出す？　白目をむいて、口を黒く染めていた、そんな誰《だれ》か。

「あ」

ふいに思い当たったのは、闇《やみ》の中の体育館だ。

「霧島《きりしま》か。バスケ部の、霧島《きりしま》」

「ご名答。霧島《きりしま》君の症状《しょうじょう》にそっくりだよね。そして、この人達《たち》も、どこか普通《ふつう》じゃない」

ととが指差したのは、白目をむいて口を黒くした人達《たち》ではない。明らかに動きの違《ちが》う数十人だった。彼《かれ》らは、まるで化ケ物島《ばけものじま》に挑《いど》んでいるかのように、その手に武器のようなものを持っていた。

「ちょうど百年前の出来事を描《えが》いた絵、らしいんだ。描《えが》かれた年と、タイトルしかないけど、でもこれが起こったのは……」

「ひょうたん海岸」

食い入るように絵を見つめていためめが顔をあげた。

「これは、ひょうたん海岸の絵。この骨の塊《かたまり》は、巨大《きょだい》な頭を持つ13頭のマッコウクジラのもの。百年前に起こったマッコウクジラ達《たち》の漂着《ひょうちゃく》は原因不明の事故じゃなかった。だとすればこの絵は、これから起ころうとしていることを描《えが》いてる」

「かも、しれない」

ととは落《お》ち着《つ》き払《はら》って言った。

「でも、あくまでこの絵は、この土地に伝わる逸話《いつわ》をモチーフに描《えが》いた、ただの絵かもしれない」

「ただの絵にしちゃ、今起こってることと重なりすぎてるだろ」

思わず口を挟《はさ》むと、ととは意外そうな顔をした。

「海人《かいと》、いいの？」

「なにが？」

「これが本当にこれからの未来を暗示している絵だとしたら、海人《かいと》は確実にこの戦いに巻《ま》き込《こ》まれると思うよ。こんなドロドロの化ケ物島《ばけものじま》だよ、幽霊《ゆうれい》やエイリアンどころの騒《さわ》ぎじゃないんだよ」

「じゃあ、なんでお前は、こんな絵を見つけて持ってきて、見せたりしたんだよ。お前だってこれが、ただの絵だとは思えなかったからだろ。今回の件に関係してる絵だって思ったからだろ」

ととは目をぱちくりさせた。

それから、弱ったなぁという顔をした。

「俺《おれ》はただ、分からないことを分からないままにしておきたくなかっただけさ」

やっぱり兄妹《きょうだい》なんだなと思った。

真相をつきとめるために動き回るところがめめに似ている。いや、ととの方が実際、執念《しゅうねん》深《ぶか》いのかもしれないけど。

「でも、どげんするん？　こんなんが来たら。来てしもたら。陸呂《りくろ》君のこつもあるんに、こげん化物《ばけもの》までやって来たら……」

「そもそも、この化ケ物島《ばけものじま》とやらは、なにしに来てるんだ。こいつの正体は何なんだ」

「海坊主《うみぼうず》とか」と、気楽なとと。

「なんだとしても」

めめは机を叩《たた》いて立ち上がった。

静かな図書館内だ。その音は館内中に響《ひび》き渡《わた》った。他《ほか》の利用者の視線も、司書の視線も、めめには届かない。

「もしもこの化ケ物島《ばけものじま》が上陸しようとしているなら、止めなくては」

「……マジでか」

めめはこんな得体の知れない化物《ばけもの》とも戦う気なのか。

「当然です。私達《たち》には、学校を、ひいてはこの町の平和を守る義務があります」

正義の味方よろしく、めめがこぶしを握《にぎ》った瞬間《しゅんかん》だった。

ずしん、と、なにかがぶつかったような鈍《にぶ》い衝撃《しょうげき》があった。

次に地鳴りがして、建物全体が震《ふる》え始める。

「なんだ、地震《じしん》か」

館内に悲鳴が響《ひび》き渡《わた》った。本棚《ほんだな》が揺《ゆ》れて本が落ちる。俺《おれ》はとっさに、両隣《りょうどなり》にいた潤芽《うるめ》先輩《せんぱい》と四方屋《よもや》を机の下に引き入れた。

「めめもととも早く隠《かく》れろ」

「大丈夫《だいじょうぶ》。ちゃんと隠《かく》れているよー」

隣《となり》の机の下にととの姿がある。その横にめめもいた。

ぐらぐらぐらぐらと、地面は揺《ゆ》れ続ける。

「ひぃ」と、声がして、腕《うで》を引っ張られた。四方屋《よもや》が顔を青ざめて、俺《おれ》の腕《うで》にしがみついている。

「四方屋《よもや》、大丈夫《だいじょうぶ》か」

「あ、だ、大丈夫《だいじょうぶ》だ。ちょっと、地震《じしん》というやつを体験するのは初めてでな。少し、驚《おどろ》いている。す、すまない」

「別にいいよ。つかまってろ」

四方屋《よもや》は無理矢理といった風に笑《え》みを浮《う》かべた。

潤芽《うるめ》先輩《せんぱい》は辺りの様子を窺《うかが》うように、じっとしている。

「大丈夫《だいじょうぶ》ですか。もうすぐおさまると思うんですが」

俺《おれ》は口からでまかせを吐《は》いた。

潤芽《うるめ》先輩《せんぱい》は「うん」と、頷《うなず》くと、俺《おれ》を見て小さく微笑《ほほえ》む。その微笑《ほほえ》みに、俺《おれ》の方が励《はげ》まされてしまった。

揺《ゆ》れは次第《しだい》に小さくなり、やがて完全に止まった。

静まり返った図書館内が、ざわめきに包まれはじめる。それまでじっとしていた利用者や、司書や、その他のこの建物内にいる人達が、騒ぎはじめた。

「行かなくちゃ」

その時、めめは誰よりも早く机の下から出ると、散らばっている本を飛び越えて駆け出した。

「おい、めめ、どこ行く気だ」

「ひょうたん海岸です」

「はあ？」

潤芽先輩と四方屋と一緒に机から這い出して見た時には、めめの背中は消えていた。

「ひょうたん海岸って、なんで……」

というか。

「地震があった直後に、海に近づくバカがいるか。とと」

ととは机の下から出てくると伸びをしていた。

「なぁに？」

「俺《おれ》も行ってくる。あのバカを止める」

「うん。俺《おれ》も行くよ」

「は？　でも……」

潤芽《うるめ》先輩《せんぱい》と四方屋《よもや》は俺《おれ》の横を通《とお》り抜《ぬ》け、床《ゆか》に落ちている本を避《よ》けながら走り出していた。残されたのは俺達《おれたち》だけだ。

ととはにっこり笑った。

「さ、行こう」

俺《おれ》は、ととと共に駆《か》け出《だ》した。


図書館の外に出ると人の姿はなく、信号は点滅《てんめつ》していて車も動いていなかった。建物の一部が崩落《ほうらく》したり、ガラスが割れて飛び散っているところもある。

それらを避《よ》けながらひょうたん海岸に向かう途中《とちゅう》。妙《みょう》な人の群れを見つけた。

ぞろぞろと、ぞろぞろと、歩いていた。集まっていた。

この町の人達《たち》だ。男も女も関係ない。大人だろうと子供だろうと関係なく、同じ方向に向かって歩いている。その目は虚《うつ》ろで、口は半開きだった。

「なんだ、あれ。どうしたんだ」

あれだけの地震《じしん》だ。パニック状態に陥《おちい》って逃《に》げ惑《まど》っても致《いた》し方《かた》ないというのに、誰一人騒《だれひとりさわ》がず、どこかに向かっている。

「うーん」と、ととは走りながら首を傾《かし》げた。「どうやら目的地は同じらしいね」

「目的地？」

「ひょうたん海岸だよ。ほら、ルートは違《ちが》っても、みんな海に向かってる」

「なんでわざわざ海に行くんだよ」

「それは、行ってみれば分かるかも」

住宅街を抜《ぬ》けてさらに進むと、アスファルトに砂が散らばりはじめる。まるで何かに操《あやつ》られているようだ。ぞろぞろと集まってくる人達《たち》をすり抜《ぬ》けながら進むと、辺りに異臭《いしゅう》が漂《ただよ》ってきた。生ゴミを何日も放置して腐《くさ》らせたものを、さらに凝縮《ぎょうしゅく》させたような、目も鼻も痛くなるような臭《にお》いだ。

防風林の松林を抜《ぬ》ける。

ひょうたん海岸には、まるで今朝と同じ光景が広がっていた。

漂着《ひょうちゃく》したマッコウクジラの遺体があり、町の人々が集まっている。

だけど、やはり様子が変だ。

まるで、何かを待つみたいに、誰《だれ》もが海に向かってぼんやりと佇《たたず》んでいる。うちの学校の生徒達《たち》もいた。毎朝会う、魚屋のおっちゃんの姿もある。警察の姿もあった。

その中に、走っていく姿が三つ。

めめと潤芽《うるめ》先輩《せんぱい》と四方屋《よもや》だ。

ととと一緒《いっしょ》に三人を追うと、その後ろ姿が波打《なみう》ち際《ぎわ》で止まった。

引いては寄せる、赤い波。赤く染まった海を背にして立っていたのは、陸《りく》だった。

再びぐらぐらと地面が揺《ゆ》れる。

「オオオオォォォォオオオオオォォォオォオ」

波の音に混じって、海の底から響《ひび》いてくるような声がした。

これはただの地震《じしん》じゃない。

青白い顔をした陸《りく》は、強い風にくしゃくしゃの髪《かみ》を乱しながら、俺達《おれたち》を見て微笑《ほほえ》んだ。その手には釣り針《ばり》を握《にぎ》っている。

「待ってたんだ、この時を。もうすぐあの方が来られて、僕《ぼく》の願いが叶《かな》う。邪魔《じゃま》な君達《たち》には消えてもらうよ」

ぽつぽつと雨が降り出した。


陸《りく》は嬉々《きき》として襲《おそ》い掛《か》かってきた。

釣り針《ばり》を手にして、真っ先に狙《ねら》ったのは潤芽《うるめ》先輩《せんぱい》だ。

「潤芽《うるめ》先輩《せんぱい》！」

釣り針《ばり》が潤芽《うるめ》先輩《せんぱい》を串刺《くしざ》しにせんとする。

寸前で、四方屋《よもや》がその身体《からだ》を抱《だ》きかかえると、宙に飛んだ。

つま先が陸《りく》に向かって急降下する。四方屋《よもや》が落ちた場所は、円を描《えが》くようにえぐれた。

次の瞬間《しゅんかん》には、潤芽《うるめ》先輩《せんぱい》が声を超音波《ちょうおんぱ》に変えて放った。

四方屋《よもや》と、彼女にお姫《ひめ》様抱《だ》っこされた潤芽《うるめ》先輩《せんぱい》は、まるで王子と姫《ひめ》のようだ。王子と姫《ひめ》のダブル攻撃《こうげき》に、周囲の砂が吹《ふ》き飛《と》んでまるでクレーターみたいになっている。

その真ん中に、陸《りく》だけが釣《つ》り針《ばり》を盾《たて》にするようにして、何食わぬ顔で立っていた。

「もう、おしまい？」

陸《りく》は言うと、二人めがけて釣《つ》り針《ばり》を振《ふ》るった。

とっさに飛んだが間に合わず、四方屋《よもや》の左脚《ひだりあし》に釣《つ》り針《ばり》が食《く》い込《こ》んだ。

「まずは一匹目《ぴき》」

陸《りく》は言うと、四方屋《よもや》を自分の方に引《ひ》きずり込《こ》んだ。

脚《あし》から釣《つ》り針《ばり》を抜《ぬ》くと、仰向《あおむ》けに倒《たお》れている四方屋《よもや》の肩《かた》を足で踏《ふ》みつける。

「何度やっても甦《よみがえ》ってくる化物《ばけもの》だけど、そんな化物《ばけもの》にも弱点がないわけじゃない。僕《ぼく》のこの釣《つ》り針《ばり》は特別だからね。これで心臓を一突《ひとつ》きすれば、君は死ぬ」

陸《りく》の釣《つ》り針《ばり》が四方屋《よもや》の左胸の上で止まる。

「四方屋《よもや》っ。待て、やめろ、陸《りく》！」

間に合わない。

今からじゃ、駆《か》け出《だ》しても、手を伸《の》ばしても、四方屋《よもや》に届かない。

その時、黒い影《かげ》が風より速くすり抜《ぬ》けていった。

キンッ、と鋭《するど》い金属音がする。

陸《りく》が振《ふ》り下ろした釣《つ》り針《ばり》を受け止めたのは、めめの巨大《きょだい》なバズーカ砲《ほう》だった。

「させません！」

めめは陸《りく》を睨《にら》みつける。

四方屋《よもや》はその隙《すき》を逃《のが》さなかった。陸《りく》に踏《ふ》まれていた肩《かた》から足をどけると、真横に転がった。

潤芽先輩《うるめせんぱい》が脚《あし》を引きずる四方屋《よもや》を助け起こす。

めめは間合いを取るように陸《りく》から離《はな》れた。

くすくすと陸《りく》は笑う。釣《つ》り針《ばり》の構えをとくと、無防備な状態で笑った。

「分かっていたことだろう。君達《たち》は、僕《ぼく》には勝てないって。君達《たち》はここで、あっさりと消えるんだ。さて、まだもう少し時間がある。せっかくだから、選ばせてあげてもいいよ。誰《だれ》から消える？」

まるで、今日の昼ご飯はなにを食べる？　とでも、聞いているようなノリだった。

沈黙《ちんもく》が落ちた。

「陸《りく》……」

俺《おれ》は一歩、前に進み出る。

黙《だま》ってるわけにはいかなかった。この前みたいに、目の前でみんなをむざむざと殺されていいわけがない。

恐《こわ》い。恐《こわ》い。恐《こわ》い。

膝《ひざ》が震《ふる》える。身体《からだ》が震《ふる》えている。

恐《こわ》い。

だけど、それどころじゃない。今度こそ、なんとかしなくちゃ。

俺《おれ》が、なんとかしなくちゃいけない。

「陸《りく》、だめだ。そんなの俺《おれ》は許さな……」

「うん？　ああ、ジンベエザメからか。鳴瀬《なるせ》海人《かいと》の偽者《にせもの》。そうだよ、僕《ぼく》はお前を一番、殺したかっ……」

陸《りく》の言葉は急に途《と》切《ぎ》れた。切れ長な瞳《ひとみ》が、驚《おどろ》いたように大きく見開かれている。

なにが起こったのだろう。

よく見れば、陸《りく》の身体《からだ》に大量の、半透明《とうめい》な糸のようなものが突《つ》き刺《さ》さっていた。

陸《りく》の身体《からだ》はしだいに、がくがくと痙攣《けいれん》し始めた。

半透明《とうめい》な糸をたどれば、それは俺《おれ》の後ろ。

「とと？」

ととの手から伸《の》びている。

身体《からだ》の自由が利《き》かなくなってしまったのだろう。陸《りく》は前のめりに倒《たお》れそうになり、釣《つ》り針《ばり》を支えにしてこらえていた。力が入らないのか、指先も腕《うで》も脚《あし》も小刻みに震《ふる》えている。

「今だよ！」

ととが叫《さけ》んだ瞬間《しゅんかん》を誰《だれ》も逃《のが》さなかった。

三人それぞれの攻撃《こうげき》が動けない陸《りく》へと向かった。

飛び上がった四方屋《よもや》が蹴《け》りを落とし、潤芽先輩《うるめせんぱい》が超音波《ちょうおんぱ》を飛ばす。そして、めめは5頭のマッコウクジラを放った。

「陸《りく》！」

すさまじい爆発《ばくはつ》が起こり、砂煙《すなけむり》があがる。巻き上がった砂粒《すなつぶ》からとっさに守った顔をあげる。

雨の混ざった強風に砂煙《すなけむり》が消されると、辺りの砂は完全に吹《ふ》き飛《と》んでいた。

「……陸《りく》？」

そこに、陸《りく》の姿はなかった。

爆発《ばくはつ》の勢いで吹《ふ》き飛《と》ばされてしまったのだろうかと辺りを見回すと、背後でとんでもないものが目に入った。

陸《りく》がととに斬《き》りつけている。

「バカだな、クラゲやろう。お前の毒なんか効きゃしないんだよ。お前らごときに、僕《ぼく》は倒《たお》せないんだ。絶対に。だって僕《ぼく》は、海幸彦《うみさちひこ》の生まれ変わりなんだから」

ととは血まみれになりながらも、反論した。

「その、海幸彦《うみさちひこ》であった君が、なんだってこんなことをしているのか、俺《おれ》にはさっぱり理解できないよ」

「化物《ばけもの》なんかに分かるはずがない」

「化物化物《ばけものばけもの》と言うけれどね、それを言うなら、ハブクラゲである俺《おれ》の毒をくらって平然としてる君だって、立派に化物《ばけもの》だ」

「僕《ぼく》は化物《ばけもの》なんかじゃない！」

陸《りく》がととの頭を狙《ねら》って釣《つ》り針《ばり》を振《ふ》り下ろす。

「やめろ！」と、陸《りく》の腕《うで》を取ったのは、四方屋《よもや》だった。

「もうやめろ。やめてくれ、林陸呂《はやしりくろ》」

四方屋《よもや》は鎮痛《ちんつう》な面持《おもも》ちで言った。

「なぜ、こんなことをする。お前は鳴瀬《なるせ》の弟なのだろう。それならお前も鳴瀬《なるせ》と同じ、本当は優《やさ》しい心を持っているはずだ。こんなことをしてなんになる。トヨタマヒメの宝を手に入れるために、こんなことまでしなければいけない理由はなんだ」

陸《りく》の動きがぴたりと止まった。

「ほんに、ほんにそう」

四方屋《よもや》のそばには、潤芽《うるめ》先輩《せんぱい》も立っていた。

「陸呂《りくろ》君。海幸彦《うみさちひこ》はトヨタマヒメと同等の存在じゃ。こげんこつせんでも、あなたの願いは、きっと、自分で叶《かな》えられると思うんよ。だけん、話して」

「命乞《いのちご》いのつもりか」

陸《りく》は鼻で笑うと四方屋《よもや》の手を振《ふ》り払《はら》い、釣《つ》り針《ばり》を一周させた。釣《つ》り針《ばり》は目の前のととの首を、潤芽先輩《うるめせんぱい》の両目を、四方屋《よもや》の胸を裂《さ》いた。

「知った風なことばかり言って、僕《ぼく》のことなんかなにも、知らないくせに」

陸《りく》はめちゃくちゃに釣《つ》り針《ばり》を振《ふ》るって、三人を攻撃《こうげき》した。

「あんな、兄ちゃんの偽者《にせもの》と僕《ぼく》を一緒《いっしょ》にするな。僕《ぼく》と兄ちゃんのことに口出しするな。優《やさ》しい心だと？　笑わせる。そんなものなんの役に立つ。僕《ぼく》の願いは、トヨタマヒメの宝がないと叶《かな》わないんだ。兄ちゃんは甦《よみがえ》らないいんだ。だってそう、あの方がおっしゃったんだから、間違《まちが》いないんだ」

青白い顔に鮮血《せんけつ》が飛んで赤く染まっていく。

「や、めろ」

やめろ。

「やめろ、陸《りく》」

「いい加減にして！」

三つの黒い光が陸《りく》を弾《はじ》き飛《と》ばした。

ゆっくりとやって来るめめの瞳《ひとみ》は、陸《りく》のことを見据《みす》えている。陸《りく》は無傷だ。砂地の上で、なんなく立ち上がった。

「もう、鳴瀬先輩《なるせせんぱい》にはまかせておけません」

「……へ？」

ですか！」

「戦うって言ったのに。ジンベエザメに力を借りて、次はちゃんとやるって言葉は嘘《うそ》だったんですか！」

バズーカ砲《ほう》を右肩《みぎかた》に担《かつ》ぐめめは、俺《おれ》を睨《にら》みつけた。

ごくりと、唾《つば》を飲《の》み込《こ》む。

「嘘《うそ》、じゃない。俺《おれ》は……」

「やっぱり」と、めめは俺《おれ》の言葉を遮《さえぎ》った。「林陸呂《はやしりくろ》が相手だと、戦えないということですね。分かりました」

「めめ、まっ……」

めめは待ってはくれなかった。

引き金を引く。バズーカ砲《ほう》から14頭のマッコウクジラが陸《りく》に向かっていく。陸《りく》は釣《つ》り針《ばり》を大上段に構えると、駆《か》けてきた。放たれた黒い光を引《ひ》き裂《さ》きながら、まっすぐにめめに向かってきた。

「いつまでも学習しないね。効かないって言ってるだろ！」

めめはバズーカ砲《ほう》を盾《たて》にして、陸《りく》の釣《つ》り針《ばり》を受け流す。すれ違《ちが》いざまに、身体《からだ》を捻《ひね》って陸《りく》の背中に蹴《け》りを入れた。

陸《りく》は砂の上に倒《たお》れた。

「なるほど」と、めめは冷ややかに言った。「やっぱり、肉弾《にくだん》戦なら効くみたいですね」

陸《りく》は立ち上がると、釣《つ》り針《ばり》を振《ふ》るう。

めめはうまくかわすと、バズーカ砲《ほう》を陸《りく》の胴体《どうたい》に直接ぶつけた。

「ぐっ」

陸《りく》は声をあげると、後ろに下がった。

海の生き物の力を借りての攻撃《こうげき》なら無効にできるが、素手《すで》の攻撃《こうげき》を受ければ、それはそのまま陸《りく》へとダメージになるようだ。

「あの方、とは、誰《だれ》のことですか」

めめは間合いを見ながら尋《たず》ねた。

「林陸呂《はやしりくろ》。あなたの言うあの方は、あなたになにを言ったんですか。トヨタマヒメの宝があれば、あなたの願いが叶《かな》う。そんなでたらめを言ったあの方とは、いったい何者ですか」

「デタラメ？」

陸《りく》は一瞬《いっしゅん》だけ訝《いぶか》しげな顔をした。

「トヨタマヒメがどんな方だったか、あなたは本当に知っているの？　トヨタマヒメは海の女《め》神様《がみ》。その方の宝に、人間の望みを叶《かな》える力があると、本気で思っているの？」

陸《りく》は完全に動きを止めた。

雨風が吹《ふ》きつける。波は立ち、海は荒《あ》れてくる。

砂浜《すなはま》に倒《たお》れていたとと や四方屋《よもや》、潤芽《うるめ》先輩《せんぱい》が身じろぎした。

めめは決して陸《りく》から目を逸《そ》らさなかった。

「私達《たち》、海の生き物に憑《つ》かれた者がトヨタマヒメの宝に惹《ひ》かれてしまうのは、そこに宿る強い力のせいよ。その力は、海に通じている。トヨタマヒメの宝に込《こ》められた力は、海を操《あやつ》る力。それは、あなたの願いを叶《かな》えることができる力なの？」

「……ぼく、は」

「オオオォォォオオオォォォオオオ」

地面が揺《ゆ》れた。低い唸《うな》り声はすぐ近くから聞こえた。波がざわざわとあわ立つ。雨が強くなる。まるで台風がきたみたいだ。

なにかが。

なにかが、海面からせり上がってきた。

「なっ」

海面を割って現れたもの。

その表面はまるで皮膚《ひふ》が溶《と》けたみたいにドロドロと赤黒く、巨大《きょだい》な目玉が二つついている。

周辺にある島よりも巨大《きょだい》な生き物だ。

「オオオオオォォォオオオオォォオオオオォォオ」

地響《じひび》きにも似た声はそれが発していた。目玉と目玉の間にぽっかりと穴が開き、黒い液体が吐《は》き出《だ》される。黒い液体が砂浜《すなはま》に漂着《ひょうちゃく》していたマッコウクジラの遺体にかかると、肉が溶《と》けてはがれ落ち、すぐに骨だけになった。

それまで亡霊《ぼうれい》のように突《つ》っ立《た》っていた町の人達《たち》が突然《とつぜん》動きはじめる。我先にと、マッコウクジラの骨に群がると、骨を砕《くだ》いて手にした。骨を手にした人々は、俺達《おれたち》に向かってきた。

「なんだよ、あれ」

誰《だれ》もが白目をむいていて、半開きの口から黒い唾液《だえき》を垂らしている。あの日、体育館で見た霧島《きりしま》と同じように。今度は町の人達《たち》全員が、襲《おそ》い掛《か》かってきた。

「ダ、マ、サ、レ、ル、ナ」

まるで身体《からだ》中の穴という穴を塞《ふさ》ぐかのような、ぬるついた声がした。

赤黒いそいつから声はする。

陸《りく》の身体《からだ》が反応するようにびくりと震《ふる》えた。

「……戦エ。滅《ほろ》ボセ。邪魔《じゃま》スルモノハ全《すべ》テ、消シ去レ。兄ト、会イタイノダロウ」

赤黒いそいつを睨《にら》みつけてめめが言い放った。

「なにを言ってるの。林陸呂《はやしりくろ》の兄は、鳴瀬海人《なるせかいと》はここにいるじゃない！」

「うわあああああぁぁぁぁぁ――――」

陸《りく》は叫《さけ》ぶと、釣《つ》り針《ばり》を構えてめめに突撃《とつげき》した。

バスーカ砲《ほう》を構える間はない。避《よ》けるにしても遅《おそ》すぎる。その鋭《するど》い釣《つ》り針《ばり》が、めめの心臓を狙《ねら》う。

「めめ！」

二人の間に躍《おど》り出《で》た俺《おれ》の胸に、釣《つ》り針《ばり》は突《つ》き刺《さ》さった。

そこで、止まったと思う。めめには届かなかったと、思う。後ろは振《ふ》り向《む》けなかった。目の前には陸《りく》がいる。

陸《りく》が。

「り、く。お前、わけの分からないことばっか言ってんじゃねぇぞ」

陸《りく》は釣《つ》り針《ばり》を手にしたまま動かなかった。

「人のことを偽者《にせもの》だとか、甦《よみがえ》らせるとか、なんだそれ。俺《おれ》はお前の中では、死んだ人間になってるのか」

「だって……。だって、僕《ぼく》の兄ちゃんは……」

「お前、あの日のことを忘れたのか。小学生の頃《ころ》、親が離婚《りこん》する前の夏休みに、俺《おれ》はお前を助けようとして、海で溺《おぼ》れた。自分でも死んだかと思った。でも俺《おれ》は、生きて戻《もど》ってきた。その時病院で、俺《おれ》が生きててくれてよかった、よかったって、ずっと泣いてくれたのは、お前だったじゃないか」

「ひぃっ」

陸《りく》は小さく声をあげると、釣《つ》り針《ばり》を引《ひ》き抜《ぬ》いた。弾《はず》みで、胸から血がどばどばとこぼれた。

痛ってぇ。

でも、今はそれどころじゃない。

「いつから俺《おれ》は、お前の中で、死んだことになったんだよ。陸《りく》。なんで、そんなことになったんだ。ちゃんと話せよ。教えてくれよ。せっかくまた、会えたんだから」

「うるさい！」

陸《りく》が振《ふ》り上《あ》げた釣《つ》り針《ばり》が、今度は俺《おれ》の肩《かた》に刺《さ》さった。骨が砕《くだ》ける音がした。

「うるさい！　うるさい！　うるさい！　うるさい！　うるさい！　うるさい！」

腕《うで》に、胸に、脇腹《わきばら》に、脚《あし》に釣《つ》り針《ばり》は刺《さ》さった。

「誰《だれ》に教えられたのか知らないけど、知った風なことを言うな。鳴瀬《なるせ》海人《かいと》を名乗って。まるでそのまま成長したような姿で僕《ぼく》の前に現れて。さんざん惑《まど》わせて。本当に、兄ちゃんが生きていたんじゃないかって、期待させて」

陸《りく》が釣《つ》り針《ばり》を引《ひ》き抜《ぬ》くたびに血がこぼれた。

痛すぎて、もはやどこが痛いのか分からない。

頭がぼんやりして、身体《からだ》が痺《しび》れてきた。

「もしかしたら、って、そう何度も思った。そのたびに苦しくなって、悲しくなって。そんな僕《ぼく》の気持ちを知りもしないで、ぺらぺらと。偽者《にせもの》の化物《ばけもの》め。僕《ぼく》は騙《だま》されたりしない。早く全《すべ》てをすませて、本物の兄ちゃんに会うんだ。あの頃《ころ》に戻《もど》るんだ！」

釣《つ》り針《ばり》が額をかすめた。

「鳴瀬先輩《なるせせんぱい》！」と、後ろからめめの声が聞こえたが、飛び出してきそうなのを制して俺《おれ》は陸《りく》に聞いた。

「……なんで」

裂《さ》けた額から真っ赤な血が流れて視界を覆《おお》う。

陸《りく》の姿が霞《かす》んで見えた。

俺《おれ》の中には疑問符《ぎもんふ》しか浮《う》かばなかった。

「なんで、んな話になってんだよ、陸《りく》。俺達《おれたち》が会えずにいた間に何があった。お前に、何があったんだ」

「僕《ぼく》になにがあろうが、関係ない」

「関係ある。このままじゃ、死んでも死にきれない」

「はっ」と、陸《りく》が笑った。「死ぬつもりなの？」

「このままお前に攻撃《こうげき》され続けりゃ、死ぬだろ」

「鳴瀬先輩《なるせせんぱい》、なにバカなこと言ってるんですか。そんなへらず口叩《たた》く元気があるなら、早く、ジンベエザメの力を……」

「そうだよ」と、めめの言葉に陸《りく》は乗っかった。「その通りだ。なんで戦わない。さっさと、化物《ばけもの》は化物《ばけもの》らしく、ジンベエザメでもなんでもいいから、変な技《わざ》でも使ってみろよ」

ジンベエザメの、力を。

頭上を見上げてみると、確かにその白い腹は浮《う》いていた。

『海人《かいと》』という、心配そうな声も聞こえる。いつでも、ジンベエザメは、呼びさえすれば力を貸してくれるのだろう。

でも。

「俺《おれ》は化物《ばけもの》じゃないし。鳴瀬《なるせ》海人《かいと》だし。お前の兄ちゃんだし。なんで、俺《おれ》がお前と戦わなきゃいけないんだ。ヤるんならヤれよ！」

左胸を拳《こぶし》で叩《たた》く。

「鳴瀬《なるせ》先輩《せんぱい》、なんで無謀《むぼう》な挑発《ちょうはつ》なんかするんですか！」

「めめ、お前ちょっと黙《だま》ってろ。これは俺《おれ》と陸《りく》の問題だ」

「なっ、んで……」と、言ったっきり、めめは黙《だま》った。

その代わり、周囲が騒《さわ》がしい気がしたが、耳に入らなかった。

俺《おれ》は陸《りく》だけを見つめていた。陸《りく》の言葉だけに耳を澄《す》ました。

「……なに、も、知らないくせして」

陸《りく》はぽつりと言った。

「なにも知らないくせに。僕《ぼく》のことなんか、分からなかったくせに、知ろうともしなかったくせに」

その通りだと思った。

俺《おれ》は待つ。陸《りく》が話しだしてくれるのを、じっと待った。

陸《りく》は紫色《むらさきいろ》をした唇《くちびる》を噛《か》む。

その身体《からだ》から一筋の黒い煙《けむり》が立ち上った。

「兄ちゃんのことを、死んだって言ったのは、母さんだった」

「……母さん？」

覚えてるのは、優《やさ》しい母さんの姿だ。

「あの日」と、語りだす、陸《りく》の身体《からだ》からあがった煙《けむり》は陸《りく》を包んでいく。「海で溺《おぼ》れて、兄ちゃんは本当は死んだんだ。だから、もう、この世にはいないんだって。母さんが、言ったんだ」

「……え？」

「母さんは強い人じゃなかった。離婚《りこん》して、兄ちゃんと離《はな》れ離《ばな》れになってからも、母さんは兄ちゃんのことばかり言ってた。ずっと心配してた。ずっとずっとずっと。そんな日々が続いて、耐《た》えられなくなったんだと思う。だから、兄ちゃんを死んだことにして、忘れてしまおうとしたんだ。兄ちゃんは死んだ。あの夏の海で、僕《ぼく》を助けて死んだ。死んだ、死んだ、死んだんだよって、僕《ぼく》にも言い聞かせた。何度も何度も何度も、何度でも。信じられるわけなかった。でも、信じなきゃいけなかった。母さんのために」

不気味で薄黒い煙《けむり》に覆《おお》われた陸《りく》の瞳《ひとみ》は、赤く染まっていた。

「そうだね。兄ちゃんは死んでしまったんだね。もう、この世にはいないんだね。そう僕《ぼく》が言うと、母さんは喜ぶんだ。元気になったんだ。今は再婚《さいこん》して、すっかり元の母さんに戻《もど》ったよ。もうすぐ妹も生まれるんだ。とても幸せそうなんだ。きっともう、僕《ぼく》がいなくても、幸せだと思う。だから僕《ぼく》は兄ちゃんに会うんだ。会いに行くんだ。一番幸せだったあの頃《ころ》に、戻《もど》るんだ。兄ちゃんを取《と》り戻《もど》して」

陸《りく》は苦しげな表情で、笑った。

「だからもう、惑《まど》わされない」

陸《りく》は手にした釣《つ》り針《ばり》を振《ふ》りあげると、砂を蹴《け》った。

『海人《かいと》！』と、頭上で声がした。

「鳴瀬《なるせ》先輩《せんぱい》！」と、めめの悲痛な声がした。

俺《おれ》は動かなかった。

動けなかったという方が正しいかもしれないが、それでも避《よ》ける気はなかった。

陸《りく》は迷うことなく、俺《おれ》の心臓を貫《つらぬ》いた。

時が止まったような気がした。

確かに時は止まっていた。

俺《おれ》と陸《りく》の間でだけ。

陸《りく》が俺《おれ》の心臓を貫《つらぬ》いた瞬間《しゅんかん》、陸《りく》の攻撃《こうげき》を受け止めた瞬間《しゅんかん》、全身の血液が流れを止めた。かと思えば、一気に逆流してきて、俺《おれ》は口から大量の血液を吐《は》き出《だ》した。

陸《りく》は釣《つ》り針《ばり》を手にしたまま、赤く染まった瞳《ひとみ》を大きく見開いた。

驚《おどろ》いたような顔を、くしゃりと歪《ゆが》めた。

りく、と声に出そうとしたら、また口から血が出てきた。

「……な、んで」と、問う、陸《りく》の口からも黒い煙《けむり》が吐《は》き出《だ》された。

なんで？

「なんで、お前は、戦わないんだよ。なんで……、僕《ぼく》を、殺そうとしない。……トヨタマヒメの宝が、どうなっても、いいのか？」

「……そんな、もん、どうだっていい」

話しにくかった。話せばひゅうひゅうと喉《のど》から空気が漏《も》れる。

というよりも、そんなこと、すっかり頭から飛んでいた。

唾《つば》と一緒《いっしょ》に、込《こ》み上《あ》げてくる血液を呑《の》み込《こ》む。

「……ころせる、わけない。なんで俺《おれ》が、お前を、たった一人の、弟を、殺さなきゃいけない」

「なんでそんなこと言うんだよ。そんなことを、言って、まだ僕《ぼく》を惑《まど》わせるつもりか。そんな、まるで、兄ちゃんみたいなことを……」

「……つか、にいちゃん、だし」

なんだか笑えた。

陸《りく》に、こうまで信じてもらえないことが、おかしかった。

それは全部、俺《おれ》のせいだ。

二年生の教室までわざわざ会いに来てくれた陸《りく》のことを、分かってやれなかった、知ろうともしなかった、俺《おれ》のせいなのだ。

「ごめん、な……」

謝《あやま》ると、陸《りく》はますます混乱した様子で釣《つ》り針《ばり》から手を離《はな》し、後ずさった。

「なん、で……」

陸《りく》は頭を振《ふ》る。

「なんで、謝《あやま》ったりするんだよ」

わけが分からないというように、今にも泣き出しそうな顔をした。

「なんで、なんで！」

乱暴に頭を掻《か》きむしると、陸《りく》は叫《さけ》んだ。

「うわあああああ――――――――」

苦しそうにもがく陸《りく》は完全に黒い煙《けむり》に包まれて、見えなくなってしまった。

「ううっ、うえっ、うおえええええっ」

煙《けむり》の中からなにかが吐《は》き出《だ》された。

赤黒くて、ネバネバしていて、今まで見た中で一番でかい。鋭《するど》い爪《つめ》がある吸盤《きゅうばん》のようなものがついている。黒い煙《けむり》はそれからあがっていた。砂の上をぐねぐねとのたうち回っている。

いつのまにか黒い煙《けむり》の消えた陸《りく》の身体《からだ》が、ぐらりと傾《かし》ぐ。

倒《たお》れてしまった陸《りく》の身体《からだ》を支えたのは、めめだった。めめはぎゅっと眉根《まゆね》を寄せ、砂の上の物を足で踏《ふ》み潰《つぶ》した。

ぴくぴくと痙攣《けいれん》したかと思うと、砕《くだ》けて消えてしまう。

陸《りく》が意識を失ってしまったからか。俺《おれ》の心臓を貫《つらぬ》いていた釣《つ》り針《ばり》も、あっさりと消えてしまった。

「結局は林《はやし》陸呂《りくろ》も操《あやつ》られていたんですね」

めめは言った。

「誰《だれ》に？」

「あの、化ケ物《ばけもの》島《じま》にですよ」

ぐらぐらと地面が揺《ゆ》れた。あの赤黒いドロドロが、この砂浜《すなはま》に向けて近づいてきている。

「化ケ物島《ばけものじま》？」

「そうに違《ちが》いないだろうね」

すぐそばにととが立ち、うんうんと頷《うなず》いている。制服は血で染まっていたが、元気そうだ。

「化ケ物島《ばけものじま》は林《はやし》陸呂《りくろ》を使って、自分の一部をばらまいてたんだ。学校を中心にして、町の人達《たち》にもね。だから、まっさきに影響《えいきょう》を受けた生徒はおかしくなった。今この状況《じょうきょう》は百年前に描《か》かれた絵と同じだ。いやぁ、やっぱりただの昔話だの逸話《いつわ》だの伝説だのって、あなどれないよねぇ」

「とと、お前、大丈夫《だいじょうぶ》なのか？」

「いや、俺《おれ》なんかよりも海人《かいと》だよ。無茶しすぎ。死ぬ気かい？」

「どうしようもない愚《おろ》か者《もの》なのよ。さっさと、連れていって」

めめは倒《たお》れている陸《りく》をととに引《ひ》き渡《わた》す。

「さ、行こうか、海人《かいと》」

「え？　行くってどこに」

「一時撤退《てつたい》だよ。立っているのが奇跡《きせき》のその身体《からだ》を休めた方がいい。林《はやし》君も一緒《いっしょ》だから、安心して」

「安心してって……」

目の前には化ケ物島《ばけものじま》とめめの背中。後ろを見れば、潤芽《うるめ》先輩《せんぱい》と四方屋《よもや》が、いつのまにかマッコウクジラの骨を手にした町の人達《たち》相手に戦っている最中だった。

「ああ、大丈夫《だいじょうぶ》」と、ととは俺《おれ》の視線をたどって軽い調子で頷《うなず》いた。

「これでも、町の人達《たち》は半分くらい眠《ねむ》らせて、松林に運んだんだ。もう半分は、林《はやし》君と海人《かいと》を運んでから片付けるよ」

「眠《ねむ》らせたって……」

「薄《うす》めに薄《うす》めた毒をちょこっと注《さ》せば、無害で終わらせられるんだ」

ととは事もなげに言うと、陸《りく》を抱《かか》えたまま「さあさあ」と、俺《おれ》の腕《うで》を引く。海とは反対方向へ、松林へと進んでいく。

化《ば》ケ物島《けものじま》とめめの背が遠ざかる。

めめは前を見据《みす》えたまま振《ふ》り返《かえ》ろうとはしなかった。

バズーカ砲《ほう》を右肩《みぎかた》に担《かつ》ぐと引き金を引く。

14頭分の黒い光が化《ば》ケ物島《けものじま》を貫《つらぬ》いた。

「オオオオォォオオオォォオオオオオオォォォオ」

化《ば》ケ物島《けものじま》が唸《うな》り声をあげる。

やったかと思ったが、それでも化《ば》ケ物島《けものじま》の前進は止まらない。

止められない。

「とと」

引かれている腕《うで》とは反対の手で、口元の血を拭《ぬぐ》ってから、息を吐《は》き出《だ》した。

「陸《りく》のことを頼《たの》む」

「は？　海人《かいと》、なに言ってるのさ、海人《かいと》！」

俺《おれ》はととの手を振《ふ》り払《はら》い、走り出した。血液が不足しているのか少しよろけるが、まあ大《だい》丈夫《じょうぶ》だろう。

「ジンベエザメ」

頭上を泳ぐジンベエザメを呼ぶ。

「ジンベエザメ。力を貸してほしいんだ」

ジンベエザメは応《こた》えてくれない。

「ジンベエザメ、聞こえてないのか？　なあ、頼《たの》む。俺《おれ》にあの化ケ物島《ばけものじま》と戦う力を貸してほしい。お前の力が必要なんだ」

『遅《おそ》いのよ』

「は？　遅《おそ》いって、なにが」

『私を頼《たよ》るのが。遅《おそ》すぎるのよ。私のことを、海人《かいと》はなんだと思っているの』

「えーと、命の恩人？」

『違《ちが》うわ』

「違《ちが》わなくないだろ。お前がいなかったら、俺《おれ》は今頃《いまごろ》……」

『パートナーよ』

ジンベエザメは言い切った。

『私はあなたに死んでほしくないの。だからあの日力を分《わ》け与《あた》えて助けたのに、あなたはその命をあっさりと投げ出そうとした。私が何度呼んだって、聞く耳をもたなかったわ』

「……怒《おこ》ってるのか？」

『当然』

「その、ごめん。でも、陸《りく》とは、戦いたくなかったんだ。どうしても」

ジンベエザメは黙《だま》り込《こ》んだ。

こんなところで押《お》し問答《もんどう》している場合じゃない。もう目と鼻の先に化《ば》ケ物島《けものじま》は迫《せま》っている。

めめがいくらバズーカ砲《ほう》を撃《う》ち込《こ》んでも、びくともしない化《ば》ケ物島《けものじま》が。

『分かったわ』

ジンベエザメは唐突《とうとつ》に言った。

『力を貸すわ。もちろんよ、あなたのためだもの。でもね、海人《かいと》、これだけは約束して』

「なんだ？」

『それ以上無理をすれば、あなたの身体《からだ》はもたないわ。だから、絶対に無茶はしないこと』

「分かった。ありがとう、ジンベエザメ」

ジンベエザメはまんざらでもなさそうに身体《からだ》を揺《ゆ》らすと、一度くるりと回《まわ》った。

俺《おれ》は駆《か》け出《だ》した。

「めめ！」

駆《か》けつけた俺《おれ》を見て、めめは眉根《まゆね》を寄せた。

「なんで戻《もど》ってきたんですか！」

「なんでって、だって、お前一人でアレの相手をするのは無理があるだろ」

「鳴瀬《なるせ》先輩《せんぱい》がいたところで、足手まといにしかなりません」

「なんでだよ。俺《おれ》だって、なにかしら力にはなるだろ」

「なにができるっていうんですか」

「なにがって……」

俺《おれ》にはなにができるのだろう。

「ジ、ジンベエザメ」

『なぁに？』

声をかけると、頭上から声が返ってきた。

「俺《おれ》にはなにができるんだ。お前の能力ってなんなんだ」

『私にできること、それは全《すべ》ての海の生き物を呼び寄せることよ』

「全《すべ》ての海の生き物を呼び寄せる？」

『そう』

「呼び寄せてどうするんだ？」

『どうするなんて決まってるわ。力を借りるのよ』

「力を借りる？」

『ええ。呼んでごらんなさいな。どんな海の生き物だって、海人《かいと》に力を貸してくれるわ』

どんな海の生き物も力を貸してくれるって、なんだかすごいことのような気がする。だけど。

「……どれがどんな能力を持ってるんだ？」

「なに言ってるんですか」

めめが胡散臭《うさんくさ》そうな目つきで俺《おれ》を見ている。

「いや、どうやら他《ほか》の海の生き物から力を借りられるらしいんだが、なにがどんな能力を持ってるか知らないし、そもそも海の生き物の名前もよく分からんし……」

こいつ使えない。そう判断するように、めめはますます目を細めた。

そんな目で俺《おれ》を見るな。

その瞬間《しゅんかん》、ぐらぐらと地面が激しく揺《ゆ》れた。

「オオオオォォオオオォォォオオオオ」

波と共に、化ケ物島《ばけものじま》が一気に波打《なみう》ち際《ぎわ》へと押《お》し寄《よ》せてきた。

慌《あわ》てて後ろに引いた俺達《おれたち》めがけて、砂の中からなにかが飛び出してきた。

「うわっ」

弾《はじ》き飛《と》ばされた。

めめと共に、砂の上をごろごろごろごろと転がってようやく止まる。

なんだ。なにが起こったんだ。

身体《からだ》を起こしてみれば、化《ば》ケ物島《けものじま》から長いたくさんの触腕《しょくわん》が生えていた。

「おい、めめ、大丈夫《だいじょうぶ》か」

身体《からだ》を起こしためめは、砂まみれになりながら仏頂面《ぶっちょうづら》でいる。

「鳴瀬先輩《なるせせんぱい》といると、ほんとろくなことがない」

それはこっちのせりふだ。

でも、俺《おれ》は気づいた。

「お前、怪我《けが》してるぞ」

「そんなものはお互《たが》いさまです。鳴瀬先輩《なるせせんぱい》の方が愚《おろ》か者《もの》よろしく、怪我《けが》しまくりじゃないですか。マゾですか」

「はあ？」

吸盤《きゅうばん》についている鋭《するど》い爪《つめ》で裂《さ》かれたのだろう。制服が破けて、めめの白い肌《はだ》に血が滲《にじ》んでいる。俺《おれ》はといえばまあ、めめよりもっとひどい状態だったが気にしてる場合じゃない。

触腕《しょくわん》は目前に迫《せま》ってきていた。

やられる。

とっさにめめをかばった瞬間《しゅんかん》、頭上から急降下してきたものが、伸《の》びてきた触腕《しょくわん》をぶつ切りにした。

「大丈夫《だいじょうぶ》か、鳴瀬《なるせ》。めめちゃん」

空から降ってきたのは、四方屋《よもや》だった。

四方屋《よもや》は俺達《おれたち》を引っ張り起こしてくれた。

「四方屋《よもや》、お前……」

「ああ、遅《おそ》くなってすまない。町の人達《たち》を傷つけずに戦うということに、どうにも手間取ってな」

「町の人達《たち》は」

「うむ。もう、大丈夫《だいじょうぶ》だ。笹美々《ささみみ》が見てくれている」

マッコウクジラの骨を持ち、白目をむいて黒い唾液《だえき》を垂らしていた人達《たち》は、いつのまにか海岸から消えている。

「これで心おきなく戦えるな」

四方屋《よもや》はふっと口元に笑《え》みを浮《う》かべると、砂地を蹴《け》ろうと脚《あし》に力を込《こ》めて、しばし留《とど》まった。

おもむろにスカートの裾《すそ》に手を伸《の》ばす。ちらりと俺《おれ》を見る四方屋《よもや》は、薄《うす》く頬《ほお》を染めていた。

「鳴瀬《なるせ》。見ないでくれよ」

一瞬《いっしゅん》なんのことかと思ったが、それが下着のことだと察した。

「あ、ああ、分かった。大丈夫《だいじょうぶ》だ」

「じゃあ、いくぞ」

スカートの裾《すそ》を押《お》さえながら、四方屋《よもや》は今度こそ飛び立った。俺《おれ》は下を向いていたので状《じょう》況《きょう》まで把握《はあく》できなかったが、すごい音がした。

砂煙《すなけむり》の向こうで化《ば》ケ物島《けものじま》の触腕《しょくわん》がちぎれている。そこへ、追撃《ついげき》とばかりに金切り声が聞こえ、音の波動が走《はし》り抜《ぬ》けた。

銀色の緩《ゆる》やかな髪《かみ》が風になびく。潤芽先輩《うるめせんぱい》もすぐそばに立っていた。

化《ば》ケ物島《けものじま》は少しだけ後退した。

めめがバズーカ砲《ほう》を構えて、引き金を引く。14頭のマッコウクジラ達《たち》が放たれる。その黒い光は、化《ば》ケ物島《けものじま》の触腕《しょくわん》を粉々に砕《くだ》き、本体をまっすぐに貫《つらぬ》いた。

「オオオオオォォォオオオォォオオォォォオオオオオォォォオオオ」

化《ば》ケ物島《けものじま》が触腕《しょくわん》をくねらせながら、声をあげる。

この調子ならいけるかもしれない。

このまま一気に、あの化《ば》ケ物島《けものじま》を片付けるんだ。

俺《おれ》は右手をジンベエザメに向かって掲《かか》げた。

「俺《おれ》に力を貸してくれ！」

叫《さけ》ぶとどこからともなく、魚が一匹《びき》、また一匹《びき》と集まってきた。

雨粒《あまつぶ》の降り注ぐ空に集まってきた魚達《たち》は、ジンベエザメを中心にしてぐるぐると渦《うず》を巻きはじめる。

「えーっと、なんだ、魚、魚、魚の名前……、そうだ、マグロ？」

そういえば、マグロ丼《どん》がおいしかったなぁというだけで浮《う》かんだマグロの名を呼ぶと、魚達《たち》の中から落りてきたのはまさに、マグロだった。

マグロが俺《おれ》に衝突《しょうとつ》する。一体化する。見た目の変化は見られなかったが、足が軽くなった気がした。

「えーと？」

それで、マグロの力を借りた俺《おれ》はなにができるんだ？

「ウゴオオオォォォォオオオォォォォォオオオオオオオオオ」

その時、まるで地獄《じごく》の底から響《ひび》いてきたようなすごい音がした。それは、声だったのかもしれないが判別がつかない、ものすごい音がびりびりと響《ひび》いて、全身が総毛立《そうけだ》った。

化ケ物島《ばけものじま》が一気に黒く染まり膨張《ぼうちょう》した。化ケ物島《ばけものじま》の大きな目と目の間の下にぽっかりと空間ができた。そこから空に向かって黒い球体が吐《は》き出《だ》される。曇《くも》り空《ぞら》は墨《すみ》を含《ふく》んだように、薄黒く染まっていった。

「……オマエラ、小魚、ゴトキニ」

ぬめぬめとした声が言った。

「ワタシハ、止メラレヌ。コノ世界ハ海ニ変ワル。全《すべ》テ、全《すべ》テ、深海ニ沈《しず》メ」

空が轟《とどろ》き、稲光《いなびかり》が差す。

瞬《また》く間《ま》に、雷《かみなり》が落ちた。

音を音と認識《にんしき》できないくらいの、轟音《ごうおん》が響《ひび》き渡《わた》った。

次に静寂《せいじゃく》が訪《おとず》れた時、まっさきに聞こえたのはめめの声だった。

「……四方屋《よもや》、先輩《せんぱい》？」

四方屋《よもや》？

目の前には化ケ物島《ばけものじま》、隣《となり》につぶやいためめ、少し先に潤芽《うるめ》先輩《せんぱい》の姿は確認《かくにん》できた。

しかし。

「四方屋《よもや》？　四方屋《よもや》、四方屋《よもや》！　どこ行った？　返事しろ！」

今の今まで四方屋《よもや》は立っていた。その場所に四方屋《よもや》の姿がない。代わりにあったのは、砂がえぐれた跡《あと》。そこは焼《や》け焦《こ》げたかのようにしゅうしゅうと煙《けむり》をあげている。

どれだけ見回してもいない。

少しくらい離《はな》れていたって見つけられるはずの金色の髪《かみ》は、雨に濡《ぬ》れた砂浜《すなはま》のどこにも見つからなかった。

「ジュンちゃん！」

潤芽《うるめ》先輩《せんぱい》が声を張り上げる。耳によく響《ひび》く声だ。この声が聞こえないはずがない。

それなのに、返事はなかった。

「キエロ」

化ケ物島《ばけものじま》が言った。

「キエロ、キエロ、キエロ、キエロ、ジャマスルモノハスベテ、ヤミニキエロ」

ふたたび稲光《いなびかり》が差す。轟音《ごうおん》と共に黒い空から雷《かみなり》が落ちる。その一つが、潤芽《うるめ》先輩《せんぱい》を包んだ。

その様子はまるでスローモーションのようだった。

不安そうな顔をしたまま、潤芽《うるめ》先輩《せんぱい》は闇《やみ》に呑《の》まれた。

あとに残ったのは静寂《せいじゃく》と、えぐれた砂浜《すなはま》と、不気味な煙《けむり》だ。

潤芽《うるめ》先輩《せんぱい》が消えてしまった。

「潤芽《うるめ》先輩《せんぱい》！」

めめは潤芽《うるめ》先輩《せんぱい》が立っていた場所に駆《か》け寄《よ》った。

「そんな、そんな！　どうして。潤芽《うるめ》先輩《せんぱい》、潤芽《うるめ》先輩《せんぱい》！」

煙《けむり》をあげるくぼ地に向かって、めめは叫《さけ》んだ。まるで信じられないものでも見てしまったかのように。

俺《おれ》だって信じられなかった。

目の前で起こったことだというのに。

信じられない。

潤芽《うるめ》先輩《せんぱい》がこんな簡単に、消えてしまうなんて。

「嘘《うそ》、だろ」

たった二回。

たった二回、化ケ物島《ばけものじま》が雷《かみなり》を落としただけで、ひょうたん海岸は様変わりしてしまった。海岸だけじゃない。松林からも、町の方からも、黒い煙《けむり》はあがっている。

あの雷《かみなり》に包まれて、そこにいた人も物も消えてしまった。

「……四方屋《よもや》、も？」

ぐらぐらと地面が揺《ゆ》れた。化ケ物島《ばけものじま》はさらに、海岸へと乗り上げた。巨大《きょだい》な目玉の視線は俺《おれ》達《たち》に注がれていた。

「キエロ。深海ヘト、キエロ」

稲光《いなびかり》が差した。

呆然《ぼうぜん》とした様子のめめの顔を光が照らす。くぼ地の縁《ふち》にへたり込《こ》むめめへと向かって、雷《かみなり》が落ちた。

「めめ！」

めめの腕《うで》を取って逃《に》げるのに、一秒もかからなかった。

脚《あし》が人間の脚力《きやくりよく》とは思えないほど、ものすごい速さで動いた。まるで瞬間《しゆんかん》移動だ。これが、マグロの力なのだろうか。

「あっ」と、めめが声をあげた時には、雷《かみなり》が落ちた砂浜《すなはま》から10メートルは離《はな》れていた。そこで、雷《かみなり》が落ちる、轟音《ごうおん》を聞いた。

「待って！」

めめが手を伸《の》ばして叫《さけ》ぶ。

雷《かみなり》が落ちた場所、その場所にあったもの。

めめが一瞬《いっしゅん》、手放してしまったバズーカ砲《ほう》が、雷《かみなり》に包まれて消えてしまった。

びりびりと鼓膜《こまく》を震《ふる》わせるすごい音がやむ。

激しい雨が打ちつける。

めめは、全身から力が抜《ぬ》けてしまったかのように崩《くず》れ落《お》ちた。

「しっかりしろ」

つかんだままの腕《うで》を引く。

「……なんでよ」

うなだれたままのめめはつぶやいた。

台風のように荒《あ》れ狂《くる》う雨風の中で、ひょうたん海岸は黒い煙《けむり》に覆《おお》われている。次の雷《かみなり》は、すぐにくるかもしれない。立ち止まってる場合じゃないというのに。

「なんでよ。なんでよ、なんでよ。なんで！」

めめは立ち上がると俺《おれ》の胸倉《むなぐら》をつかんだ。

「なんで、あんな急に。私の腕《うで》を引っ張ったりするから、驚《おどろ》いて、手放しちゃったじゃない！

私のマッコウクジラ達《たち》を！」

雨に濡《ぬ》れためめの瞳《ひとみ》は怒《いか》りで光を放《はな》っていた。

「な、んでって、だって、あのままお前を放《ほう》っておけば、バズーカ砲《ほう》ごとお前も消えてたかもしれないんだぞ」

「それにしたって、もっと方法があるでしょう！」

「知るかそんなもん。お前の命を優先させてなにが悪い」

「戦えなきゃ意味がないじゃない！」

「戦う……」

「このままじゃ私達《たち》、みんな死ぬ！」

俺《おれ》の胸倉《むなぐら》をつかんで叫《さけ》ぶ、めめの声は震《ふる》えていた。

くしゃりと歪《ゆが》めた顔の、二つの黒い瞳《ひとみ》が揺《ゆ》れている。

死ぬ？

「戦わなきゃ、戦わなきゃ、いけないのに……。四方屋《よもや》先輩《せんぱい》も、潤芽《うるめ》先輩《せんぱい》も、消えてしまった。お兄ちゃんもどうなってるか分からない。林陸呂《はやしりくろ》だって、町の人達《たち》だって、みんなみんな、みんなを守らなきゃいけないのに。戦えなきゃ、意味ない。あの化ケ物島《ばけものじま》はトヨタマヒメの宝を使って、海を操《あやつ》って、この世界を沈《しず》めようとしている。そんなの私はいや！」

「そんなの……」

死ぬ、死ぬのか。このままじゃ、みんな消えてしまって。海に沈《しず》められて。

俺《おれ》は胸倉《むなぐら》をつかんでいるめめの手を、ゆっくりと握《にぎ》った。

「そんなの、俺《おれ》だっていやだ。だから考える」

めめが大きく目を見開く。

「お前に力がなくても、まだ俺《おれ》がいる。ジンベエザメは全《すべ》ての魚の力を借りられるんだ。なにかしらあるだろ。あいつに対抗《たいこう》できるくらい、でかい力を持った魚の一匹《ぴき》や二匹《ひき》いるはずだ」

俺《おれ》はめめの手を引いて駆《か》け出《だ》した。マグロの瞬発《しゅんぱつ》力があれば、あの触腕《しょくわん》を避《さ》けるなんて簡単だと思った。

それなのに、襲《おそ》い掛《か》かってきた触腕《しょくわん》に弾《はじ》き飛《と》ばされて、めめの身体《からだ》を抱《だ》きかかえたまま濡《ぬ》れた砂の上を転がった。

「な、んで。脚《あし》が重い。マグロはどうした？　力を貸してくれてるんじゃなかったのか」

『海人《かいと》』と、空から声がする。

『言っておかなきゃいけないことがあったの』

「なんだよ」

起き上がってまた駆《か》け出《だ》す。

『確かに、私は他《ほか》の海の生き物達《たち》の力を引き出して使うことができるわ。でもそれは、その生き物の種類につき、一日に一度きりなのよ』

「一度きり？」

『そう、一度きり。一度使ってしまえば、おしまいよ』

「なんで、そんな大事な話を今するんだ」

『言い忘れていたのよ』

「そうかよ」

うなだれると、さらに身体《からだ》が重くなった気がした。

「鳴瀬《なるせ》先輩《せんぱい》、どうしたんですか？」

めめが隣《となり》で怪訝《けげん》そうな顔をしていた。

ジンベエザメの声は聞こえないらしい。

「ああ、いや……」

「鳴瀬《なるせ》先輩《せんぱい》、私、ずっと考えてたことがあるんです」

「うん？　なんだ」

その時、目前から触腕《しょくわん》の束が襲《おそ》い掛《か》かってきた。後ろからも迫《せま》っていた。挟《はさ》み撃《う》ちにする気らしい。

俺《おれ》は右手を空に向かって突《つ》き出《だ》した。

「俺《おれ》に力を貸してくれ、えっと……」

空へと高く舞《ま》い上《あ》がるその姿を思い出す。

「トビウオ！」

四方屋《よもや》のように、砂地を蹴《け》るとものすごい高さまで飛び上がった。めめを連れたまま、眼下にある化ケ物島《ばけものじま》を見下ろす。

でかい。

赤黒いどろどろとした島のような塊《かたまり》。巨大《きょだい》な目玉が動いている。長い触腕《しょくわん》は俺達《おれたち》を見失って、互《たが》いにぶつかった。

「10本」

めめが言った。

砂地に降り立つとめめが断言した。

「あの触腕《しょくわん》は10本あります」

「10本？」

「私はずっと、あの化ケ物島《ばけものじま》の正体について考えてました。本当にただの化物《ばけもの》なのか、そうではない何物かなのか。あれは確かに化物《ばけもの》のように見えます。でも、違《ちが》います」

「あれが化物《ばけもの》じゃなきゃなんなんだ」

「あれは、イカです」

「イカ？」

化ケ物島《ばけものじま》に目をやる。

イカ？　あれがイカだと？

「イカっていうとあれか、食べられるイカのことか」

そんなことくらいしか言えなかった。

「種類的には」

めめはあくまで冷静だった。

「無脊椎動物《むせきついどうぶつ》だと思いますが、あれはもちろんただのイカじゃない。深海に沈《しず》めと言っていました。だからきっと、深海に住んでいたもの。深海を統《す》べるもの。あれは、たぶん、ダイオウイカです」

「ダイオウイカ？」

「だけど、それじゃあなんで……」

「なんだ。どうした。あれがその、ダイオウイカだって言うんなら、弱点かなにかあるだろ」

「どんなに大きくたって、あれがイカだとしたら、弱点は目と目の間です。でも……」

めめは苦しげに顔を歪《ゆが》めた。

「でも？　でも、なんかあるのか？」

めめは自分の両手を見つめていた。

少し間がある。

両手をぎゅっと握《にぎ》り締《し》めると、小さく息を吐《は》き出《だ》した。

「ダイオウイカの宿敵といえば、マッコウクジラです。それなのに、私のマッコウクジラ達《たち》では、ダイオウイカを倒《たお》すことができませんでした。つまりそれは、マッコウクジラではだめだということです。だとすれば、ダイオウイカ相手にどの海の生き物を呼べばいいのか……」

分からない、と、つぶやく声は微《かす》かに震《ふる》えていた。

めめに分からないことが、俺《おれ》に分かるはずがない。

だけどそんなこと言たってなにも始まらなければ、終わりもしない。そうだ。終わらせなければいけないんだ。だから、考えろ、考えろ。めめが分からないって言うなら、めめの分まで考えるしかない。

「ウニとか」

ぱっと思《おも》い浮《う》かんだ海の生き物をあげていく。

「えと、マグロ、トビウオ、クラゲに、そうだ、リュウグウノツカイはどうだ」

めめは俯《うつむ》いたまま、力なく首を横に振《ふ》る。

だめか。

イカ、イカ、イカ。あれはでかくたってイカなんだ。イカに効きそうな海の生き物って、なにがいる?

イカ、イカ、イカ、イカ、イカ、イカ、イカ。

ぶつぶつ言っていたら、触腕《しょくわん》が襲《おそ》ってきた。

「危ないっ!」

かばっためめごと弾《はじ》き飛《と》ばされて、気づけば砂の上に落ちていた。全身を打って、身体中《からだ》に痛みが走る。

「……っぅ」

もうどこが痛いのか分からないくらいだ。黒い煙《けむり》をあげる砂浜《すなはま》と荒《あ》れた海、叩《たた》きつける激しい雨の向こうにいる化物《ばけもの》みたいなイカ。それら全《すべ》てが霞《かす》んで見えた。

なんだよ、なんでたかがイカ相手にこんな目にあわされなきゃならない？

『俺《おれ》今、イカブームなんだ』

ふいに甦《よみがえ》ったのは、能天気な声でそんなことを言い、イカを食べまくっていたととの姿だった。

溜息《ためいき》がこぼれた。

「鳴瀬《なるせ》先輩《せんぱい》、大丈夫《だいじょうぶ》ですか？　しっかりしてください」

俺《おれ》の腕《うで》から這《は》い出《で》ためめが、倒《たお》れたまま動かない俺《おれ》の肩《かた》を揺《ゆ》する。

「ととなら、喜んであのイカを食べてくれたかもしれないな」

「え？」

ゆっくりと身体《からだ》を起こしながら言うと、めめは不安そうな目を俺《おれ》に向けた。俺《おれ》は「いや」と、かぶりを振《ふ》る。

「ととなら、変なことばかり知ってるととなら、なにかいい策を思いつけたかもしれないと思って」

「お兄ちゃんなら……」

今回起こったことの真相を暴《あば》くために、学校の図書室や市立図書館を利用して、この地域で起こった歴史まで遡《さかのぼ》って調べようとするとなら、なにかを導き出せたかもしれないととなら。

化ケ物島《ばけものじま》としかいいようのないダイオウイカが、ひょうたん海岸に現れる可能性を示す絵を探し出したととなら。昔話も逸話《いつわ》も伝説も、全《すべ》てをありうるものと受け入れてしまえるととなら、あるいは……。

「……伝説？」

つぶやいた瞬間《しゅんかん》、俺《おれ》の中でなにかすとんと降りてきた気がした。

「そうか、伝説だ。化ケ物島《ばけものじま》も空想上の生き物だっていうなら、こっちだって空想上の伝説の生き物を呼べばいい。伝説の、神聖な海の生き物を」

「鳴瀬《なるせ》先輩《せんぱい》？　なに言ってるんですか、伝説って」

「モビィ、なんとかっていう、白いクジラがいるだろ。あれを呼ぼう」

「それって、もしかして、モビィ・ディックのことですか？」

「そうだ、それだ。それしかない」

地響《じひび》きがして、ダイオウイカはさらにひょうたん海岸へと乗り上げてきた。赤黒く溶《と》けた塊《かたまり》は目前にある。

ふらつく脚《あし》に力を入れて立ち上がり、化物《ばけもの》を見据《みす》えると、右手を空に掲《かか》げた。

「ま、待ってください。モビィ・ディックはだめです。あの白いクジラは、白い、マッコウクジラです」

めめが慌《あわ》てたように立ち上がると、俺《おれ》の右腕《みぎうで》を引いた。

「それに、モビィ・ディックは神聖な生き物どころか、船を次々と沈《しず》めたという海の魔物《まもの》です。そんなものを呼ぶなんて、無謀《むぼう》すぎます。そもそも、そんな生き物、実在するわけが……」

「だけど、化ケ物島《ばけものじま》は今、目の前にいるだろ。ただの昔話でしかなかったはずなのに」

「でも……」

「賭《か》けてみる価値はある。ダイオウイカの宿敵であるマッコウクジラで、その上伝説の神聖な生き物とも、海の魔物《まもの》とも呼ばれてるんなら、どちらにしろとんでもない奴《やつ》のはずだ」

「っつ……」

俺《おれ》の右腕《みぎうで》をつかんだままの指先は微《かす》かに震《ふる》えている。混乱しているのだろう。戸惑《とまど》うように頼《たよ》りなく、俺《おれ》を見つめる黒い瞳《ひとみ》がゆらゆらと揺《ゆ》れていた。

「大丈夫《だいじょうぶ》だ」

俺《おれ》は言うと、右手を空に掲《かか》げた。

「キエロ、キエロ、キエロキエロキエロキエロキエロキエロキエロ」

その瞬間《しゅんかん》、ダイオウイカも空に向かって触腕《しょくわん》を伸《の》ばした。ぎょろりとした目と目の間の少し下に空間があく。そこから空に向かって黒い球体が吐《は》き出《だ》された。

「んな簡単に、消えてたまるか！」

「深海ヘト沈《しず》メ」

「お願いだから力を貸してくれ、伝説の白いマッコウクジラ、モビィ・ディック‼」

黒々とした空が光を放つ。その下でジンベエザメを中心にして魚達《たち》が渦《うず》を巻く。ぐるぐると、幾重《いくえ》にも渦《うず》を巻く。魚達《たち》を突《つ》き破《やぶ》って、落ちてくる。

雷《かみなり》が。

落ちた。

爆弾《ばくだん》でも落ちたんじゃないかというくらいに、近くですさまじい音が鳴《な》り響《ひび》く。ぐらぐらと地面が揺《ゆ》れた。

モビィ・ディックは。

右手を精一杯《せいいっぱい》に伸《の》ばす。

モビィ・ディックは。

ずんぐりとした白い頭が、魚達《たち》の間からぬっと飛び出してきた。

『呼んだか』

目の前いっぱいにあって、その全長が分からない、白いものはしゃべった。海の魔物《まもの》だと恐《おそ》れられているような凶悪《きょうあく》さは微塵《みじん》も感じない、低くて優《やさ》しい、穏《おだ》やかな声だ。

「……モビィ・ディック、なのか？」

『そうとも、呼ばれる』

「嘘《うそ》」と、つぶやいたのはめめだ。「本当に、モビィ・ディックなの？」

『そう呼ぶ者もいるが、呼び名などは自由だ』

めめは呆然《ぼうぜん》とした様子でモビィ・ディックを見つめている。

「お前も、モビィ・ディックの声が聞こえてるのか？」

確か、ジンベエザメの声は俺《おれ》にしか聞こえていなかったはずだ。反対に、めめと共にあるマッコウクジラ達《たち》の声も俺《おれ》には聞こえない。

めめは「え？」と、目を瞬《しばたた》かせた。

「そう言われれば、とり憑《つ》かれていない海の生き物の声が聞こえたのは、初めてです」

『話すことくらい造作ないことさ。君は、娘《むすめ》の一部を身体《からだ》に宿しているだろう』

「娘《むすめ》の、一部？」

『そうさ。そして、久しいな、懐《なつ》かしき少年よ』「懐《なつ》かしい？」

『おや、忘れてしまったのかい。それは寂《さび》しいね。遠い昔、我らは会っているというのに』

遠い昔？　いったいなんの話をしてるんだ？

疑問符《ぎもんふ》を浮《う》かべている俺《おれ》とめめに構わず、モビィ・ディックは続けた。

『まあいいさ。ところで、こんなところに私を呼んだ理由はなんだ』

「あ……、それは、力を、貸してほしくて。あいつを、あのダイオウイカを、倒《たお》さなきゃいけ

ないんだ」

とにかくこうして来てくれたモビィ・ディックに、俺《おれ》は説明した。モビィ・ディックは少しだけ頭を反《そ》らすと、納得《なっとく》した様子で頷《うなず》いた。

『なるほど。ダイオウイカの死骸《しがい》だね。それらが集まって、闇《やみ》が巣くった塊《かたまり》だ。なるほど、私の力を貸りたい、と。それはいいが、相当な負担になるよ。今の君の身体《からだ》はひどいありさまだ。耐《た》え切れないかもしれない』

「それなら私が」

めめが一歩進み出た。

「私が、やります。私がやりとげてみせます。だから、お願いします。あなたのお力を、貸していただけないでしょうか」

「いや、俺《おれ》も。俺《おれ》も、大丈夫《だいじょうぶ》だと思う、ます。あいつを倒《たお》さなきゃ、この町だけじゃなくて、世界が海に沈《しず》んでしまうんです」

「鳴瀬《なるせ》先輩《せんぱい》は黙《だま》っててください」

「なんでだよ。そもそもモビィ・ディックを呼んだのは俺《おれ》だぞ」

「鳴瀬《なるせ》先輩《せんぱい》にマッコウクジラの力が使いこなせるとでも思ってるんですか」

「はあ？　お前よりは立派に使いこなせると思う」

「こんな時に冗談《じょうだん》言わないでください。全然面白《おもしろ》くありません」

「こんな時に笑わせる必要がどこにあるんだ。俺《おれ》は本気だ」

「とにかく」

めめは俺《おれ》の身体《からだ》を押《お》しのけると、モビィ・ディックに手を伸《の》ばした。

「私がやります。私にあなたの力を使わせてください。オオワタツミノカミ様！」

めめが呼んだ聞き覚えのない名前に、ふっとモビィ・ディックが笑ったような気がした。

『その意志を貫《つらぬ》き曲げぬところ、君は似ているね、我《わ》が娘《むすめ》に。そこまで言うのなら、いいだろう。マッコウクジラに愛されし少女よ。私の力を使うがいい』

モビィ・ディックはそう言うと、姿を変えた。

俺達《おれたち》の上にゆっくりと降りてきたのは、めめが使っていたバズーカ砲《ほう》よりもさらに巨大《きょだい》な白いバズーカ砲《ほう》だ。めめは手馴《てな》れた様子で持ち手を握《にぎ》った。

「ジャマダ、キエロキエロキエロキエロ――――」

異変を察したのか、ダイオウイカは雷《かみなり》をめちゃくちゃに落としはじめた。

「消えるのはあなたの方よ！」

白いバズーカ砲《ほう》に眩《まばゆ》い光が集まってきた。どこからともなく、キラキラとした光が集まってくる。めめは照準をダイオウイカの目と目の間に合わせると、一気に引き金を引いた。

「いっけえええええぇぇぇぇぇぇぇ――――!!!」

すさまじい威力《いりょく》で、純白の光が放たれた。

「オオオオォォ────」

ダイオウイカがあげた声を、俺《おれ》は背中で聞いた。

「めめ！」

バズーカ砲《ほう》を撃《う》った瞬間《しゅんかん》、反動でめめが後ろに吹《ふ》き飛《と》んでいた。その身体《からだ》は砂の上をごろごろと転がって、やがて動きを止めた。

「おい、めめ。大丈夫《だいじょうぶ》か」

ぴくりとも動かない。

しゃがんで細い身体《からだ》を抱《だ》き起《お》こすと、その表情は苦痛に歪《ゆが》んでいた。左手で押《お》さえている右《みぎ》腕《うで》が震《ふる》えている。白い額には汗《あせ》が浮《う》かび、息が荒《あら》かった。

「おい……」

「私は、だいじょうぶ、です。……ダイオウイカは？」

どう見ても大丈夫《だいじょうぶ》そうには見えないんだが。

首を捻《ひね》って見ると、ダイオウイカも無事ではないことが一目瞭然《いちもくりょうぜん》だった。思った以上の反動で照準がずれたらしいが、バズーカ砲《ほう》が当たった右上の部分がえぐれてなくなっている。再生もできないらしい。それでも、目玉をせわしなくぎょろぎょろと動かし、触腕《しょくわん》をうねらせている。

「まだ生きてるし、元気そうだ」

俺《おれ》が言うと、めめは血の気の引いた唇《くちびる》を噛《か》んだ。

「……もう、一発」

めめは言う。

「もう、一発。次こそ、必ず、仕留めます」

よほどの衝撃《しょうげき》を受けたのだろう。顔面蒼白《そうはく》で、未《いま》だに立ち上がる力もないくせに、口では強気なことを言う。

なに言ってんだ。

「なに、言ってんだ」

心の声が口から飛び出していた。

「無茶言うのもたいがいにしろ」

めめはかっとした様子で目を見開いた。

「無茶、なんかじゃありません。鳴瀬《なるせ》先輩《せんぱい》では、無理なんです。私が、やるしかないんだから。黙《だま》ってて」

「いいや、黙《だま》らん。なんの根拠《こんきょ》があって、俺《おれ》には無理だと言うのかさっぱり分からないし、お前がやるしかないことになってるのかも分からない」

「だって、モビィ・ディックが……」

「モビィ・ディックがなんだよ」

「モビィ・ディックは、私に使えと、その力を託《たく》してくれたんですよ」

「だから？」

「だ、から？　……だからって、なんですか。それが理由です。マッコウクジラの使い手である私が、マッコウクジラであるモビィ・ディックのバズーカ砲《ほう》を撃《う》つのは、もはや運命のようなものです」

　無茶苦茶理論もここまでくると正論に聞こえるから不思議だ。俺《おれ》の腕《うで》の中で、口だけは威勢《いせい》よくまくし立てるめめに溜息《ためいき》しかでない。

「それでもまだ文句がありますか」

「……分かった分かった。分かったよ」

　根負けしてしまった。仕方がない。

「じゃあせめて、補助に回らせてくれ」

　ぎゅっと眉間《みけん》にシワを寄せていためめの表情がきょとんとなる。

「補助？」

「そうだ。バズーカ砲《ほう》の引き金を引くのはお前だ。ダイオウイカを倒《たお》すのは、マッコウクジラであるお前だ。だけどせめて、その手伝いをさせてくれ。お前の後ろでバズーカ砲《ほう》を支えさせてほしい」

　少しだけ考えるような間があった。

「……それなら」と、小さくつぶやく。

それだけで十分だった。

力が入らずふらついているめめをなんとか立たせると、転がっている巨大《きょだい》なバズーカ砲《ほう》を拾い上げる。人の身体《からだ》以上はある大きさなのに、驚《おどろ》くほど軽い。片手でも十分持てる純白のバズーカ砲《ほう》の持ち手を握《にぎ》り、肩《かた》に担《かつ》ぐと、めめが俺《おれ》の前に立った。

めめはバズーカ砲《ほう》に寄《よ》り添《そ》い、照準をダイオウイカの目と目の間に合わせた。細い指を引き金に絡《から》ませる。

「次は絶対に決めます」

見なくたって分かる。あくまで落ち着いた声音《こわね》のめめが、どれだけ必死の形相《ぎょうそう》でいるか。ぴんと張《は》り詰《つ》めた空気に、その身体《からだ》を強張《こわば》らせているか。

「おう」と、俺《おれ》は答える。

ダイオウイカだって、ただ黙《だま》ってやられるのを待っているわけではない。黒い雷《かみなり》はすぐ近くに落ちた。地響《じひび》きがして砂地が陥没《かんぼつ》し、黒い煙《けむり》があがる。同時に触腕《しょくわん》が伸《の》びてきた。

めめは引き金を引こうとする。今度こそ、ダイオウイカの不気味な目と目の間めがけて、白い光を放つために。

しかし、震える指は動かない。

はっと、めめが息を呑《の》んだのが伝わった。

俺《おれ》は力の入らないめめの手に手を重ねる。めめが引こうとした指ごと、一緒《いっしょ》に引き金を引いた。

「今度こそくたばれ、ダイオウイカァァァ――――!!」

目と鼻の先に迫《せま》った鋭《するど》い触腕《しょくわん》が、瞬間《しゅんかん》、粉々に吹《ふ》き飛《と》んだ。

「ウオオオオォォォォオオオオォォォォォォオ――――――」

ダイオウイカの声が掻《か》き消されていく。

一筋の光がダイオウイカの触腕《しょくわん》を砕《くだ》き、雷《かみなり》を弾《はじ》いて、その身体《からだ》を真っ二つにするのを、薄《うす》く開けた片目で確認《かくにん》するのが精一杯《せいいっぱい》だった。

なんだ、これ、やばいっ。

バズーカ砲《ほう》を撃《う》った瞬間《しゅんかん》、めめを抱《かか》えたまま後ろに飛ばされた。砂の上を転がって転がって、やがて回転が止まっても動けなかった。身体《からだ》中に電流が走ってるみたいにびりびりする。力の破片《はへん》が駆《か》け巡《めぐ》ってるみたいだ。

「鳴瀬先輩《なるせせんぱい》っ」

先に身を起こしたのはめめの方だった。

「……め、め。だいじょ、うぶ、か?」

さっきよりは顔色もいい。めめは力強く頷《うなず》いた。

「私は大丈夫《だいじょうぶ》です。それより、見てください。ようやく、やりました。ダイオウイカが消えていきます。そして、モビィ・ディックが……」

目を向けると、ダイオウイカの身体《からだ》がボロボロと崩《くず》れ落《お》ちていくところだった。その上を優《ゆう》雅《が》にたゆたっていたのは、白く巨大《きょだい》なマッコウクジラだ。伝説のクジラの声はすぐ耳元で聞こえた。

『またいつか、再び相見《あいまみ》える日まで。少年少女よ、さらばだ』

モビィ・ディックは手を振《ふ》るように尾《お》を揺《ゆ》らすと、ゆっくりと黒い雲の中に溶《と》けて消えた。

どうやら終わったらしい。終わりにできたらしい。

俺《おれ》は大きく息を吐《は》き出《だ》すと、四肢《しし》を動かしてみた。身体《からだ》のあちこちがぎしぎしと鈍《にぶ》い音をたてる。めめが手助けしてくれて、なんとか上半身だけ起こすことができた。

砂の上に座《すわ》りながら見つめる。

崩《くず》れ落《お》ちるダイオウイカは、やがて光の欠片《かけら》となって霧散《むさん》していく。嵐《あらし》のようだった雨も風も止《や》んでいた。モビィ・ディックが通《とお》り抜《ぬ》けていった雲の隙間《すきま》から日の光が差《さ》し込《こ》むと、淡《あわ》い光はいっそう輝《かがや》いた。

輝《かがや》きながらゆっくりと、俺達《おれたち》の周囲に降り注いだ。

「鳴瀬《なるせ》先輩《せんぱい》、見てください」

めめが声を弾《はず》ませた。

見れば、めめの頭上に大きな黒い塊《かたまり》がいる。それは、優《やさ》しい目をした、マッコウクジラ達《たち》。

14頭はめめの元に戻《もど》ってきたのだ。

「めめちゃん、鳴瀬《なるせ》！」

どこからともなく声が近づいてきた。

聞き覚えのある、はきはきした声だ。

それは間違《まちが》いなく、四方屋《よもや》の声だった。

「めめちゃん、鳴瀬《なるせ》君」

耳によく響《ひび》く声は震《ふる》えていた。潤芽《うるめ》先輩《せんぱい》だろう。

どうして、雷《かみなり》に打たれて消えてしまったはずの二人の声がするのか。もしかしたら夢なんじゃないかとも思った。

「四方屋《よもや》先輩《せんぱい》、潤芽《うるめ》先輩《せんぱい》も、無事だったんですね！」

めめがうれしそうに二人を迎《むか》えたらしいが、どうにも目が霞《かす》んで見えない。ふらふらする。

「みんな大丈夫《だいじょうぶ》かい？」

これは、ととの声か。ダイオウイカを倒《たお》したおかげなのか、マッコウクジラ団はみんな、戻《もど》ってこられたらしい。陸《りく》は、町の人達《たち》は、どうなったのだろう。だめだ、頭が回らない。

「よかった。本当によかった。これでもう、大丈夫《だいじょうぶ》ですね。これでもう、安心です」

めめがほっと安堵《あんど》の吐息《といき》を漏《も》らす、その様子が浮《う》かんだ。

よかったな。

そう、声に出したかったのに、出なかった。

「海人《かいと》？」

聞こえてるのに、答えられない。

「鳴瀬《なるせ》先輩《せんぱい》？」

だめだった。

急激に意識が遠のいて、なにも分からなくなって、まるでテレビの電源を落としたかのように、そこでなにもかもがぷつりと途切《とぎ》れてしまった。


目を覚ました時、そこは見慣れた白い天井《てんじょう》と丸い電灯がある俺《おれ》の部屋だった。

水色のカーテンの向こうからはすでに日が差《さ》し込《こ》んでいる。ベッドの枕元《まくらもと》にあるデジタル時計は六時半だ。カレンダーの日付は四月三十日。四月の最終日になっている。

「……四月、三十日？」

驚《おどろ》いて飛び起きた。

時間が進んでいる。あの日から三日が過ぎていた。

「なんだよこの時計、壊《こわ》れてるんじゃないのか」

デジタル時計を振《ふ》ったり叩《たた》いたりしてみたが、日付は変わらない。

部屋を出て居間に向かいテレビをつけてみた。朝の情報番組の日付を確認《かくにん》すると、やはり四月三十日になっている。テレビを消して部屋に戻《もど》った。ベッドに腰《こし》を下ろす。窓の外からはスズメの鳴き声がした。

平和な一日の始まりにふさわしい、静かな朝だ。

「ジンベエザメ」

なにもない空間に向かって、ためしにつぶやいてみた。

三日前に起こった出来事が、もしかしたら爆睡《ばくすい》している間に見た夢だったのではないかと思ったのだ。

『おはよう、海人《かいと》。ようやくのお目覚めね』

平べったい白い腹が現れて答えた。

「ようやくのお目覚め、って、いったいなにが、どうなってるんだ。さっぱり分からないんだが」

『私は忠告したはずよ』

「なにを」

『絶対に無茶をしないでと』

「無茶……」

『生死の境をさまよっていたけれど、あなただったから、三日で目覚められたのよ。それもまた奇跡《きせき》ね』

「奇跡《きせき》」

俺《おれ》は大きく溜息《ためいき》を吐《は》き出《だ》した。

「ああ、そうか。なるほど。思い出してきた」

頭をぐしゃぐしゃと掻《か》いてから、パジャマ代わりにしているスウェットを脱《ぬ》いだ。あんなに血まみれになったのに傷跡《きずあと》は一つもなく、しょぼいいつも通りの身体《からだ》がある。手も脚《あし》も動く。どこにも痛みはない。

「嘘《うそ》みたいにきれいだな」

『でも、三日もかかったのよ。それまであなたは眠《ねむ》り続けていた。あなたの父親も心配していたわ』

「……父さんが」

なんて言い訳をすれば、三日間も眠《ねむ》り続けていた理由を信じてもらえるだろうか。父親と顔を合わせるのが憂鬱《ゆううつ》になった。

『そして、あのマッコウクジラ団とかいう仲間の人達《たち》もまた、心配していたみたい』

「うちまで来てたのか？」

『海人《かいと》をここまで運んだのは、あの人達《たち》だもの』

『そうよ。海人《かいと》、あなたは昔からどこかとぼけたところがあったけど、やはり変わらないわね』

「そうか」

「昔？」

『遠い昔の話よ。白いクジラも言っていた、昔の話』

「なんの話だ」

『あなたの話よ。あなたがあなたであるがゆえの話』

「俺《おれ》が俺《おれ》であるがゆえの話……。なんだそれ」

ジンベエザメは少し黙《だま》って揺《ゆ》れていたが、諦《あきら》めたらしい。

『まあいいわ。海人《かいと》がこうして、生き返ってくれたことが私もうれしい。今はそれだけよ』

そう言い残して姿を消した。それからはいくら呼んでも返事さえしてくれない。

どうやら機嫌《きげん》を損《そこ》ねたらしい。

「……ごめん、ジンベエザメ。もう無茶はしないから」

なにもない天井《てんじょう》に向かって謝《あやま》ってみるも、やはり返事はなくて虚《むな》しくなった。

「とにかく、あれは夢オチじゃなかったんだな」

一人ごちると溜息《ためいき》が出た。

まずは学校に行く準備をしよう。三日も休んでたなんて信じられないが、一人でうだうだ頭を抱《かか》えていたって埒《らち》があかない。


外に出ると春を通り過ぎてすでに夏みたいな陽気だった。

三日前までは雨風が台風みたいにすごく、冬に逆戻《ぎゃくもど》りしていたというのに。

目に映る景色は鮮《あざ》やかな色で溢《あふ》れ、ツツジや藤《ふじ》の花まで咲《さ》いている。日差しが強く、冬服でいるのが暑いくらいだ。

「おう、おはよう。久しぶりじゃが」

商店街でいつもの魚屋のおっちゃんに声をかけられた。

「おはようございます。本当に久しぶりですね。お元気でしたか」

ねじり鉢巻《はちまき》に日焼けした顔。その顔が懐《なつ》かしく思えて近寄ると、おっちゃんは「元気に決まっとるが」と、白い歯を見せて笑った。

「ほうれ。今日はこいが大漁じゃった」

「ぎゃあ！」

思わず仰《の》け反《ぞ》った。

おっちゃんがきょとんとしている。

「あ？　どげんした？　お前、イカ嫌《きら》いだったたっけ？」

　イカだった。

　おっちゃんは太くて大きい、いきのいいイカを手にしていたのだ。

「あ……、いや、なんていうか、ちょっと、条件反射で」

「は？」

「あ、いや。イカは、嫌《きら》いじゃないですよ」

　ははははと笑うと、おっちゃんは不思議そうな顔をした。

「なんば言うちょっとね。わけ分からんが。まあ、また帰りにでも寄るとよか。イカをさばいとくけぇ。他《ほか》にも、ヒラメにタイにいろいろ大漁じゃったんよ」

「はい。分かりました。帰りに寄らせてもらいます」

　砕《くだ》いた氷の上には、新鮮《しんせん》な魚がたくさん並んでいた。それでも、イカだけはしばらく食べる気がしない。

　商店街はあちこちが修理の真っ最中という感じだった。化ケ物島《ばけものじま》が上陸しようとした時に発生した地震《じしん》で壊《こわ》れたのだろう。

　駅を通り過ぎ、踏《ふ》み切りで二両編成の電車が走り去るのを、同じ制服を着た生徒達《たち》と待った。

　暑くなってきたので、坂道の途中《とちゅう》で立ち止まる。

　そこは俺《おれ》がこの高校に転入してきた時に立ち止まった場所で、めめとの出会いの場所でもある。小さな町の向こうに広がるエメラルドグリーンの海。点々と連なる島。多少、建物は壊《こわ》れてはいるが、全《すべ》ては元に戻《もど》っている。

それは、学校にしても同じだった。

校舎中に張《は》り巡《めぐ》らされていた黒いネバネバはすっかり消えている。半壊《はんかい》した体育館は、どうやら地震《じしん》で壊《こわ》れたということになったようで、青いビニールシートがかぶせてあった。

教室に入ると、まっさきにやって来たのは佐々木《ささき》と鈴木《すずき》だった。

「おはよう、鳴瀬《なるせ》。手足口病だって？」

「おはようおはよう鳴瀬《なるせ》。インフルエンザだって？　まだ一週間経《た》ってないし、来ちゃいけないんじゃないのか？」

「なんだそれは」

佐々木《ささき》と鈴木《すずき》は怪訝《けげん》そうな面持《おもも》ちで顔を見合わせた。

「だって、笹美々《ささみみ》が言ってたんだ」

二人して口をそろえる。

そういうことにされてたのか。

「ととはどうした？　まだ学校に来てないのか？」

「そういえばまだだな」と、佐々木《ささき》が答える。

「そうか。ちなみに、俺《おれ》はすこぶる健康体だ。だから……」

「もしかしてもしかして、本当のところ、三日間休んで彼女《かのじょ》としっぽりしてたとかじゃないの？」と、鈴木《すずき》がにやにやする。

「彼女《かのじょ》なんかいるか！」

俺《おれ》が言うと二人はケラケラと笑った。

「おはよう、鳴瀬《なるせ》」

後ろから声をかけられた。

四方屋《よもや》が緑色の瞳《ひとみ》を丸くして立っていた。

「あ……、よかった。元気になったんだな。もうどこも悪くはないのか？　学校に来ても大《だい》丈夫《じょうぶ》なのか？」

「おはよう。うん、大丈夫《だいじょうぶ》だ。どこもどうもない」

四方屋《よもや》は顔をくしゃりとさせて「そうか、そうか」と、何度も頷《うなず》いた。

その姿は三日前と変わらない。

突然《とつぜん》四方屋《よもや》が現れたあげく、やけに感激している様子なので何事かと思ったのだろう。佐々《さ さ》木《き》と鈴木《すずき》が興味津々《きょうみしんしん》で俺達《おれたち》を見つめている。

「四方屋《よもや》こそ、大丈夫《だいじょうぶ》だったのか」

「ああ、私は見ての通りだ。なにも変わりなく元気だ」

「そりゃ、よかった。あの時、雷《かみなり》が落ちた時……」

佐々木《ささき》と鈴木《すずき》がいるせいで話しづらいな。

「鳴瀬《なるせ》。お前の方が大変だったっていうのに、私なんかのことを心配してくれるのか。お前は本当にいい奴《やつ》だな」

四方屋《よもや》は急に俺《おれ》に抱《だ》きついてきた。

は？

「わあ」と声をあげたのは、佐々木《ささき》か鈴木《すずき》か。教室がざわめいた。

「よ、四方屋《よもや》……」

「お前はヒーローだ。マッコウクジラ団の誇《ほこ》りだ。さすがはジンベエザメ。さすがは恵比寿《えびす》様だ」

「四方屋《よもや》、はなっ、離《はな》せ」

慌《あわ》ててその身体《からだ》を突《つ》き離《はな》す。

下着を見られることは恥《は》ずかしいくせに、抱《だ》き合《あ》ったりするのは平気なのか。分からない、四方屋《よもや》の基準が分からない。

周囲の状況《じょうきょう》を理解できないのか、四方屋《よもや》はきょとんとしている。廊下《ろうか》の方からは悲鳴が聞こえた。まずい。ただでさえ目立つ四方屋《よもや》にこんなことされれば、俺《おれ》への被害《ひがい》も広がる。

「またあとで。放課後にでも。そうだ、部室に来てくれ。その時、ゆっくり話そう。心配してくれてありがとな」

四方屋《よもや》は小首を傾《かし》げた。

それから周りを見て、ようやく自分達《たち》が注目を浴びているということに気づいたようで、「ああ」と、頷《うなず》いた。

「これは失礼した」と、紳士《しんし》的な笑《え》みを浮《う》かべる。

こういう状況《じょうきょう》には慣れているのか、四方屋《よもや》は「それじゃあ、またあとで」と爽《さわ》やかに言い残すと、自分の席へと戻《もど》っていく。

「鳴瀬《なるせ》、抱擁《ほうよう》」

「抱擁抱擁《ほうようほうよう》、鳴瀬《なるせ》が四方屋《よもや》さんと抱擁《ほうよう》。どういうこと？」

佐々木《ささき》と鈴木《すずき》が色めき立って、きゃっきゃとはしゃいでいる。

「どうもこうもない。なんでもない」

俺《おれ》は溜息《ためいき》を吐《は》き出《だ》すと、自分の席に戻《もど》る。チャイムが鳴り朝のＨＲが始まってようやく、ざわめきはおさまった。

ととはＨＲが終わっても、一時間目が終わっても、姿を見せることはなかった。

もしや、ととに何か起こったのかと思って、佐々木《ささき》と鈴木《すずき》に三日間の様子を尋《たず》ねると、まだ四方屋《よもや》とのことで妄想《もうそう》が止まらないのか、二人はにやにやしながら答えた。

「笹美々《ささみみ》？　別にいつも通りだったけどな」

「そうそう。笹美々《ささみみ》は特に変わったところはないよ。変わったことといえば、そうだなぁ。やっぱり今朝の、鳴瀬《なるせ》の方が、なにがあったのか気になる展開だよな」

「ああ、そうかいそうかい。分かったよ。ありがとう」

早々に話を切り上げると、俺《おれ》は席に戻《もど》った。

特に変わりはないというのなら、まあいいか。四方屋《よもや》にあれからのことを尋《たず》ねたかったが、教室ではそうもいかない。目が合うと、四方屋《よもや》は王子スマイルを向けてくれた。俺《おれ》は「ははは」と笑うことしかできなかった。


二時間目が過ぎても、三時間目が過ぎても、四時間目になっても、ととは来ない。

その代わりに、昼休みになった途端《とたん》、違《ちが》う人物が俺《おれ》を教室に訪ねて来た。

まるで隠《かく》れるように教室のドアからそっと顔半分を覗《のぞ》かせているが、いるだけで目立ってしまうその容姿。「鳴瀬君《なるせ》」と、申し訳なさそうに立っていたのは潤芽先輩《うるめせんぱい》だった。

「潤芽先輩《うるめせんぱい》、どうしたんですか？」

廊下《ろうか》の隅《すみ》に寄って尋《たず》ねると、潤芽先輩《うるめせんぱい》は大きな赤い瞳《ひとみ》を不安そうに揺《ゆ》らした。

「鳴瀬《なるせ》君、身体《からだ》、どう？」

「え？　身体《からだ》？」

「調子」

囁《ささや》くように、小さな声だった。

身体《からだ》の、調子？

「ああ、身体《からだ》。三日前のことですか？」

潤芽《うるめ》先輩《せんぱい》はこくんと頷《うなず》く。

「もう大丈夫《だいじょうぶ》ですよ、全然平気です。見てください、この元気っぷり」

元気アピールに屈伸《くっしん》運動をしてみせると、潤芽《うるめ》先輩《せんぱい》の表情が和《やわ》らいだ。

「そう、よかった」

ほっとしたように潤芽《うるめ》先輩《せんぱい》は笑う。もしかして、そんなことを聞くためだけに、わざわざ二年の教室までやって来たのだろうか。もしかして、俺《おれ》のことを心配して。などという、都合のいい妄想《もうそう》を振《ふ》り払《はら》うように俺《おれ》はかぶりを振《ふ》った。

「潤芽《うるめ》先輩《せんぱい》こそ、三日前のことで異常はありませんか？　あの雷《かみなり》に打たれて大丈夫《だいじょうぶ》だったんですか？」

「う？」

「四方屋《よもや》は大丈夫《だいじょうぶ》だって、言ってたんですけど」

「う……、あ。うん。私も、大丈夫《だいじょうぶ》。何とも、なかよ」

潤芽《うるめ》先輩《せんぱい》も屈伸《くっしん》運動をしてみせてくれた。身体《からだ》が小さいのでちまちまとした動きだ。

「あん雷《かみなり》に打たれたあとは、暗闇《くらやみ》に閉《と》じ込《こ》められちょったんよ」

「暗闇《くらやみ》に？」

「そう。どこにも出口のない暗闇《くらやみ》に。光のまったく届かん、あいは深海だったんかもしれん」

「深海に……」

「そいより、戻《もど》ってこられたと思うたら鳴瀬《なるせ》君が倒《たお》れてしまってたけぇ、心配で。学校にも来んし、あん子も、わっぜ心配しちょったんよ」

「あの子？」

「うん。私が来る前からここにおったけ」

「誰《だれ》がですか？」

「ほら、あそこ」

潤芽《うるめ》先輩《せんぱい》が指を差したのは、廊下《ろうか》の曲がり角のところだった。背が高いせいで目立つ。行《ゆ》き交《か》う生徒が何事かと送る視線をものともせず、ひたすらこっちを見つめている。そのストーカー気質は、元々からのものだったらしい。

「陸《りく》！」

呼ぶと、陸《りく》は肩《かた》をびくりと震《ふる》わせた。きょろきょろと辺りを見回して、自分を指差している。

「お前以外に誰《だれ》がいるんだ。陸《りく》、隠《かく》れてないでこっちに来いよ」

陸《りく》は気まずそうに近づいてきた。潤芽《うるめ》先輩《せんぱい》が微笑《ほほえ》みかけると、ますます居心地《いごこち》の悪そうな顔をする。

「お前、いつからいたんだ」と、尋《たず》ねると、陸《りく》は「ずっと」と、力なく答えた。

「ずっと?」

「朝から、ずっと」

「は?」

「HRが始まる前からずっと」

「何やってんだ、お前……」

「兄ちゃんが、四方屋先輩《よもやせんぱい》と抱《だ》き合《あ》ってたのも見てた」

「うっ」

そんな前から見られていたのか。

「だって」と、陸《りく》は初めてまともに俺《おれ》と目を合わせた。「兄ちゃんのことが、心配だったんだ」

切れ長の黒い瞳《ひとみ》には、うっすらと涙《なみだ》が浮《う》かんでいた。

「僕《ぼく》、覚えてるんだ。今までのこと。全部じゃないけど。兄ちゃんに、ひどいことをした」

覚えてるのか、これまでのことを。

「僕《ぼく》のせいで、兄ちゃんが血まみれになって。僕《ぼく》が、この手で兄ちゃんを……」

陸《りく》が差し出した両手は震《ふる》えている。

潤芽先輩《うるめせんぱい》が眉《まゆ》を下げた。

「気にすんな」というのは無理があるだろうが、俺《おれ》はそう言って、陸《りく》の両手を軽く叩《たた》いた。

「あれは、お前であって、お前じゃなかった。あの化ケ物島《ばけものじま》に操《あやつ》られてたんだ。そんで、俺《おれ》も確かにもう、お前の知ってる普通《ふつう》の俺《おれ》ではなくなってた。それだけのことだ」

それから、陸《りく》の両手を強く握《にぎ》った。

「いいんだ、全部。こうして俺《おれ》もお前も無事だったんだから。今回のことは全部、最初に、お前に会った時に気づいてやれなかった、俺《おれ》が悪い」

陸《りく》ははっとしたように息を呑《の》んだ。

「兄ちゃん……」

くしゃりと顔を歪《ゆが》める陸《りく》の顔が、昔、病院で大泣きしてくれた幼い陸《りく》の顔と重なった。

「ごめんな」

陸《りく》は首を横に振《ふ》った。そんな陸《りく》に、化ケ物島《ばけものじま》に操《あやつ》られていた時のような冷酷《れいこく》さはかけらもない。凶悪《きょうあく》な笑《え》みを浮《う》かべていた面影《おもかげ》もない。

「僕《ぼく》、も、意地になってたんだ。兄ちゃんなら、僕《ぼく》に、気づいてくれるはずだって。勝手に、思《おも》い込《こ》んで、勝手に絶望してた。最初からちゃんと名乗ればよかったんだ。林《はやし》、陸呂《りくろ》だって。母さんが再婚《さいこん》して、苗字《みょうじ》が変わってしまったことも、ちゃんと話せばよかった」

「母さんとのこと、大丈夫《だいじょうぶ》なのか？　お前、ひどいことを言われて、ずっと、辛《つら》い思いをしてたんだろ」

陸《りく》は切れ長な瞳《ひとみ》を丸くした。

それから、「もう、慣れたし」と、困ったように笑った。「それに、僕《ぼく》の願いはちゃんと叶《かな》ったから。兄ちゃんに会いたいっていう願いは、叶《かな》ったから大丈夫《だいじょうぶ》。素直《すなお》になればよかっただけだったのに、こんなに遠回りするはめになって。兄ちゃんが生きててくれてうれしい、また会えてうれしいって、それだけの気持ちしかなかったのに」

「俺《おれ》に、会いたいって、思ってたのか」

「あたりまえだよ」

「そっか……」

そうか。

幼かった陸《りく》が俺《おれ》を呼ぶ「兄ちゃん」という声が甦《よみがえ》ってきて、その陸《りく》がまた目の前にいて、なんだか俺《おれ》まで目頭《めがしら》が熱くなった。

「ありがとう。これからもまた、よろしくな」

こんな風に、普通《ふつう》でなくなってしまった俺《おれ》であっても、また出会えてうれしいと思ってくれたことがうれしかった。

「優《やさ》しかね」と、言ったのは、潤芽《うるめ》先輩《せんぱい》だった。「陸呂《りくろ》君も、ほんに優《やさ》しか。鳴瀬《なるせ》君の、弟だもんね」

背伸《せの》びをすると懸命《けんめい》に手を伸《の》ばし、潤芽《うるめ》先輩《せんぱい》は陸《りく》の頭を何とか撫《な》でた。陸《りく》は俯《うつむ》いて、恥《は》ずかしそうに顔を赤くした。

「……えと、兄ちゃん」

鼻を啜《すす》ると、陸《りく》は仕切り直すようにまっすぐ俺《おれ》を見た。

「本当はもう一つ、伝えたいことがあったから、ずっと待ってたんだ」

「もう一つ伝えたいこと？」

「うん。めめさんが、学校に来てないんだ」

「え？」

「クラスは違《ちが》うけど、目立つから、いないとすぐに分かるんだ。めめさん、朝から学校に来てなくて。昨日までは来てたのに、どうしたんだろうって、気になってて」

「めめが……」

その黒い、まっすぐな瞳《ひとみ》を思い出す。

化ケ物島《ばけものじま》を倒《たお》すと決めた最後まで、揺《ゆ》らがなかったその強い瞳《ひとみ》が、今も脳裏《のうり》に焼きついている。

「なんで、来てないんだ？」

「もしかして、めめを探しているかい？」

唐突《とうとつ》に発せられた明るい声に、ぎょっとした。

深刻そうな顔をしていた陸《りく》も、潤芽《うるめ》先輩《せんぱい》も、いきなり現れた人物に驚く。

俺達《おれたち》の間に割って入ってこられる肝《きも》の据《す》わった人物なんて、そういない。

「とと！」

「おはよう。あ、もう、こんにちはだね」

揺《ゆ》れるきのこ頭。クラゲ頭ともいうのだろうか。

手に持った紙袋《かみぶくろ》をガサガサさせながら、ととが立っていた。

「お前、どうして」

「どうして？　それはね、マッコウクジラ団の面々がこんな目立つ廊下《ろうか》の端《はし》っこで、額を突《つ》き合わせて、何やら難しい顔をしていたからね。怪《あや》しさ満点。気になって声をかけちゃった」

てへっという感じで笑う。

「そうじゃなくて、お前、こんな時間に登校してきたのか」

「うん？　うん、そうだよ。いろいろ準備してたら遅《おそ》くなっちゃってね」

「何の準備をしてたんだ」

「それは、あとでのお楽しみ。ってことで、海人《かいと》、もうお昼は食べた？」

あとで何があるというんだ。

相変わらず、ととは自分のペースでしか話さない。潤芽《うるめ》先輩《せんぱい》も陸《りく》も何も言えずに呆れているように見えた。

「いや、まだだけど……」

「それならよかった。じゃあこれ、お願い」

ととはその手に持っていた紙袋《かみぶくろ》を俺《おれ》に押《お》し付《つ》けた。

「何だよ、これ」

「お弁当だよ。お昼を食べていないのならちょうどよかった。どうせだから、海人《かいと》も一緒《いっしょ》に食べてきなよ」

「急に何の話だ」

「めめならひょうたん海岸にいるから」

「ひょうたん、海岸？」

「そう。だから、弁当でもゆっくり食べながら語らっておいで。ねっ」

　ととの提案に疑問符《ぎもんふ》を浮《う》かべたのは俺《おれ》だけじゃなかったはずだ。それなのに、ととは、「これまでのことまでのことことかこれまでのことかこれまでのことかさ」と、言いながら俺《おれ》の背をぐいぐい押《お》した。

「これまでの、こと？」

「そうだよ。だから、いってらっしゃい」

　結局、こんな時間に登校してきたととに押《お》し切《き》られてしまう形で、俺《おれ》は弁当を持って学校を後にした。

　これまでのことで思《おも》い浮《う》かぶことを、めめに聞きたい気持ちが勝《まさ》っていたからだ。

青い空に太陽は高く昇《のぼ》っている。

こんな真っ昼間から学校を抜《ぬ》け出《だ》してひょうたん海岸に行くはめになるなんて、思ってもみなかった。少なくとも、新学期が始まる前までは、そんなこと思《おも》い描《えが》きもしなかった。

坂を下って、二両編成の電車が通り過ぎるのを待って踏《ふ》み切《き》りを渡《わた》る。駅前通りには当たり前に人が行《ゆ》き交《か》っていて、車も走っていた。

あの日、化《ば》ケ物島《けものじま》が現れて町の機能が止まってしまい、町の人達《たち》が一人残らずひょうたん海岸に向かって歩いていたのが嘘《うそ》みたいだ。紙袋《かみぶくろ》を提《さ》げながら住宅街を抜《ぬ》けると、ゆっくりと歩いているお婆《ばあ》さんとすれ違《ちが》った。

アスファルトの道に砂が散らばりはじめ、防風林を抜《ぬ》けると目の前には海が広がる。頭上でトンビが鳴く、穏《おだ》やかな海岸沿いを見渡《みわた》すと、波打ち際《なみうちぎわ》にぽつんと佇《たたず》む少女の姿があった。

風に乱れる長い黒髪《くろかみ》をそのままにして、海を見つめている。

「一応、学校に来る気はあったんだな」

声をかけると、制服姿のめめは振《ふ》り返《かえ》った。

「なんだ、鳴瀬《なるせ》先輩《せんぱい》ですか」

「なんだとはなんだ」

「なにしに来たんですか。こんなところまで」

「お前こそ、学校サボってなにしてんだ、こんなところで」

「先輩《せんぱい》には関係ありません」

めめはそっぽを向いた。

俺《おれ》はムッとした。

「関係なくないだろ。さんざん巻《ま》き込《こ》みやがって」

「さんざん巻《ま》き込《こ》みましたよ。だから、また、文句でも言いに来たんですか」

「説明不足を補いに来た」

「え？」

「だから、話してもらう。俺《おれ》の疑問に答えてもらう」

めめの黒い瞳《ひとみ》がもう一度俺《おれ》を見た。ほんの少しだけ間があって、めめは頷《うなず》いた。

「どうぞ、好きにしてください」

俺《おれ》は息を吸って、吐《は》き出《だ》した。

「お前は大丈夫《だいじょうぶ》なのか」

「大丈夫《だいじょうぶ》って、なにがですか」

「身体《からだ》に決まってるだろ。お前の身体《からだ》だよ。あの最後の、モビィ・ディックの力。お前はあれを二回もくらってたんだ。相当な負担になったろ」

めめの黒い瞳《ひとみ》が見開かれる。

「……モビィ・ディック」と、唇《くちびる》が動いた。

「そのモビィ・ディックだ。あのクジラ、さすが伝説の生き物なだけあって、普通《ふつう》じゃなかったな。海の魔物《まもの》なんて呼ばれてるの、嘘《うそ》だろってくらい協力的で優《やさ》しかったし。お前のこと、娘《むすめ》だなんだ言ってたのは、マッコウクジラ繋《つな》がりで実は親子だったとかなのか」

「モビィ・ディックはオオワタツミノカミでした」

「それ。結局、なんなんだそのオオ、なんたらって」

「オオワタツミノカミ。彼《かれ》はこれまでも人によって、さまざまな呼び方をされてきたのでしょう。でも、その正体は海の神。そして、オオワタツミノカミはトヨタマヒメの父親です。娘《むすめ》の一部を身体《からだ》に宿していると私に言ったのは、私が持つトヨタマヒメの骨のことだったんです」

「じゃあ、つまり、あれは神様なのか？」

「そうです」

「へぇ、そりゃすごいな」

めめは俺《おれ》から目を逸《そ》らすと、口をへの字に曲げた。

「……すごいのは、鳴瀬《なるせ》先輩《せんぱい》です」

「ん？」

「鳴瀬《なるせ》先輩《せんぱい》は、私が思ってた以上に、すごい人だった」

すごい？　俺《おれ》のことをめめがすごいなんて言っている。

「なんだそれ。褒《ほ》められてるのか、俺《おれ》。今、喜ぶところなのか」

「私は真面目《まじめ》に言ってるんですけど」

「いや、だって、お前、さんざん人のこと、愚《おろ》か者《もの》だなんだのってバカにして……」

「鳴瀬《なるせ》先輩《せんぱい》は愚《おろ》か者《もの》です。どうしようもないくらいの愚《おろ》か者《もの》。お人好《ひとよ》しがすぎて、やっぱりただの阿呆《あほう》だと思います」

「ああ、そうかよ」

相も変わらず、ひどい言われようだ。

脱力《だつりょく》してその場にしゃがみ込《こ》むと、まるで平和な海を眺《なが》めた。

それにしても暑いな。太陽がギラギラと照りつけている。

「なぁ、めめ。木陰《こかげ》に移動しないか。こんなところで立ち話なんて、熱中症《しょう》になりそうだ」

「恵比寿《えびす》様と呼ばれ、海の守り神とされているジンベエザメにとり憑《つ》かれている人だから、強い力を持っているのだろうなとは、思っていました。だけど、鳴瀬《なるせ》先輩《せんぱい》はジンベエザメにとり憑《つ》かれているどころか、恵比寿《えびす》様、そのものでした」

俺《おれ》の意見は完全無視か。

「その、恵比寿《えびす》様ってのはなんなんだ。タイと釣《つ》り竿《ざお》を持ってる、でっぷり太ったおじさんだろ」

「恵比寿《えびす》様は七福神の一人に数えられる神様です」

「なるほど、それじゃあ俺《おれ》も神様だったわけか。じゃあとりあえず、木陰《こかげ》に行こう。実はととから弁当を預かってきてるんだ。喉《のど》も渇《かわ》いた。お前も腹へってるだろ」

立ち上がって木陰《こかげ》へと促《うなが》すと、めめは真顔で俺《おれ》を見つめた。

「そうです、神様です」

「そうかそうか、全然面白《おもしろ》くないぞ」

「冗談《じょうだん》なんかじゃありません。私は真実しか言ってない。説明不足を補いに来たって言ったじゃないですか。本当のことを聞きたくて、こんなところまで来たんじゃなかったんですか」

「そりゃそうだけど。でも、なんだって俺《おれ》が神様になるんだ」

「林陸呂《はやしりくろ》が海幸彦《うみさちひこ》でした」

「ありゃ、絵本の中の話だろ。陸《りく》もあの化ケ物島《ばけものじま》に操《あやつ》られて、わけの分からないことを口走ってただけだと思うぞ」

「違《ちが》います。わけの分からないことを口走ってるのは鳴瀬《なるせ》先輩《せんぱい》です。海幸山幸《うみさちやまさち》伝説はなにも作り話じゃありません。あれは日本神話。この国ができた時の話です。オオワタツミノカミが私達《たち》の前に現れたように、海幸彦《うみさちひこ》もトヨタマヒメも実際にいたんです。だから、林陸呂《はやしりくろ》は海幸《うみさち》彦《ひこ》の生まれ変わりとして、現代に生まれた人なんです。その力を、化ケ物島《ばけものじま》は巧《たく》みに操《あやつ》って利用したんです」

「……へぇ」

「図書館で見たあの絵を覚えていますか？」

「絵？」

「化ケ物島《ばけものじま》との戦いを描《えが》いた絵です」

「ああ、あれな」

まるで三日前、このひょうたん海岸で起こったことを、そのまま描《えが》いたような絵だった。

「百年前。化ケ物島《ばけものじま》がこのひょうたん海岸に現れた時、上陸を阻止《そし》したのは、マッコウクジラ団と似たような組織だったと思います。私達《たち》と同じように、やはりトヨタマヒメの骨を身体《からだ》の一部に持ち、海の生き物にとり憑《つ》かれた人達《たち》が戦った。図書館で見たあの絵は、まさにその戦いを描《えが》いたものでした。百年前はその数が多かった。だから勝てた。だけど、今回は、マッコウクジラ団の数も少ないうえに、化ケ物島《ばけものじま》には海幸彦《うみさちひこ》の生まれ変わりが味方についていた。私達《たち》は、負けてもおかしくない戦いをしていたんです」

「……まあ、な。確かに陸《りく》には、攻撃《こうげき》がいっさい通用してなかったもんな」

「そうです。林陸呂《はやしりくろ》には、私達《たち》の攻撃《こうげき》なんて通用しなかった。たぶん、何度やったって同じだったでしょう。そして、林陸呂《はやしりくろ》の釣り針《ばり》で心臓を一突《ひとつ》きされれば、きっと完全に死んでしまっていた。マッコウクジラ団は全滅《ぜんめつ》して、化ケ物島《ばけものじま》はトヨタマヒメの宝を手にしていたことでしょう。でも、そうならなかった。それは……」

海風《ふ》が吹いてめめの長い黒髪《くろかみ》をなびかせた。

めめは髪《かみ》を押《お》さえながら言った。

「山幸彦《やまさちひこ》の生まれ変わりである、鳴瀬《なるせ》先輩《せんぱい》がいたから」

ピーヒョロロと、トンビの声がする。

波が寄せては引いていく音を、しばらく聞いていた。

「……俺《おれ》？」

俺《おれ》は自分を指差した。

めめは首を縦に振《ふ》った。

「や、まさちひこって、つまり、えーと。普段《ふだん》は山に狩《か》りに行ってたのに海に釣《つ》りに行って、そのあげく兄貴の釣《つ》り針《ばり》をなくして、海の中でトヨタマヒメと出会って、釣《つ》り針《ばり》を見つけて帰ってきたのに、結局兄貴とは仲直りできなかった、弟、のことだろ」

「考えてみてください。鳴瀬《なるせ》先輩《せんぱい》の弟である林《はやし》陸呂《りくろ》が海幸彦《うみさちひこ》なのに、鳴瀬《なるせ》先輩《せんぱい》がそうじゃない理由が見つかりません」

「だけど、俺《おれ》は兄貴で陸《りく》が弟だ」

「逆になってしまっただけでしょう」

「んなことあるのか」

めめは息を吐《は》き出《だ》した。

「とにかく、そうだとしか思えません。林《はやし》陸呂《りくろ》に心臓を一突《ひとつ》きされても鳴瀬《なるせ》先輩《せんぱい》は死なゝかった。そのうえ、モビィ・ディック……、オオワタツミノカミが鳴瀬先輩《なるせせんぱい》のことを懐《なつ》かしい者と呼んだのだって、山幸彦《やまさちひこ》として昔、海の国で出会っているのだから、当然のことだったんです。そんな山幸彦《やまさちひこ》が呼びかけたから、きっと力を貸してくれたんだと思います。普通《ふつう》じゃありえません。山幸彦《やまさちひこ》のことは別名で恵比寿《えびす》様と呼ぶんです。鳴瀬先輩《なるせせんぱい》を助けてくれたジンベエザメは、きっと、その全《すべ》てのことを分かっていて、鳴瀬先輩《なるせせんぱい》にとり憑《つ》いたんだと思います。そうとしか、考えられない」

「……いや、いきなり、そんなこと言われてもだな」

「いきなりも突然《とつぜん》も唐突《とうとつ》もないです。これが真実です。鳴瀬先輩《なるせせんぱい》が山幸彦《やまさちひこ》だったから、今もこうして私の目の前で話なんかすることができるんです。鳴瀬先輩《なるせせんぱい》がもしも、ただの海の生き物にとり憑《つ》かれただけの人間だったら。まっさきに死んでいたと思います」

ごくりと、唾《つば》を飲《の》み込《こ》んだ。

俺《おれ》が実は山幸彦《やまさちひこ》とかいう神話生まれの神様だったとか、そんな話が出てくるなんて、これっぽっちも思ってなかった。

信じるも信じないも、よく分からない。

混乱した。

「だから、結局、なんだって言うんだ。化ケ物島《ばけものじま》を倒《たお》せたんだから、万々歳《ばんばんざい》なんじゃないのか？」

めめは俺《おれ》を睨《にら》みつける。

どうして睨《にら》まれなきゃいけないのだろう。

「確かに、終わりよければすべてよし。万々歳《ばんばんざい》ですよ」

めめは押《お》し殺《ころ》すような声で言った。

「じゃあ、なにをそんなに怒《おこ》ってんだよ。俺《おれ》の理解が足りないからか。でもお前だって自分に置《お》き換《か》えて考えてみろよ。いきなり、神様だなんだって言われりゃ、んなバカな、なんだそりゃ。って、思うに決まってる」

「別に怒《おこ》ってません」

「いや、怒《おこ》ってるだろ。さっきから顔が恐《こわ》いぞ」

「それは全部、鳴瀬《なるせ》先輩《せんぱい》のせいです」

「はあ？」

この期《ご》に及《およ》んで、俺《おれ》がいったいなにをしたって言うんだ。

「だから、鳴瀬《なるせ》先輩《せんぱい》には、マッコウクジラ団をやめてもらいます」

「…………は？」

「私が鳴瀬《なるせ》先輩《せんぱい》に言いたかったのはそれだけです。今までさんざん巻《ま》き込《こ》んで申し訳ありませんでした。それでは、失礼します」

めめはやけに丁寧《ていねい》に頭を下げると、くるりと背を向けて歩き出す。

俺《おれ》はさらに混乱した。めめがなにを考えてるんだか、さっぱり分からない。発言も行動もぜんぜん読めない。

からりと乾《かわ》いた肌色《はだいろ》の砂の上を、めめはさくさくと進んでいく。その背が遠ざかっていく。

「めめ？」

俺《おれ》はその後ろ姿を追いかけた。するとめめは走り出した。

「な、に、逃《に》げてんだよ」

走りにくいうえに日差しが強くて暑い。なんでこんなところで追いかけっこしなきゃならないんだ。

「おい、めめ。待て。待てって」

松林に差《さ》し掛《か》かったところで、ようやくその腕《うで》をつかまえる。めめは俺《おれ》の手を乱暴に振《ふ》り払《はら》おうとしたが、それでも離《はな》さなかった。

「おい、まだ、話の途中《とちゅう》だろ。なんだって、俺《おれ》がマッコウクジラ団をやめなきゃいけないんだよ」

「最初からやめたがってたじゃないですか」

「いや、それはそうだったけど」

「だったらいいじゃないですか。居座《いすわ》り続けなきゃいけない理由もないでしょう」

「でも、俺《おれ》もジンベエザメにとり憑《つ》かれてるのは確かだし、魚のことも興味出てきたし」

「そんなの知りません」

「知りませんって、めめ、お前ちょっとこっち向け。どうしたんだ」

めめの腕《うで》を引っ張って、身体《からだ》を回転させる。こちらに顔が向く。長い黒髪《くろかみ》がさらりと揺《ゆ》れる。

目が合った瞬間《しゅんかん》、ぎょっとした。

その黒い瞳《ひとみ》いっぱいにたまっていたのは、透明《とうめい》な雫《しずく》だった。

その一筋が、赤く紅潮《こうちょう》した頰《ほお》を滑《すべ》っていくのを見て、俺《おれ》は固まった。

身体《からだ》は硬直《こうちょく》して、心臓だけがばくばくと早鐘《はやがね》を打ちはじめる。

「なんで泣いてんだ」

めめは悔《くや》しそうな顔をして、目元をごしごしと拭《ぬぐ》った。

「泣いてません」

「いや、いやいや……」

「鳴瀬《なるせ》先輩《せんぱい》のせいです」

めめは俯《うつむ》いてしまった。

「鳴瀬《なるせ》先輩《せんぱい》が愚《おろ》か者《もの》で、ドジでトンマで阿呆《あほう》でバカで、人の忠告なんて全然聞かない、最低な人だから」

「……俺《おれ》、そんなにお前に、なにかしたっけ？」

「もっと、自分のことを、心配してください！」

「自分のこと？」

「そうです。恐《こわ》がりのくせして、いざとなったら人のことばかり心配して。弱いくせに人を守ろうとして、ボロボロのくせに戦おうとして。モビィ・ディックは言いましたよね。鳴瀬先輩《なるせせんぱい》の身体《からだ》はひどいありさまだって。バズーカ砲《ほう》の威力《いりょく》には耐《た》え切れないかもしれないって。だから私が、私が、やらなきゃいけなかったのに、補助するだけとか言って、結局、鳴瀬先輩《なるせせんぱい》が引き金を引いてしまった。それで鳴瀬先輩《なるせせんぱい》が瀕死《ひんし》の重傷を負ってしまった。負わせて、しまって、ほんと、……どうしたらいいか、分からなかった」

ぐすぐすと鼻を鳴らすめめを前にして、俺《おれ》だってどうしたらいいか分からない。

「鳴瀬先輩《なるせせんぱい》まで、海に持っていかれたら、どうしようと思った」

「海に、持っていかれる？」

「朝の体育館で、私がマッコウクジラと出会った理由を、私が遭遇《そうぐう》した船の事故の話を、しましたよね」

「確かに、したな」

「その時、助かったのは私とお兄ちゃんだけでした。他《ほか》に乗っていた乗客ごと、船は沈《しず》んでしまった。私の両親も、その時海に落ちて、帰らぬ人となった。みんな、海に関《かか》わってしまったせいで、海に持っていかれてしまった。だから私は海なんてきらいです。だいっきらい」

その時俺《おれ》の脳裏《のうり》に甦《よみがえ》ったのは、めめとの出会いだった。

坂道の途中《とちゅう》に立ち止まっていた新入生の少女。その横顔。海を憎《にく》んでいるかのような強い眼《まな》差《ざ》し。

あれは、そういう意味が含《ふく》まれていたのか。

海がきらい。

だいっきらい。

だから、地上を海に沈《しず》めてしまわないためにも、トヨタマヒメの宝をなんとしてでも守っているのか。

「海になんて、持っていかれねぇし」

俺《おれ》は頭の後ろをがりがりと掻《か》いた。

いまだに震《ふる》えているめめの肩《かた》を、そっと撫《な》でた。

「うん、安心しろよ。俺《おれ》は海になんか持っていかれない。おまけに山幸彦《やまさちひこ》とかいう神様の生まれ変わりで、ジンベエザメにまで守られてて、そうそう死なない、みたいだ。だから」

だから？

「だから、次からはちゃんと自分の力量もわきまえて、ちゃんとやるから。えーと、その、もう泣くな」

「……泣いてません」

「それのどこが泣いてないことになるんだ」

「目に入ったゴミが取れないんです。もうあっち行ってください」

「あっちってどっちだ」

「なんでいるんですか」

「なんでって……」

右手に持っていた紙袋《かみぶくろ》のことを俺《おれ》はようやく思い出した。

「そうだ、ほら弁当。弁当食うぞ。腹へってんだろ」

「お弁当……」

めめはようやく顔をあげると、胡散臭《うさんくさ》そうな目で俺《おれ》が持っている紙袋《かみぶくろ》を見た。涙《なみだ》は止まったみたいだが、その目は赤い。鼻を啜《すす》りながら、めめは紙袋《かみぶくろ》を受けとると中を見た。

中にはハンカチで包まれた弁当箱が一つと、ペットボトルのポカリスエットが入っていた。

めめは紙袋《かみぶくろ》とポカリを俺《おれ》に手渡《てわた》すと、弁当の包みをその場でほどいていく。

「食うんだったら、座《すわ》った方がいいんじゃないか？」

めめは聞く耳を持たない。立ったまま弁当箱の蓋《ふた》を開けた。

ととの手作り弁当の中身とはどんな感じなのだろう。めめは弁当を見つめたまま黙《だま》っている。よっぽど衝撃《しょうげき》的ななにかが入っていたのだろうか、と、覗《のぞ》き込《こ》んで、俺《おれ》も目が点になった。

「なんだこれ」

弁当の中には、ごはんもおかずも入っていない。

それらの代わりに入っていたのは、黒い機械だった。赤と緑のランプが点滅《てんめつ》し、電波をキャッチするようなアンテナがついている。その機械はガーピーという音のあとに、突然《とつぜん》声を発した。

「こちら、笹美々《ささみみ》とと、笹美々《ささみみ》とと。聞こえますか？　応答どうぞ」

機械を通した声になっているが間違《まちが》えるはずもない。

「なにやってんだ、とと」

「あ、海人《かいと》？　いやぁ、ついにパンドラの箱を開けてしまったね」

「パンドラの箱？」

「まあとにかく、弁当じゃなくてごめんよ。本物の俺《おれ》の手作り弁当、もといツナチャーハンは部室に用意してあるからさ。戻《もど》っておいで」

明るく暢気《のんき》な声に、俺《おれ》は呆気《あっけ》に取《と》られた。

「いや、なにやってんだ、お前」

「うん？　俺《おれ》？　俺《おれ》はお祝いの準備を完成に近づけているところだよ」

「お祝いの準備？」

「そう、マッコウクジラ団がダイオウイカを倒《たお》したお祝いさ」

「じゃ、なくて、そうじゃなくて、この機械はなんだ」

「いやぁ、これには深い深いわけがあってね。海人《かいと》には悪いとは思ったんだけど、ずっと聞かせてもらってたんだ」

「盗聴《とうちょう》じゃねぇか」

「あはは、そうともいうかも。でもね、めめのことが心配だったんだよ」

「心配？」

めめはといえば、弁当箱を手にしたまま、やはり呆然《ぼうぜん》としているようだった。

「そう。だって、海人《かいと》が倒《たお》れてからのこの三日間は、ひどいもんだったんだ。なにもかも上の空で、食べないわ眠《ねむ》れないわ。あげく、登校拒否《きょひ》まで始めちゃって。お兄ちゃん困ってね」

ガチャンと激しい音がした。

突然《とつぜん》めめが機械めがけてこぶしを振《ふ》り下ろしたのだ。

ガーピーピーと音がする。信号が激しく点滅《てんめつ》した。

「あ……れ、かい……、い……、へん……と、したけど、なにごとかな」

「めめが怒《いか》りの鉄拳《てっけん》を食らわしたぞ」

「え？　ちょ……、待っ、てよ。……しんこ、して。たくさん……、ポカリでも飲んで、落ち……こう。めめの……、聞くから。ねっ。海人《かいと》も……だし、マッコウクジラ団も……」

通信が途切《とぎ》れすぎて、もはやととがなにを言っているのか分からない。

それなのに、その後に続いた言葉だけはやけに鮮明《せんめい》だった。

「めめが海人《かいと》のことを誰《だれ》より心配していたことは、ちゃんと海人《かいと》にも伝わったよ」

その瞬間《しゅんかん》、めめは弁当箱を砂浜《すなはま》に投げ出すと、足で踏《ふ》み潰《つぶ》した。何度も何度も踏《ふ》みつけると、ランプの点滅《てんめつ》は徐々《じょじょ》に弱くなって消えてしまい、ついにはととの声も聞こえなくなった。

はあはあと肩《かた》で息をするめめは、顔を真っ赤にしていた。

「あんの、バカ兄貴。どうしてこう、変なことばかり思いつくんだろう。信じられない」

俺《おれ》は無残に壊《こわ》された弁当箱を拾い上げると紙袋《かみぶくろ》に入れた。

「まあ、たぶん、ととはととなりに、考えがあったんだろ」

「お兄ちゃんはなにも考えてなんかいません。ただ楽しんでいるだけです」

「そ、そうか」

「そうに決まってます」

しかし、こうしてポカリを用意しているあたり、ととにはなにもかもお見通しだったのかもしれない。

俺《おれ》はめめにポカリを手渡《てわた》しながら言った。

「じゃあ、とりあえず学校に戻《もど》るか」

めめはポカリをごくごくと飲んでから不敵な笑《え》みを浮《う》かべた。

「もちろんです。首洗って待ってろって感じです」

すっかりいつもの調子に戻《もど》っている。

「さあ、それじゃあ行きますよ、鳴瀬《なるせ》先輩《せんぱい》！」

めめは俺《おれ》を呼ぶ。

すっきりとした晴れやかな笑《え》みを浮《う》かべて。

午後の穏《おだ》やかなひょうたん海岸を、俺達《おれたち》はあとにした。

あとがき

はじめまして、銀南《ぎんなん》といいます。この本を手に取ってくださりありがとうございます。

私の生まれ故郷である鹿児島《かごしま》を舞台《ぶたい》にした本作品、『くじらな彼女《かのじょ》に俺《おれ》の青春がぶち壊《こわ》されそうになっています』で、デビューさせていただくことになりました。

これは、第21回電撃《でんげき》小説大賞の応募《おうぼ》作品を改稿《かいこう》したものです。

では、どういった経緯《けいい》で現在に至ったのか、少しだけお話しさせてください。

あれは、2014年の12月のこと。

ちょっと早めの忘年会《ぼうねんかい》をしている最中《さなか》、ふとスマホを見れば、見たことのない電話番号からの着信記録が残っていました。さらに、留守電まで。誰《だれ》だろう？　と思いながら、軽い気持ちで留守電を聞いた私は、我《わ》が耳を疑いました。

あすきーめでぃあわーくす？　でんげきしょうせつたいしょう？

まさかの電話にパニックを起こし、しばらくスマホを持ったまま右往左往。なんとか気持ちを落ち着けてから折り返しのお電話をさせていただきました。そこで、担当さんといろいろ話をして、デビュー出来るように頑張《がんば》りましょう。と、話がまとまったのです。

応募《おうぼ》作にするか新作にするかで悩《なや》んで、応募《おうぼ》作を選び、この一年間は本として出せるレベルに達するまで、改稿《かいこう》作業を繰《く》り返《かえ》していました。

もう穴だらけで、むしろ穴しかないんじゃないかっていう物語にたいして、一から丁寧《ていねい》に指導してくださった担当の黒崎《くろさき》様。本当に感謝しております。的確なツッコミに、なるほどなるほど！　と、目から鱗《うろこ》が落ちまくりでした。

そして、イラストを担当してくださった、あめとゆき様。愛らしいイラストを描《か》いていただき、本当にありがとうございます。どの子もかわいくてたまりません。

最初に電話があったあと、夢だったんじゃないか、と疑っていました。

実際に本屋さんで本が並んでるのを見て、ようやく実感して、感動するのだろうと思います。

ここまでこうしてやってこられたのは、今まで支えてくれた、家族や友人の力が大きいです。

いつもいつもありがとう。

また次の本が出せて、読者のみなさまとお会いできたらいいなと思いつつ。

関《かか》わってくださった全《すべ》ての人に感謝の思いを込《こ》めて、あとがきとさせていただきます。

銀南

◉銀南著作リスト

「くじらな彼女に俺の青春がぶち壊されそうになっています」（電撃文庫）

本書に対するご意見、ご感想をお寄せください。

電撃文庫公式ホームページ 読者アンケートフォーム
http://dengekibunko.jp/
※メニューの「読者アンケート」よりお進みください。

ファンレターあて先
〒 102-8584　東京都千代田区富士見 1-8-19
アスキー・メディアワークス電撃文庫編集部
「銀南先生」係
「あめとゆき先生」係

本書は第21回電撃小説大賞応募作品『マッコウクジラ団』に加筆・訂正したものです。

電撃文庫

くじらな彼女《かのじょ》に俺《おれ》の青春《せいしゅん》がぶち壊《こわ》されそうになっています

銀南《ぎんなん》

発　行　2016年4月9日　初版発行

発行者　塚田正晃
発行所　株式会社KADOKAWA
〒102-8177　東京都千代田区富士見2-13-3
プロデュース　アスキー・メディアワークス
〒102-8584　東京都千代田区富士見1-8-19
03-5216-8399（編集）
03-3238-1854（営業）
装丁者　荻窪裕司（META＋MANIERA）
印刷・製本　旭印刷株式会社

ISBN978-4-04-865880-5　C0193　Printed in Japan

電撃文庫　http://dengekibunko.jp/
株式会社 KADOKAWA　http://www.kadokawa.co.jp/

電撃文庫創刊に際して

文庫は、我が国にとどまらず、世界の書籍の流れのなかで〝小さな巨人〟としての地位を築いてきた。古今東西の名著を、廉価で手に入りやすい形で提供してきたからこそ、人は文庫を自分の師として、また青春の想い出として、語りついできたのである。

その源を、文化的にはドイツのレクラム文庫に求めるにせよ、規模の上でイギリスのペンギンブックスに求めるにせよ、いま文庫は知識人の層の多様化に従って、ますますその意義を大きくしていると言ってよい。

文庫出版の意味するものは、激動の現代のみならず将来にわたって、大きくなることはあっても、小さくなることはないだろう。

「電撃文庫」は、そのように多様化した対象に応え、歴史に耐えうる作品を収録するのはもちろん、新しい世紀を迎えるにあたって、既成の枠をこえる新鮮で強烈なアイ・オープナーたりたい。

その特異さ故に、この存在は、かつて文庫がはじめて出版世界に登場したときと、同じ戸惑いを読書人に与えるかもしれない。

しかし、〈Changing Times,Changing Publishing〉時代は変わって、出版も変わる。時を重ねるなかで、精神の糧として、心の一隅を占めるものとして、次なる文化の担い手の若者たちに確かな評価を得られると信じて、ここに「電撃文庫」を出版する。

1993年6月10日
角川歴彦